裏切りの代償

裏《うら》切《ぎ》りの代《だい》償《しょう》
～真《しん》実《じつ》の絆《きずな》～

六《ろく》青《せい》みつみ

ILLUSTRATION
葛《か》西《さい》リカコ

CONTENTS

裏切りの代償
～真実の絆～

裏切りの代償 ～真実の絆～

ラグナクルス帝国は建国当初から〝聖獣と騎士の国〟として周辺諸国から敬われてきた。

聖獣とは、魔獣を斃《たお》すことができる唯一の存在。

魔獣とは、新月のたびに大陸最北《クルヌギア》の地から湧《わ》き出して、世界のすべてを——人や獣、植物や虫、建物や文化にいたるまで——殺戮《さつりく》し破壊し尽くそうとする化け物。

そして騎士とは、聖獣をこの世に繋《つな》ぎ留め、生かすための命綱である。

繭卵《たまご》の形でこの世に産み落とされた聖獣は、殻の中で微睡《まどろ》みながら〝対《つい》の絆《きずな》〟を呼び寄せる。

母体と胎児をつなぐ臍《へそ》の緒のように、自分をこの世界に繋ぎ留め、生かしてくれる運命の相手を。

誰よりも何よりも愛《いと》おしく想《おも》う、ただひとりの運命の人を——。

I † 眼鏡《めがね》の騎士と白金の聖獣

『インペリアル・キリハ、ムンドゥス級一頭撃破！　第一城塞左翼《じょうさいさよく》第一軍団第三から第五中隊翠位《グリューン》帰還せよ。第一軍団左翼第一第二中隊黄位《ゲルプ》、琥珀位《ベルンシュタイン》、赤位《ロイツ》出撃、掃討戦《そうとうせん》開始』

『第一城塞右翼《うよく》第三軍団、銀位《シルヴァ》エメリウス、銀位《シルヴァ》ラスティン生還、紫位《ヴィオレット》第三から第五小隊帰還。青位《ブラウ》第一、第二中隊出撃』

『魔獣涌出第二波の想定時刻は前昼一刻《ぜんちゅういちのこく》（午前十時）頃。第二出撃隊は警戒態勢のまま待機』

各城塞から発せられる伝声官《でんせいかん》の報告が、次々と頭の中を流れてゆく。戦局に影響のある単語を聞き逃さないよう注意を傾けつつ、アルティオは己の背中に騎乗している〝対の絆〟リオンの状態を確認した。

『……リオン、リオン！　起きろ！』

背中を小さく揺すってみても、リオンからの反応はない。

長めの首をひねって背中に視線を向けると、アルティオの〝対の絆〟リオン・レーベン・カムニアックは両手をだらりと伸ばして仰向《あおむ》けにひっくり返っていた。

分厚い瓶底のような眼鏡の上を風避《よ》けの保護眼鏡《ゴーグル》で覆った顔は、お世辞にも美麗とは言い難い。

ふだんから手入れを怠っている濃い赤毛は、風に煽《あお》られて鳥の巣のようにくしゃくしゃ。無防備に天を仰いでいる頬《ほお》や、仰《の》け反《ぞ》ってさらされた首もとの肌色は外にあまり出ず、家の中で本ばかり読んでいるせいで不健康な生白さをさらしている。保護眼鏡《ゴーグル》の下には淡い雀斑《そばかす》が散り、日夜酷使されている目元には、二十五歳という年齢にはそぐわない細かい皺《しわ》が散っている。

身長は騎士の中では低い部類の五・六クルス（一六九センチ）。細い手足と身体《からだ》つきに見合った体重は軽く、膂力《りょりょく》や筋力は見た目通りほとんどない。

気絶しても、風を切って大空を舞う飛空系の聖獣《アルティオ》の背中から滑り落ち、魔獣の死骸《しがい》が降り積もった大地に叩《たた》きつけられずにすんでいるのは、騎乗帯《きじょうたい》によって両脚が固定されているからだ。

皇帝陛下から賜った、聖獣ノ騎士の誉れである破魔の剣は、腰帯にくくりつけた鎖紐《ひも》の先でぶらんぶらんと虚《むな》しく揺れている。

アルティオが左右に旋回するたびに持ち手を失った抜き身の剣があちらにペシリ、こちらにビタンとぶつかるので鬱陶《うっとう》しいことこの上ない。

——剣がぶつかったとこ、ぜったい痣《あざ》になってる。あとで見せて、文句を言ってやる…！

歯噛《はが》みする思いで思わず吐き出した溜息《ためいき》に、興奮を抑えきれない張りのある伝声官の声が重なった。

『インペリアル・イングラム、インペリアル・アインハルト、それぞれへリオス級一頭撃破！』

自分と同じく今夜が初陣となった僚友二騎の名前と、輝かしい初武勲の報告に、アルティオは目の醒《さ》める思いで頭《こうべ》をめぐらせた。

時に帝国暦一〇〇六年十一ノ月中旬。

天空をめぐる大月《シュロス》と小月《クレイス》、ふたつの月が光を失う二重新月の夜。

大陸最北に広がる〝帰還することのない土地《クルヌギア》〟と呼ばれる暗黒の大地と夜空は、第一波の魔獣迎撃戦を終えて城塞に帰還する聖獣たちと、掃討戦のために出撃してゆく新たな聖獣たちが放つ色とりどりの光で、華々しく彩られている。

弾《はじ》ける熾火《おきび》のように漆黒の暗夜を彩り、無数に飛び交い蠢《うごめ》いていた暗赤色の光点――魔獣たちの複眼――が、撃破されて次第に数を減らしていく。

暗夜にきらめく川の流れのような光の帯に、初陣を飾った二騎の若い金位《インペリアル》と、その〝対の絆〟であるふたりの騎士を祝福する気配が、小波《さざなみ》のように広がってゆく。皆、六年ぶりに誕生した新しい金位《インペリアル》ノ聖獣の活躍を心から喜んでいるのだ。

アルティオは複雑な気持ちで、彼らの賛辞に同意を示した。

友の活躍を喜ぶ気持ちと、先に武勲を挙げられた焦り。不甲斐《ふがい》ない自分の〝対の絆〟に対する落胆。金位《インペリアル》ノ騎士として立派に戦ってみせた二騎の〝対の絆〟たちへの羨望《せんぼう》。

全軍の期待に応《こた》えて立派に務めを果たした二騎と同じ金位《インペリアル》でありながら、アルティオがウェヌス級やネプトゥヌス級といった小物ばかりを相手にして、へリオス級どころかウラヌス級すら斃せていないのは、決して弱いからではない。

戦闘開始早々にアルティオの騎士であるリオンが目をまわし、挙げ句の果てに気絶したせいだ。

――…だから、本ばかり読んでないでもっと身体を鍛えろ、剣の訓練をしろって、口を酸っぱくして言い続けたのに…っ！

リオンはアルティオの忠告に生返事をするばかりで、書物や新旧様々な記録に没頭しつづけた。

その結果が今夜の醜態だ。

「………」

アルティオはもう一度ちらりと背後を見やり、相変わらず情けない仰向け姿のリオンに溜息を吐《つ》いた。

途中で一度、朦朧としつつ目を覚ましたときに怪我《けが》の有無は確認してある。目立った傷はないと聞いて安心したのも束《つか》の間《ま》、アルティオが眼前を通り過ぎようとした中型魔獣を追って急旋回した瞬間、リオンは再び気を失ったのだ。

城塞に近づくにつれ、間近ですれ違うようになった騎士や聖獣たちが、両手をだらりと放り出して気絶しているリオンを見つけて、一瞬ぎょっとした表情を浮かべる。次に思わず笑ってしまい、あわてて表情を引き締めようとして失敗し、最後は奇妙に引き攣《つ》った表情で笑いをこらえて通り過ぎてゆく。それをアルティオは、あきらめの境地でやりすごした。いちいち目くじらを立てきれないからだ。

今夜初陣を飾った三騎の金位《インペリアル》の中の一騎、アルティオとその騎士リオンに怪我はなく、単に気絶しているだけだということは、聖獣同士の心話《しんわ》を通してすでに全軍に知られている。

だから笑っていられるのだ。

金位《インペリアル》は、魔獣を斃すことのできる聖獣の最高位。人の世の存亡を賭《か》けた戦いになくてはならない存在。この世のすべての富を集めても、決して贖《あがな》うことのできない至宝と言われている。

六年ぶりに誕生した三騎の金位《インペリアル》とその騎士は、一年で最も魔獣涌出が激化する二重新月の緒戦を無事に生き延びた。いずれも無傷。経験の浅い騎士がひとり、目をまわして気絶した程度のことは笑い話ですむ。

『インペリアル・アルティオと騎士リオン生還！』

第一中央城塞の待機房露台に着地すると同時に、高らかに響き渡った伝声官の声に、アルティオは肩を落として深く長い溜息を吐いた。

†

そよそよと頰に触れるこそばゆい感触に、リオンはゆっくりとまぶたを開けた。

「アル…」

予想通り、目の前にはアルティオの優美な心配顔があった。長くすっと通った鼻筋がきれいな獣型で、見たとたんに心がふわりと温かくなり、自然に笑みが浮かぶ。

リオンがかすかに身動《みじろ》ぐと、アルティオはなぜかあわてたように身を引こうとした。それを両手で引き留めて、鼻先が触れ合うまで近くに引き寄せる。

「うるる…っ」

抗議のうなり声を無視して、吸い込まれそうなほど深く澄みきった氷青色の瞳《ひとみ》をのぞきこむ。

くっきりとした両目の縁《ふち》と鼻は漆黒。頰をくすぐっていた髭《ひげ》は白だけど、先端にいくほど透明になる。全身を覆う白い体毛は、よく晴れた冬の日の朝陽《あさひ》のように淡い金色を帯び、細長い顔には高貴な生まれに相応《ふさわ》しい気高さが漂う。きりりと切れ上がった両目は普通にしていても眼光するどく、見る者を怖じ気づかせ、近づき難い怜悧《れいり》な雰囲気をかもし出しているが、リオンは平気だ。

「怪我は？」

「ぐるぅ…っ（無いっ）」

アルティオの喉奥《のどおく》から抗議のうなり声が洩《も》れる。

リオンは気にせず、黒々と濡《ぬ》れた鼻先に「ちゅっ」と音を立てて唇接《くちづ》けた。

「ぐっ…がぅ！（止《や》めろ！　従官が見てる）」

うなり声と心話で抗議されても止める気はない。

「気にしない。……よかった、アルが無事で」

心の底から安堵《あんど》して、額が触れ合うほど近くに引き寄せたのは、そうしないとアルティオの顔がよく見えないからだ。

リオンは極度の近眼なので、眼鏡がなくて拳《こぶし》三つ分ほど離れると、もう細かい部分がぼやけてしまう。

アルティオは嫌そうに首をふってまくしたてた。

『俺は気にする。ただでさえ「初陣で無様に気絶した金位ノ騎士《インペリアル》」だって笑われてるのに、目を覚ましたとたん〝対の絆〟にべたべた甘えたなんて噂《うわさ》された日には、イングラムやハルトにどんな顔をして会えばいいんだ？』

心話は誓約を結んだ騎士と、聖獣同士だけが交わせる特殊な会話能力だ。頭に直接響くその口調は淡淡としている。それが却《かえ》ってアルティオの苛立《いらだ》ちを表していることに気づいて、リオンはようやく自分が置かれた状況を思い出した。

戦闘開始からさほど時間が経《た》たないうちに、目をまわして気を失った。

「……ごめん」

両手の力をゆるめると、アルティオはすぐさま身を引いた。それからふるふるっと身震いして、リオンに乱された顔まわりの毛並みを整える。

機嫌が悪いときの仕草だ。

「ごめん、アル。でも、そんなに心配しなくても、従官たちは他人に言いふらしたりしないよ」

軍規にはそう書いてある。魔獣迎撃戦における城塞従官の心得、第一条、第三項。《従官は待機房で見聞きしたことをみだりに口外してはならない》。

リオンが身を起こしながら言い募ると、アルティオは「ふんっ」と鼻で笑って目を眇《すが》めた。

『従官たちは言いふらさなくても、あんたの醜態は城塞中に知れ渡ってるからな。あんただけでなく俺の評判までガタ落ちだ』

「…ごめん」

『だからもっと身体を鍛えろ、剣の稽古《けいこ》に身を入れろって、口が酸っぱくなるほど言ったのに』

「……すみません」

『あんたは俺の言うことなんて右から左に聞き流して、ちっとも本気で聞く気がない』

「そんなことない！」

『リオンは俺より魔獣研究の方が大切だからな』

「ちがう、そうじゃない。アル…、無様な初陣になってしまったのは謝る。僕が悪かった。だけど君より大切なものなんてこの世にない。それは本当だ、信じて」

いつの頃からか、アルティオが機嫌を損ねたときの定番になってしまった拗《す》ねた物言いを、リオンは必死に訂正しようとした。

「アル、本当は分かってるだろ？　僕が誰よりも何よりも君を愛してるって」

従官たちの耳目など気にせず、まっすぐ目を見て言い募ると、アルティオはもう一度、さっきよりいくぶん弱く「ふん」と鼻で笑い、それからさらに文句を言いかけて、ふと口をつぐんで虚空を見つめた。

「アル？」

どうしたと尋ねる前に、視線を戻してきつい目つきでリオンをにらみつける。

『キリハが呼んでる。ヴァルクート陛下がリオンに会いたがってるから、司令官室に来いって』

「陛下が？」

確認するリオンに答えず、アルティオは寝台から離れて、隅に控えていた従官へちらりと目配《めくば》せした。

軍服一式を手にした従官たちが音もなく近づいて、目隠し用の布幕をふわりと広げる。その中でアルティオはするりと獣型を解いて人型に変化した。

アルティオの年齢は満五歳。人齢換算でまだ十五歳だが、背丈はすでにリオンより拳ふたつ分も高い。布幕のすき間からちらちらと見える裸身も、成長途中とはいえ、すでにかなり肩幅が広く胸板も厚い。

獣型のときの体毛と同じ色の髪は、白に近い淡金色。先端は腰に届くほど長く豊かだが、流れる水のようにしなやかで癖がないため、見た目は涼やかだ。

その長い髪を右腕でうなじからかき上げて、着込んだ服の上に出す仕草は、無造作なのに美しい。

髪をかき上げる仕草だけではなく、アルティオの所作はどれもこれも上品で優美だ。だからといって弱々しい印象は微塵《みじん》もなく、男らしい強靭《きょうじん》さを秘めている。あと一、二年して、成長しきったあかつきにはどれほどの美丈夫になるだろう。

帝国には現在、退役、雛《ひな》を含めて七騎の金位《インペリアル》がいるけれど、自分の〝対の絆〟アルティオはその中で一番美しく立派だと思う。――もちろん、皇帝陛下の聖獣キリハ、それに歴戦の勇士ラドニア公の聖獣グラディスといった堂々たる面子《めんつ》の手前、心の中で思うだけに留《とど》めてはいるが。

同い年生まれの金位《インペリアル》仲間イングラムやアインハルトも、もちろん強く美しいけれど、やっぱり僕のアルティオが一番だなと、しみじみ思いながら我が〝対の絆〟の成長ぶりに見惚《みほ》れていると、当聖獣《とうにん》の口から氷水のように冷たい声が飛んできた。

「なに呆《ほう》けた顔してる。早く身支度を調えろ」

「へ？」

「陛下の御前に出るのに、そんな皺《しわ》だらけの軍服と鳥の巣みたいな頭で行くのか？　俺は嫌だからな、みっともない」

成獣《おとな》の証《あかし》となる大驅獣《たいくじゅうけい》型の初変化《へんげ》に合わせて、声変わりした低音で冷え冷えと言いきられて、リオンは急いで飛び起きた。

雛の頃は手の中に収まるほど小さく、「リオ、リオ」と舌足らずな声で名を呼びながら、どこへ行くにもうしろをついて歩いていたのに。

たった数年でこの変わりよう。今ではどちらが年上か分からない。リオンは何に対してか、誰に対してか分からない小さな溜息をこっそり吐いてから、手櫛《てぐし》で髪を整え、従官が用意してくれた新しい軍服に腕を通して釦《ボタン》を留めた。薔薇《ばら》水で湿らせた手巾《ハンカチ》で顔を拭《ふ》き、もう一度手櫛で跳ねた髪を押さえながら、扉の前で腕組みをしているアルティオの側へ駆け寄ると、盛大に顔をしかめられた。

「アル？」

苦虫を嚙み潰《つぶ》したような渋面に首を傾《かし》げると、額に手を当て「はぁ…」と大きな溜息を吐かれた。

「なに？」

どうしたのかと尋ねると、斜め上からトン…と胸を指で突かれる。

「釦、かけ違えてる」

「え？　あ！」

そんなまさかと思いつつ我が身を見下ろすと、確かに釦がひとつずつずれている。あわてて外し、改めて下から嵌《は》め直そうとすると、目の前に影が差し、淡金色の髪がさらりと流れ落ちた。同時に、胸元に長く形の良い指が伸びてきて、

「俺がやってやる。顎《あご》上げて」

そっけない声と一緒に襟元をきゅっと引っ張られ、流れるなめらかさで次々と釦を留められてゆく。

本当に、どちらが年上か分からない。ふだん周囲の雰囲気や人目などほとんど気づかないリオンだが、さすがにまわりにいる従官たちが笑いをこらえている気配は察した。

察したが、まあ別にいいかとやり過ごす。

従官たちの前で取りつくろい、気をつかって消耗しても仕方ない。リオンが集中しなければならないのは魔獣迎撃戦。際限なく涌き出《い》でる魔獣たちをど

うやって甃すべきか、その一点のみ。

「これでいい」

釦を留め終わったアルティオはリオンの顔をのぞき込み、野放図に跳ねている前髪をかき上げた。

「何だ、これ？」

「え？　痛《い》…たっ」

従官が素早く差し出してくれた鏡で確認すると、左のこめかみにくっきり半楕円《だえん》形の痣ができている。

「あ、たぶん保護眼鏡《ゴーグル》の跡だ」

「なんでこっちだけ」

「前から飛んできた何かがぶつかったんだ。ガンッって。たぶん小型魔獣のかぎ爪《つめ》かなぁ。それで目をまわしちゃったんだけど」

「――――ッ、なんですぐ言わないんだ！」

「え？　気絶したから…だけど」

答えを聞きながら、アルティオはぐいぐいと覆いかぶさるようにリオンのこめかみに顔を近づけると、舌を出して赤黒い痣を舐《な》め上げた。

「ひゃ…」

くすぐったいのと驚いたのでとっさに逃げようとすると、顎を指でがっちり押さえつけられ、二度、三度と舐められる。聖獣の唾液《だえき》は魔獣の穢《けが》れを清め、傷を癒す力があるのだが、間接的な打ち身にも効くのか、すぐにズキズキとした痛みがやわらいで楽になった。

「怪我がないか聞いたとき、なんで教えなかった」

ようやく気がすんだらしいアルティオが顔を上げて、怖い顔で詰問してくる。

「いやだって、こんなの怪我ってほどじゃ」

リオンの答えを聞いたとたん、アルティオの両耳がみるみる斜め後ろに倒れ、つけ根周辺の毛が逆立ってゆく。

――あ、やばい。怒った。

人より目立つ犬歯を見せて説教される前にリオン

は手を伸ばし、逆立っている耳のつけ根と頭をよしよしと撫《な》でてなだめた。

「大丈夫だよ。そんなに心配しなくても」

「心配してるんじゃない。呆《あき》れてるんだ！」

「うん。アルはいい子だね」

「子ども扱いするな」

「子ども扱いなんてしてないよ。アルはもう立派な成獣《おとな》だ」

素直にそう認めると、アルティオは歯噛みするような表情を浮かべて身をひるがえした。

「行くぞ」

「うん」

成獣《せいじん》したばかりの若い〝対の絆〟に主導権をにぎられることに違和感はない。むしろ立派になったなと誇らしく思うばかり。

肩をならべて整った横顔を見上げると、「しまりのないにやけ顔は止めろ」と眉《まゆ》をひそめられたけれど、それすら愛しくて仕方ない。

リオンは手のひらを斜め上に伸ばし、アルティオの形のいい後頭部をやさしく撫でながら、もう何度言ったか分からない、心からの賛辞を口にした。

「アルは、世界で一番素晴らしい聖獣だよ」

†

〝帰還することのない土地《クルヌギア》〟には、魔獣の涌出地を半円で囲むように、第一から第五まで巨大な迎撃要塞が築かれている。鋼鉄と白輝石《しろきせき》を用い、千年にわたって営々と補修、改築がくり返されてきた巨大城塞のひとつひとつは、中央、左右の三区画に分かれ、それぞれに聖獣と騎士を収容する待機房、食堂、酒舗《しゅほ》、浴場、娯楽施設などが完備されている。

迎撃戦には、定期的に増減をくり返す魔獣の涌出量に合わせて軍団が配備される。

魔獣の攻勢が最も激化する二重新月の戦いでは、帝都防衛に当たる第十軍団を除いて、第一から第九までの全戦力が投入されている。

軍団の長は本来なら金位《インペリアル》ノ騎士だが、ここ数十年インペリアルは減少の一途をたどり、必然的に、ほとんどの軍団司令長官は次位の銀位《シルヴァ》が務めていた。

金位《インペリアル》は五年前にはわずか三騎、戦闘可能に限定すればたったの二騎しかいないという状態に陥った。数百年も前になるが最盛期には二十騎もの金位《インペリアル》がいたことを思うと、人類存亡の危機と言っていい。幸い、その年の終わりにアルティオを含む新しいインペリアルの雛が三騎孵《かえ》ったので、最悪の状態は一応免れたが。

魔獣迎撃戦の最前線となる第一城塞中央司令官室は、アルティオとリオンに与えられた待機房のすぐとなりにある。ふたりが金位《インペリアル》で、軍団司令長官の座を与えられているからだ。

二重新月の魔獣涌出は少ないときで二日、多いときは三日から四日ほど続く。その間の出撃指示や待機、休息指示は各城塞に配備された軍団の司令部が行う。そして一軍を率いる司令官は、その時点で最も高位の聖獣と騎士だと定められている。

人間同士の戦とちがい、魔獣を斃すには聖獣たちの力が不可欠であり、その聖獣たちには位階によって明確な能力差がある。

高位の聖獣は魔獣を斃す攻撃力が高いだけでなく、そこにいるだけで下位の聖獣たちを力づけ、戦闘意欲を高め、疲弊した心身を癒すことができるため、聖獣たちはごく自然に自分より高位の聖獣に従う。そうした習性に合わせて、軍団の長には必ず最高位の聖獣とその騎士が就任するようになっている。

もちろん、聖獣が高位だからといって、その〝対の絆〟である騎士が位階に相応しい能力や人間的魅力があるとは限らない。

金位《インペリアル》ノ騎士だからといって、必ずしも軍団司令長官が務まるわけではない。そういう場合には経験豊かな参謀が影で支え、金位《インペリアル》ノ騎士の面目を保つように万全の態勢を整えている。しかし彼らの支援も、実際に出撃して戦闘に突入した司令官には届かない。

そう。たとえばアルティオの〝対の絆〟リオンのように、剣が手からすっぽ抜けて空手のまま、魔獣とすれちがった衝撃で目をまわして気絶するような、とても金位《インペリアル》ノ騎士とは思えない、情けない司令官には。

「……」

アルティオはなぜこの男を〝対の絆〟に選んだのか、繭卵だったときの自分に問い質《ただ》したくなる気持ちをこめかみに当てた指先で抑え込み、視界の端でぴょこぴょこと跳ねる濃赤色の髪をちらりと見下ろした。

リオンの軍服はアルティオとそろいの意匠で、並び立つと際立つよう意図されている。色は黒基調と白基調の二種類を、アルティオが場面によって使いわけたいと主張して用意してもらった。

今はアルティオが白基調、リオンが黒基調を着用している。

黒と白はもともと金位《インペリアル》にだけ許された色だ。金《インペ》位《リアル》といえば長い間、皇族だけが誓約を交わせると信じられてきたため、黒と白の軍服はすなわち皇族という共通認識があった。そうした旧弊を払拭《ふっしょく》するために、【第三の災厄】後に即位した新皇帝ヴァルクートはあえて、皇族でなくとも金位《インペリアル》ノ騎士に選ばれた者に黒と白の使用を許可した。その最初の使用者が、アルティオとリオンを含む一〇〇一年生まれの金位《インペリアル》三対だ。

魔獣迎撃軍の軍服は基本の型に添って作られるが、第一から第十までの軍団ごとに意匠はそれぞれ異なる。ひと目でどこの軍団所属か判別できるようにという実利面の他に、軍団司令長官の美意識や趣味が反映される場合も多い。

　もちろん軍服の意匠になど興味のない司令長官が就任した場合は、元の意匠が引き継がれるわけだが、多くの場合、特に金位《インペリアル》が司令長官の座につく場合には、時代に合わせた新しいものに刷新される。

　アルティオとリオンが司令長官として就任したのは、【第三の災厄】で戦死したラグレス皇子とリベオンが率いていた第二軍団だ。

　徽章《きしょう》や紋章に用いる軍団の象徴は、誇り高き狼《おおかみ》。そこにアルティオとリオン独自の象徴として、剣と鉄筆《ペン》の交叉《こうさ》を加え、新しい夜明けの光を意図した装飾を襟や袖口《そでぐち》に配した。

　黒基調には銀糸、白基調には金糸で施された刺繍《ししゅう》は繊細かつ美麗で、アルティオのすらりと伸びた背筋と長い手足を包むと、その怜悧な美貌《びぼう》と気高さがより一層引き立つ。

　豪奢《ごうしゃ》にならないぎりぎりのところで手堅くまとめ、身にまとう者に威厳と華やぎを与える意匠は、帝都で一流の仕立て屋と図案家《デザイナー》がアルティオの意向を可能な限り盛り込んだ上で、心血を注いで創りあげた渾身《こんしん》の一作だ。基本的に、アルティオのように均整の取れた完璧《かんぺき》な身体の持ち主でなくとも、誰が着ても二割増しくらいは立派に見えるはず。

　――はずなのに。どうしてリオンが着ると、こうも野暮《やぼ》ったく見えるんだろう…。

　アルティオは自分の〝対の絆〟を上から見下ろして溜息を吐いた。

　リオンの身長は騎士の中では低い方だが、低すぎるということはなく、手足もそれなりに長い。顔も小さいし、全体の均整は取れている…はずなのに。

　目が点のように小さく見える瓶底眼鏡のせいなのか。梳《す》かしても梳かしてもいっこうにまとまらない、鳥の巣のような癖毛のせいか。前屈《かが》みでせかせかと足を動かしているくせに、妙に鈍くさい印象を与える歩き方のせいか。

　華麗な軍服は、詳細に採寸され身体にぴたりと合わせて仕立てられたにも関わらず、リオンが身にまとった瞬間からあちこちに皺が寄り、全体的に垢《あか》抜けない雰囲気になる。

　――姿勢がよくないのと、本人に着こなす気が微塵もないのと、服なんか暑さ寒さがしのげれば、毛布の真ん中に開けた穴に首を通して、あとは端でも縫っとけばいいくらいにしか考えないからだろうな。

　己と〝対の絆〟の間に横たわる長大な美意識の落差に、アルティオはもう一度、溜息を吐いて司令官室に足を踏み入れた。

「インペリアル・アルティオ、金位《インペリアル》ノ騎士リオン殿入室！」

　扉脇《わき》に控えた護衛官が声を上げると、一時も水晶盤から目が離せない覧見官《らんけんかん》以外、その場にいた全員が腰を上げてふり返り、敬礼してふたりを出迎えた。

　司令官室の中央で天井から吊《つ》り下げられた巨大な水晶盤に見入っていた皇帝ヴァルクートとその〝対の絆〟インペリアル・キリハもふり向いて、

「ふたりともよく来た。ここへ」

　皇帝は見るだけでほっとするような、度量の深い笑顔を浮かべてアルティオとリオンを気さくに手招いてくれた。

　司令官室は金位《インペリアル》の待機房がいくつも入りそうなほど広い。人の背丈の何倍もある高い天井は太い列柱に支えられ、顔が映りそうなくらい磨き抜かれた石壁には巨大な帝国旗と、鋭く獲物を見すえる狼が描かれた軍団旗が交互に掲げられて、志気を鼓舞している。

　広い室内の北面の一部は分厚く強化された玻璃《はり》が嵌《は》めこまれており、見たものを特別な水晶盤に転写できる異能の持ち主、覧見官が三十名ほど、ずらりと並んでいる。そのうしろには天井から吊り下げられた大小複数の水晶盤が並び、覧見官たちによって、刻一刻と移り変わる戦場の様子が映し出されている。

　中央にある巨大水晶盤のまわりには、人間同士でも心話が使える伝声官《でんせいかん》たちが、こちらは五十名近く椅子《いす》に座り、城塞各所と戦闘中の騎士たちから送られてくる報告を受けたり、司令室からの指示を伝えたりしている。

　覧見官はラグナクルス帝国東端と境を接する覧照《らんしょう》国出身の異能者で、覧照国にしか生まれない。

　同じように、伝声官は帝国南西端と境を接する万《ばん》唱《しょう》国にしか生まれない能力者だ。どちらも帝国の手厚い保護と教育を受けて育成され、能力が開花すると魔獣迎撃戦に参戦する。

　覧見官も伝声官も個人によって能力差がある。

　覧見官の熟練者は、他の覧見官たちが観た映像をとりまとめ、敵味方を色違いの光点に簡略化して、戦場全体の状況を水晶盤に映し出すことができる。

　伝声官の熟練者は伝声官同士だけでなく、意図した相手に自分の声を届けることができる。騎士が自分の聖獣に伝言を頼み、聖獣が相手の聖獣に伝え、その聖獣から騎士が伝言を聞くより、伝達が速やかかつ正確に行えるので、司令官が戦闘中の指揮官騎士に指示を与えたり、指揮官騎士から戦況を伝えてもらうのに使われる。

　室内は、淡々と戦況を伝える伝声官たちの声や、指示を出す参謀たちの声が随所で行き交い、まるで葉擦《ず》れの音が響く森の中に入ったようだ。

「リオンは、もう大丈夫か？」

　皇帝の言葉に、アルティオはちらりとリオンを見下ろした。

　戦闘中に気絶したことは当然知られている。それでも「気絶した」という単語は使わず体調を気遣ってくれたことに感謝しながら、穴があったら入りたい気持ちでいっぱいの自分とは対照的に、リオンの方はそれほど恥じ入る様子もなく、ぽりぽりと頭を掻《か》きながら申し訳なさそうな照れ笑いを浮かべた。

「はい。ご心配をおかけしました。怪我はありません。アルティオが僕を庇ってうまく飛んでくれたので。アルは本当に素晴らしい聖獣です。この子が僕の〝対の絆〟でなかったら、今ごろ僕は魔獣に喰《く》われていたでしょう」

そう言って「あはは」と笑う、己の〝対の絆〟のしまりのない物言いに、アルティオは額に青筋を立てた。そして情けない〝対の絆〟の代わりにぴしりと背筋を伸ばし、皇帝と彼の聖獣キリハに我が身の不甲斐なさを詫《わ》びる。

「いくら初陣とはいえ、金位《インペリアル》として、一軍の司令官にあるまじき醜態をさらし申し訳もございません。これもひとえに私の不徳の致すところ。今後、二度とこのようなことがないよう精進して参りますので、今回の失態は、どうか平にご容赦ください」

板のように背筋をまっすぐ伸ばしたまま、皇帝とインペリアル・キリハに向かってきっちり頭を下げると、となりでリオンがあわてる気配がした。

今さら動揺しても遅い。謝罪というのはこうするものだ。どうして俺が自分よりずっと年上の〝対の絆〟の失態を補うことに、汲々《きゅうきゅう》と気を揉《も》まねばならないのか。俺以外のインペリアルの〝対の絆〟はみんな、立派で頼りになる、見てるだけで安心できる人間ばかりなのに。

――どうしてリオンはこんななんだ……！

公の場に出たリオンがぼんやりとして何もない場所でつまづいて転んだり、他人の話を聞いていなくて明後日《あさって》の返事をして失笑されたり、剣をふりまわすのではなくふりまわされて尻餅《しりもち》をついたりする姿を見るたびに、ギリギリと胸をえぐる感情がなんなのか、アルティオはあえて名前をつけないでいる。名づけてしまえば、後戻りできなくなりそうだからだ。

「頭を上げなさい、アルティオ」

奥歯を噛みしめて胸の痛みに耐えていると、頭上から、苦笑まじりのやさしい声が落ちてきた。

「そんなに畏《かしこ》まる必要はない。君たちの戦いぶりは想定内だ」

「想定内…？」

あの無様な戦いぶりが？

「そうだ。リオンの真価は剣をふるって魔獣を斃すことではない――などと言ったら、君は不満に思うかもしれないが。人には得手不得手というものがある。リオン、来なさい。君の意見が聞きたい」

どういう意味かとアルティオが尋ねる前に、皇帝はリオンを自分のとなりに立たせ、水晶盤を指さしながら問うた。

「どうだ、実際に戦ってみて気づいたことはあるか？　遠慮はいらない。正直なところを聞かせてくれ」

「はい。事前に予想したとおり、やはりこれまでに記録されてきたものとは違う行動形式《パターン》が出現しているようです」

魔獣について問われた瞬間、それまでぼんやりとしていたリオンの輪郭がくっきりと存在感を増して、瞳に強い力が宿る。そして、実戦での情けない体たらくからは考えつかないほどよどみなく、滔々《とうとう》と己の所見を述べはじめた。

「まずルナ級とメルクリウス級ですが、やつらはこれまで捕食本能と破壊衝動のみで行動していたのが、今回、陽動と思われる行動が見られました。ただし個体の判断というより、近くに大型がいる場合に限られます。ネプトゥヌス級からウラヌス級以上については、これまでは一度群れがバラバラになると、各個撃破されるがままでしたが、今回見たところ不完全ながら、再度群れを形成しようする行動が見られました」

皇帝は真剣な表情で、掃討戦の様子が映し出された水晶盤を見つめながら、リオンの言葉に耳を傾けている。

「大型…、やはりそうか」

「それで、今回の戦いの前にここ二十年間の戦闘記録を詳細に調査しましたが、魔獣の行動形式に顕著な異変が見られるようになったのは三年前から。陛下とキリハ様が推測されていた通り、やつらはこちらの戦術行動を模倣している可能性が高いです」

「模倣…」

「精査とまではいきませんが記録に残っている全資料に目を通した限り、過去に同じような状況が起きたことはないようです」

「全資料？　魔獣研究所の記録すべてに目を通したというのか？」

皇帝がめずらしく驚愕《きょうがく》の表情を浮かべた。けれどリオンはその問いを当たり前のことのように受け流し、話を続ける。

「はい。一読しただけなので見落としがあるとは思いますが。それから魔獣殲滅《せんめつ》のためには、やはりやつらの生態を調べる必要があります。捕獲方法をいくつか考えました。これが提案書です。ご検討ください。それからもうひとつ。魔獣湧出地の調査についてですが」

皇帝は受けとった報告書に素早く目を通しながら端的に答えた。

「それは無理だという結論が出ている」

「『アマルディ公爵の調査書』ですね。ですがあれが書かれたのは五百年も前です。当時と今では技術力が格段にちがう。今なら保護服や保存食の質も向上しています。もう一度調査隊を派遣して湧出地を研究する価値はあると思います。もちろん調査隊は僕が率いて――」

「わかった。その件については改めて検討しよう。その前に魔獣捕獲についてだ。君の提案書にあるこの器具の説明が聞きたい」

皇帝が鮮やかに話題を切り替えると、リオンもひとつ瞬きをしてすぐに対応した。本当に魔獣に関してだけは反応が早い。ふだんの鈍さからは想像もつかない。

「これは虹彩防腐液《こうさいぼうふえき》を利用した捕獲箱です。まだ試作段階なので改善の余地がありますが。虹彩防腐液というのは二年前に加羅《から》神国で発見された薬剤で、強い毒性と浸潤性、そして防腐効果があります。原料の配合割合によって様々な用途に使え…るという話題は、今は関係ないので割愛します。この溶液で魔獣の死骸――といっても一部ですが、とにかく死骸を保存できることが確認できました」

「リオン、待て」

「もちろん時間の経過とともに黒塵になってしまいますが、自然溶解するよりずっと長保《も》ちします」

「リオン」

「たとえば剣で両断した瞬間、虹彩防腐液に浸すことができれば、魔獣の生態を調べることが可能になります。許可をいただけるなら僕がこの手で」

「リオン、ちょっと待て」

「はい？」

「その『虹彩防腐液』で魔獣の死骸保存というのは、いつ、誰が実験したんだ？」

「今朝方、出撃前に、僕が自分でやりました」

皇帝はわずかに目を瞠《みは》り、アルティオの方をちらりとふり返る。リオンの行動にまた何か問題があったのだろうか。アルティオはひくりと息を呑んで身構えた。

「アルは知っていたのか？」

「……『実験』のことなら、承知しています。私が夜明け前にリオンを乗せて死骸回収に行きましたから。禁止事項だったのですか？　リオンは許可は取ってある、問題ないと」

　アルティオが恐い顔でリオンをにらみつけかけると、皇帝は成獣《せいじん》したばかりの若い聖獣を安心させるようにうなずいてみせた。

「ああ、いや…大丈夫だ。問題ない。いや、問題はあるが君に責はない。リオン」

　それからリオンに向き直り、小声かつ早口で矢継ぎ早に詰問をはじめる。内容が魔獣に関することなので、リオンは恐れる様子もなく受け答え、ふたりの議論は瞬く間に白熱してゆく。

　ぽつんと取り残された形になったアルティオが口を挟もうとしても、リオンはふり返る素振りすら見せない。完全に意識の中からアルティオの存在が消えている証拠だ。代わりに皇帝が後ろ手でアルティオに軽く手をふった。いや、手をふったのはアルティオにではなく、キリハに向かってか。

　皇帝の意を汲《く》んだようにキリハがアルティオの側に来て、にこりと微笑んだ。

「ふたりとも、あの様子だとしばらく議論が続くと思うから、オレたちだけで先に食事に行こう。緒戦から帰還したあと、アルはまだ何も食べてないだろ？」

　悪戯《いたずら》っ子のようにきらきらと輝く黒い瞳で、下からのぞき込まれるように見つめられて、アルティオはわずかに身を仰け反らせた。

「う…、はい」

　位階は同じ金位《インペリアル》でも、キリハには独特の強さがある。単に年上だからというだけではなく、もっと特別な何か。まさしく皇帝の聖獣《インペリアル》に相応しいきらめき。しなやかで深くやさしいその光を前にすると、意地を張ることも、逆らう気持ちも消え失《う》せる。

アルティオが小さくうなずくと、キリハは笑みを深くして手を伸ばし、自分よりずいぶん上の方にあるアルティオの頭を愛おしそうに撫でた。

幼い雛の頃から何度もそうしてくれたように。

「時々、考えてしまうんです。リオンは本当に俺の〝対の絆〟なんだろうか、って」

紫位《ヴィオレット》までの高位専用食堂で食後の花茶を飲みながら、アルティオはぽつりとつぶやいた。他の誰にもこんなことは言いたくないけれど、キリハだけは特別だ。キリハは口をつけかけた茶杯を止めてアルティオを見つめ、困ったように小さく肩をすくめた。

「アルの、その考えはいったいどこからやってきたんだろうね」

「……」

自分でもよく分からない。けれど、物心つく前からぼんやりと感じていたと思う。なぜかは分からないけれど先に疑心があって、それを裏づけるような態度をリオンが取る。それでよけい疑いが強まる。そのくり返しだ。

ひとつひとつはささいなこと。けれど積み重なると無視できなくなる。

「誰かに何か言われた？」

キリハの問いに、アルティオは茶杯を置いて片膝《かたひざ》を胸元に抱え込み、溜息とともに目を閉じた。

《リオンはどうして、君をほったらかしにするんだろうね？》

《本当に君が大切なら、君に寂しい想いをさせるはずはないのに。――…本物の〝対の絆〟なら》

脳裏に甦《よみがえ》るのは、ぼやけて判然としない誰かの口元。幼い自分にやさしく微笑みかけ、『どうしてだろうね？』とくり返す、おだやかな声。

「誰かに言われたからというより、リオンの態度がすべてを物語っているというか…」

アルティオは目を開けて、左手の小指を無意識にさすりながらつぶやいた。

キリハはそれを見て言葉をかけあぐねたのか、黙って花茶をぐいと飲み干した。

アルティオの左手の小指はわずかに曲がっている。気をつけて見なければわからない、怪我の痕《あと》。触ってみると、骨が歪《ゆが》んでいるのがわかる。

獣型のとき、それは翼の先端のわずかな歪みとして現れる。今はもう、触っても痛くない。ただ、やるせなく悲しい思い出として甦るだけ。

あれは忘れもしない、一歳の誕生日。

朝から屋敷中がざわめいて落ち着かなかった。侍女や従者たちがアルティオの顔を見るたび「お誕生日おめでとうございます」と祝いの言葉を口にして、にっこり微笑んでくれたので、今日は自分にとって特別で嬉《うれ》しい日なのだと理解できた。

まだ長時間は保っていられない人型に変化して、侍女に晴れ着を着せてもらい、うきうきと華やいだ気持ちでリオンを探して邸内を駆けまわった。

ようやく見つけたリオンは、分厚い書物や書類の束がところせましと積み上がり、山脈となっている書斎の谷間にいた。

侍女に着せてもらってからここまでずっと、獣型に変化せず人型を保っていられたことを褒めて欲しくて、きれいな晴れ着が似合っていると喜んで欲しくて、アルティオはリオンにまとわりついた。

「リーオ」

「んー」

「リオ、みて」

「んー」

リオンはよほど書物に書かれた内容に集中しているのか、アルティオがいくら呼んでも、服の裾《すそ》をつかんで引っ張っても、生返事しか返してくれない。

「リオ！」

「わかった、あとでな。ちょっと待ってて、ここだけ読んでしまいたい。すごく大事な記述なんだ。もしかしたら大発見かも…、だから少し待って」

リオンは書物から目を離さず、手を伸ばしてアルティオの髪をわしわしとかきまわした。

「むぅー」

適当にいなされていることくらい、幼い雛にもわかる。アルティオはせっかくきれいに梳かしてもらったのに、くしゃくしゃになってしまった髪を小さな手のひらで何度も撫でながら、しばらくリオンにまとわりついた。何度も服の裾を引っ張り、椅子の背によじ登って、仕返しのようにリオンの髪をくしゃくしゃとかきまわしてやる。肩に乗り上げ、眼鏡をつかんで外そうとすると、困ったような声でやんわりと両手を押さえられてしまう。

「アール、だめだよ。いい子にしてな」

アルティオの名を呼んではいても、リオンの意識は書物にだけ集中していて、視線はちらりとも動かない。

「……」

あまりにもリオンが自分を見てくれないので、誕生日おめでとうと言われて浮き立っていた気分が、ぺしゃりと潰れて黄ばんだ書物の下敷きになったような気がした。そうなるともう我慢できない。

「リオンはぼくのこと、本当は好きじゃないんだ！」

泣きたいのをこらえて耳元で大声を出すと、リオンはようやく本から顔を上げてアルティオを見つめ、驚いた表情を浮かべた。

「なに馬鹿《ばか》なこと言ってるの。そんなことあるわけないだろ」

「じゃあ、ぼくのこと好き？」

「もちろん」

「どのくらい？」

このあたりで、リオンは視線をアルティオから紙面に戻し、少し上の空で答える。

「世界で一番アルが好きだよ」

「本当に？」

「本当に」

「じゃあ、しょーめーしてて！」

「——…アル、頼むからいい子にしててくれ。今日中にこの本を読んでしまいたいんだ。読み終わったら遊んでやるから」

切なる願いを子どもの我儘《わがまま》だと適当に聞き流された幼いアルティオは、歯を食いしばって頬を膨らませ、上着の裾を強く引っぱって、なんとか自分の気持ちと折り合いをつけようとした。けれどどうしても納得できない。

——今日は、ぼくのたんじょう日なのに！

アルティオは唇を尖《とが》らせて椅子の背から飛び降りた。トンとやわらかな音を立てて床に足をついた瞬間、ふわりと人型が解けて獣型に戻った。パサリと軽い音を立てて晴れ着が床に落ちる。

急にリオンの言うことを聞くのが嫌になって、書斎の中を思いきり駆けまわりはじめた。

書物の山に飛び乗り、思いきり蹴飛《けと》ばして床に降り、すぐさま次の山に飛び乗る。ドスン、バサバサと床に本や書類が落ちる派手な音と一緒に、リオンの慌てたような声が響く。

「アルティオ！　こら！　止めなさい」

『や、だ！』

喉奥から「くるるぅ…ッ」と不穏なうなり声を上げて、ひときわ大きな書物が天井近くまで積み上がっている山に突進した。

リオンが自分を見ないのが嫌。

書物にばかり熱中しているのが嫌。

自分の呼び声に生返事を返されるのが嫌。

自分を一番に想ってくれないのが、嫌！

言葉にすればそんな気持ちに突き動かされ、本の山に体当たりした結果。雪崩落ちてきた分厚い紙の束の下敷きになって大怪我をした。

まだ羽毛も生えそろわない左翼を骨折したのだ。

当たり所が悪かったら死んでいたと、こっぴどく叱《しか》られたのはアルティオではなく、リオンだった。

皇帝主催の誕生祝賀の宴《うたげ》になかなか現れないふたりを心配していたところ、アルティオが怪我をしたという報《しら》せを受けた一同が駆けつけてきた。

彼らは、開口一番にアルティオの無事を確認すると、次にリオンを責めはじめた。

「こんな小さな、いたいけな雛になんてことを…」

痛々しく包帯が巻かれたアルティオの左手を見て、思わず責め口調になったのはキリハ。

「前から思っていたが、もう少しきちんと騎士の自覚を持て」

これは同期の金位《インペリアル》ノ騎士仲間、ロスタム・ロマイラの言葉。

「せめて雛が二歳になるまでは、片時も目を離さない気持ちでいなければ」

やさしい声で諭したのはロスタムと同じく、金位《インペリアル》ノ騎士仲間のエディン・レハール。

「魔獣研究に熱意を注ぐ君の心情は理解している。しかし自分の雛に怪我を負わせるのは、さすがに注意力散漫と言わざるを得ない」

そしてこれは皇帝ヴァルクート。ごく私的な意見で、制裁的な意味も効力もいっさいないと前置きしてはいたが、包帯を巻かれ、両目を真っ赤に泣き腫《は》らしたアルティオを見て、やはり一言言わずにいられなかったようだ。

「聖獣の雛は誰にとっても大切ではあるが、金位《インペリアル》の雛となれば特別な意味がある。万が一、億が一にも身命を損なうようなことがあってはならない。金《インペ》位《リアル》がどれだけ貴重で得難い存在か、君が知らぬわけではなかろう」

重々しくしわがれた声は、歴戦の勇士ラドニア公。

皆、誰ひとりとしてアルティオを責めない。

そしてリオンはひと言も言い訳しようとせず、青い顔で項垂《うなだ》れている。アルティオが服の端をにぎって離さないので、長椅子に浅く腰かけてとなりに座ってくれてはいるが、両手は膝の上で固くにぎりしめられ、いつものようにアルティオの頭を撫でたり、抱き上げて頬ずりしようとはしない。

うつむいたリオンの頭上から、ラドニア公の重々しい声が再び落ちてくる。

「幸い命に別状はなかったものの、医師の見立てでは元通りに戻らないかもしれないと――」

あまりにもリオンばかりが叱られるので、アルティオはとうとう我慢できなくなって、声を上げた。

「リオはわるくないの！」

思ったより大きな声が出た。とたんに皆の視線がいっせいに注がれる。

「アル…」

それまで一度も顔を上げなかったリオンが、顔をくしゃくしゃにしてこちらを見る。

アルティオはリオンの濡れた睫毛《まつげ》に手を伸ばし、目の上に落ちた濃赤色の前髪をかき分けて、ぺたりと額に手を当てながら言い募った。

「ぼくが、言うことを聞かなかったからいけないの。リオはわるくない。リオをしからないで」

アルティオは泣きそうになるのをこらえながら、一生懸命、自分が書斎で大暴れしたせいで本の山が崩れた経緯を説明した。それを聞き終えたキリハが、目の前にしゃがんでやさしい声で訊《たず》ねる。

「どうして暴れたりした？　書斎で暴れたら危ないって、前から注意はされてたよな？」

アルティオは、一度真一文字に唇を引き結んでから、正直な気持ちを告げようとして、口ごもった。

リオが呼んでもぼくを見てくれなかったから。

リオがぼくより本ばかり大切にするから。

ぼくのことを一番に気遣ってくれないから。

「……」

何をどう言っても、リオンのせいで暴れたように聞こえる。確かに暴れたのはリオンの態度に腹を立てたからだけど、怪我をしたのは自分の落ち度だ。危険だと分かっていたのに、リオンの注意を引きたくてわざとやったのだから。

その微妙な意味合いを、どう言えば伝わるのか。生まれて一年、人齢に換算しても三歳にしかならない当時のアルティオの語彙《ごい》では、とうてい説明は不可能だった。

「――…リオはわるくないの」

だからそう言い募るしかない。

まわりでいくつもの溜息が聞こえる。

「こんなに幼い雛に庇《かば》われるとは、情けない」

誰かがまたリオンを責めるために口を開くのを感じて、アルティオはリオンの胸にしがみついて顔を埋《うず》めた。

「リオをいじめないで…！」

涙でぐずぐずになった声を、埋めた胸に向かって吐き出すと、背中にようやくリオンの温かな手がそっと添えられた。

今日、はじめて感じる温《ぬく》もりだ。

「アル、ごめんな。痛かったな」

頬を触れ合わせるように耳元でささやかれ、怪我に触らないよう慎重な手つきで、それでも限りないやさしさと愛情に満ちた手のひらで、肩や頭を何度も撫でられるうちに、アルティオはようやく安心して目を閉じた。

そして、世界で一番安心できるリオンの腕の中で、泣きながら眠りに落ちたのだった。

生後一歳。人齢で三歳のアルティオは、まだリオンのことを無条件に慕っていた。それこそ鳥の雛が

卵から孵化《ふか》して最初に目にしたものを、たとえそれが箒《ほうき》でも、親だと信じて慕いついて歩くように。

無条件な信頼と愛情が、大きく揺らいだのはいつだったろうか。

――あれはそう、二歳の冬。十二ノ月に行われた幼年學院《がくいん》の入學式だ。

例の怪我さわぎのあと、リオンは心から反省して、アルティオを決して書斎に入れなくなった。書斎だけでなく、危険を及ぼしそうな書物や書類が側にあるときは、アルティオを遠ざけた。

書斎の扉には鍵《かぎ》がかけられ、アルティオが気軽に入って邪魔できなくなったせいか、リオンは魔獣研究にさらにのめりこみ、アルティオは一日の大半をリオンなしで過ごしていた。

その時点で、疑問は芽生えていたのだ。

リオンは本当に自分の〝対の絆〟なんだろうか。

何か手違いがあって、本物と入れ替わってしまったんじゃないか。

紙芝居や絵本、ときどき皇宮で催されるお芝居で見聞きする入れ替わり劇。それが自分の身に起きたのではないと、誰が言い切れる？

親に叱られた子どもが拗ねて、自分は橋の下から拾われてきた捨て子だと、我が身を哀れんで悲しみを紛らわせるように、いつの頃からかアルティオの胸にはそんな考えが芽生え、枯れ果てる機会がないまま秘《ひそ》やかに育っていた。

それが子どもじみた夢想ではなく、考慮する余地のある仮説に変わったのは幼年學院の入學式。

皇帝臨席の下執り行われた厳かな式次第が終わり、新たに顔を合わせた騎士同士、懇親の宴に出席する運びになったとき、リオンは忘れ物をしたといってひとりで屋敷に戻った。入學式が行われた幼年第一學院は、金位《インペリアル》ノ騎士に与えられた皇宮敷地内の離宮――冬花宮《とうかきゅう》からさほど離れていない。馬を使えば半時間ほどで行って戻ってこられる。それなのに。

懇親の宴で上級生たちが新入生のために準備し、上演してくれたお芝居がはじまっても、終わっても、そのあとの軽食会がはじまっても、リオンは戻ってこなかった。

リオンに「すぐに戻るから、頼む」と言われてアルティオを預けられたロスタム・ロマイラが、途中で「何かあったんじゃないか」と心配して様子を見に行こうとしたけれど、アルティオはそれにすっかりやさぐれた気持ちで答えた。

「別になんにもない。いつもと同じ。本を読みはじめて夢中になってるだけ」

〝対の絆〟同士が使える心話で確認したからまちがいない。呼びかけても当然返事はないけれど、返ってくる雰囲気――アルティオにとっては慣れ親しんだ空気感のようなものでわかる。

「え…!?」

明るく陽気で、ささいなことでは動じないロシィが、さすがにぎょっとした表情で動きを止め、左腕に自分の〝対の絆〟ハルトを抱えたまま、アルティオの顔をのぞき込んだ。

「本って…、それってマジか？」

「『マジ』だよ。別に、慣れてるから平気。こんなことしょっちゅうだもの」

子どもの強がりほど、大人が見ていて切ないものはない。けれどこのときのアルティオは、周囲の大人をすっかり騙《だま》せたつもりでいた。

そして自分の心も。

――平気。リオンなんかいなくても、おれは平気。いつもひとりだもの。誕生日だって入學式だって、ほったらかしなんて慣れっこだし。リオンはおれより魔獣研究の方が大切で大好きなんだ。おれのことなんて、本当はどうでもいいんだ…。

自分に言い聞かせるための強がりは、そうと知らぬ間に、心の深い場所を静かに傷つけてゆく。

　軽食会を終えると〝対の絆〟のいないまま雛を連れまわすのは憚《はばか》られたのだろう。ロシィにつき添われて屋敷に戻ったアルティオを出迎えたのは、リオンではなくエドワルドだった。

「エド…」

「お帰り、アルティオ。リオンはまだ書物と格闘中だから、私が君の相手をするよ」

　エドワルドは腰を落として視線をあわせ、子どもの目から見ても実に魅力的な笑顔を浮かべた。

　エドワルドはカムニアック侯爵家の嫡男で次期当主。リオンの元主人で、今は義理の兄でもある。

　ふたりの関係を簡単に説明すると、養子と実子の義兄弟ということになる。ただし、リオンにカムニアック家の遺産相続権は与えられていない。

　元々リオンはカムニアック侯爵家の奉公人だったが、侯爵家の嫡男と同い年だったことに加え、同じ年頃の子どもたちに比べて聡明《そうめい》さが抜きん出ていたため、侯爵に気に入られ、嫡男エドワルドの遊び相手兼、従僕見習いに抜擢《ばってき》された。

　その後、リオンは帝国暦一〇〇一年に起きた【第三の災厄】で家族だけでなく、近しい親族も軒並み魔獣に襲われて殺され、天涯孤独の身の上となった。

　その時点で侯爵は深い同情を寄せてくれていたが、養子に迎え入れる決意をしたのは、リオンがその年の〝選定の儀〟で金《インペリアル》位の繭卵に選ばれたからだ。

　リオンが金《インペリアル》位の繭卵に選ばれたことを、独自の情報網でいち早く知った侯爵は、皇帝に願い出てリオンを侯爵家の養子に迎え入れた。

　この年即位したばかりの新皇帝ヴァルクートは、人間側の都合で繭卵を高位貴族にあてがうという、七百年近く続いていた慣例と、大法典範を撤廃して〝選定の儀〟の自由化を宣言した。数多《あまた》の反対を押し切って、繭卵が自分の〝対の絆〟を選ぶという源初の形を復活させたのだ。

古くからの慣例では、金位《インペリアル》の繭卵との対面を許された者は最低でも侯爵家、繭卵の数が減ってきてからは皇族のみと定められてきた。その掟《おきて》を破って、金位《インペリアル》の繭卵が無位無冠の庶民を選んだとなると混乱は必定。古い価値観と山よりも高い自尊心に凝り固まった高位貴族たちの中には、リオンを暗殺して孵化する前の金位《インペリアル》を強奪しようとする動きまであった。

そうした状況の中でカムニアック侯爵からの申し出は、皇帝にとって苦々しいと同時にありがたいものでもあった。

カムニアック侯爵家は高位貴族の中では有力者の部類で、皇族にも縁者が多数あり、独自の情報網と縁故を持つ。貴族だけでなく、国外の商人や貴人とも誼《よしみ》を通じて、手広くつき合っている。金位《インペリアル》ノ騎士の後ろ盾としては充分だ。


カムニアック侯爵家にとっても、自家から金位《インペリアル》をひとり輩出した形にできれば何かと面目が立つ。互いの利害が一致したところで交渉が成立。

以後、リオンは由緒ある侯爵家の一員として扱われるようになった。

カムニアック家の正真正銘の嫡男エドワルドは、リオンと同い年だが、同じのは年だけで、他は何もかも違う。

リオンより拳ふたつ分は背が高く、肩幅が広く、胸板も厚く、所作は優雅で余裕に満ちている。髪は朝陽を浴びた金鱗花《きんりんか》のように見事な黄金色で、襟足にかからないようすっきり切りそろえ、前髪も寝るとき以外はきれいになでつけている。

いつも糊《のり》の効いた中着《シャツ》と皺ひとつない上着を身につけ、音楽のように心地いい節まわしで語りかける。

瞳の色はアルティオとよく似た薄青色。

趣味が豊富で、芸術方面に造詣《ぞうけい》が深い。

魔獣研究に没頭して、アルティオへの気配りが圧倒的に足りないリオンに代わって、金位《インペリアル》に必要な品位や教養を薫陶してくれた。馬術や楽器演奏、音楽、絵画鑑賞、舞踏《ダンス》や話術といった基本的な事柄以外にも、子どもらしい水遊びや砂遊びの場を設け、飽きることなくつきあってくれた。かくれんぼや、追いかけっこも。午睡《ひるね》の前には絵本を読み聞かせてくれるし、添い寝もしてくれた。

まるで、もうひとりの〝対の絆〟みたいだ。

アルティオは常々そう思っていた。

だからその日、リオンではなくエドワルドが迎えに現れたとき、つい口にしてしまった。

「エドがおれの〝対の絆〟だったらよかったのに」

そう言った瞬間、エドワルドの顔に浮かんだ表情はなぜか思い出せない。

覚えているのは、そのあと書斎から出てきたリオンがびっくりした顔で「どうした、何かあったの？」と、他人事のように訊《き》いてきたのに腹を立て、屋敷を飛び出して皇宮の奥にある〝聖なる庭〟に向かったこと。

皇宮に入るまではエドワルドがついてきてくれた。心配して追いかけてくれたのがリオンではなく、エドワルドだったという事実にわけもなく打ちのめされ、腹が立ち、拳を握りしめて走り続けた。

エドワルドの姿はいつの間にか見えなくなったけれど、皇宮の〝聖なる庭〟近くには、皇帝直属の近衛騎士が警護を務めているので、アルティオひとりでも安全だ。近衛騎士たちは全員、金位《インペリアル》の顔を熟知しているので、アルティオを誰何《すいか》したり行く手を阻むような者はいない。

アルティオがときどきしゃくり上げ、小さな拳で何度も涙をぬぐいながら〝聖なる庭〟の扉前に立つと、一瞬も待つ必要はなく左右に控えた近衛騎士の手で扉が開かれた。

〝聖なる庭〟は繭卵時代を過ごし、孵化して〝対の絆〟と誓約を交わしたあとも、しばらくそこで暮らした場所だ。一〇〇一年生まれの金位《インペリアル》三騎にとっては、いわば生まれ故郷のようなもの。

　懐かしい草地に足を踏み入れ、冬でも初夏のように暖かく保たれた美しい庭の、花と緑と果実の匂《にお》いを吸い込んだとたん、それまでこらえていたものが解けて涙がほとばしり出た。

「リオンは……、リオンなんて……ッ」

　胸の中で出口を求めて渦巻いている言葉がある。けれどそれを口にしてしまえば、何かが永遠に壊れてしまいそうで、声に出すのが怖い。

　ひっくひっくとしゃくり上げ、泣きすぎてヒリヒリ痛む両目を瞬《まばた》かせながら歩き続けていると、頭上から頼もしい羽ばたきの音が落ちてきた。

【なにやってんだよ、チビ助】

「キリハ……！」

　見上げた先、西日で青味を増した空を背に、耳と手足の先端以外、艶《つや》やかな漆黒の体毛に包まれたインペリアル・キリハがいた。

【またリオンが、なんかやらかしたのか？】

　世界で最も高貴な聖獣だと敬われ、崇敬の対象になっている皇帝《インペリアル》の聖獣なのに、キリハは聖獣同士しかいない場所では砕けた口調になる。

【ほら来い。途中で獣型に変化するなよ】

　口調だけでなく、仕草も大雑把で気取ったところが微塵もなくなる。アルティオはキリハに襟首を銜《くわ》えられ、庭の中央に生えている巨木の根元まで運ばれた。服で喉がつまらないよう両前肢でちゃんと身体を支え、万が一落としても怪我をしたりしないよう、地上すれすれを飛んでゆく。行動自体は大胆で大雑把だが、そうした細やかな気遣いをごく自然にしてくれるので、雛はみんなキリハが大好きだ。

　大樹の根元は、まるで巣穴のように居心地よく整えられていた。清潔な毛布と鞍嚢《クッション》があり、新鮮な果実と花菓子や蜜《みつ》菓子が山と盛られた盆があり、美しい絵をふんだんに用いた書物や、街で評判の雑誌まである。飲み終わったばかりの茶器がふたつあったので、ほんの少し前までここに皇帝もいたのだと分かる。

陛下はもう執務室に戻ってしまったのだろうか。

アルティオはキリハと同じくヴァルクートのことも大好きなので、頼もしい皇帝の姿をさがしてきょろきょろとあたりを見まわした。ふたりとも、アルティオを見ると、リオンがなかなかくれない慰撫や賛辞、暑苦しいほどの愛情表現を雨あられと与えてくれるので、寂しいときは本当に癒される。

皇帝の姿は見つけられないまま、アルティオはやわらかな毛布を敷いた草の上にそっと下ろされ、続いて腰を下ろしたリハの獣身にくるりと包まれた。

キリハの身体は張りがあるのにやわらかく、良い匂いがして温かい。

アルティオは幼児のように身を丸め、他より少し長めの体毛が密集しているキリハの胸に顔を埋めた。

【よしよし。ほら顔を上げろ。こんなに泣いて。目が溶けちまうぞ】

キリハの大きな口吻《こうふん》に突かれて顔を上げると、大きな舌でベロリべろりと思いきり頬を舐められた。頬だけでなく、泣きすぎて腫れぼったくなった両目や、汗ばんだ額、顎や首筋まで、念入りに舐められるうちに、傷つき荒《すさ》んだ心がなだめられた。

アルティオの気持ちが落ちつくのを待っていたかのように、サクリと芝生を踏む音がして長い影が落ちる。

【ヴァル】

「陛下！」

ふたり同時に顔を上げると、皇帝ヴァルクートが春の木漏れ日のような笑みを浮かべて自分たちを見下ろしていた。

「アルか。またリオンが何かやらかしたのか？」

打ち合わせたわけでもないだろうに、ヴァルクートは自分の〝対の絆〟とまるきり同じ言葉を口にしてアルティオを抱き上げた。

身体がふわりと浮き上がり、目線が一気に高くなる。一瞬の浮遊感。目に飛び込んでくる木漏れ日は冬の斜光。突き刺さるほど眩《まぶ》しいきらめきに、思わず「きゃあ」と歓声を上げると、最初よりもさらに高く抱き上げられた。そのまま宙に放り投げられ、落ちたところを逞《たくま》しい両腕にしっかり抱きとめられるという、胸が弾んで身悶《みもだ》えたくなるような遊びを何度かくり返してもらい、嬌声《きょうせい》を上げすぎて息が苦しくなったあたりで地面に下ろしてもらった。

ヴァルクートに遊んでもらっている間に、キリハは人型に変化して、飾り気があまりないのに華やかに見える黒の軍衣を身につけ終わっていた。

「もう、行ってしまうの…？」

キリハとヴァルクートが略服ではなく正装をきっちり着込んでいることに気づいた瞬間、寂しさが舞い戻り、せっかく止まった涙がふたたびじわりとこみ上げてくる。

とっさに服の端をつかんで引き留めたくなるのを、ありったけの自制心でこらえていると、

「大丈夫。まだ行かない」

やさしい声と一緒にポンと頭を撫でられて、大樹の根元に仲よく並んだキリハとヴァルクートの間に、ちょこんと挟まれる形で腰を下ろした。

「それで、どうしてあんなに泣いてたんだ？」

改めてキリハに尋ねられたので、アルティオは入學式後に催された懇親会での顚末《てんまつ》を語った。

感情を交えず淡々と「いつものことだから、慣れてるけど」と嘯《うそぶ》いた瞬間、キリハに肩を抱き寄せられ、ヴァルクートの大きな手で頭を撫でられて、我

慢の蓋《ふた》が開いてしまった。

「ぼく、もうずっと、考えてたことがあって」

「何を？」

「――リ…、リオンが…、リオンは……ッ」

「うん？」

「リオンは、ぼくの本当の〝対の絆〟じゃないかもしれない…！」

とうとう言ってしまった。

言葉にした瞬間、これまでずっと我慢して耐えてきた悲しみや寂しさがどっと押し寄せて、瞳が涙の海で溺《おぼ》れたみたいになった。

「まさか。そんなわけあるもんか」

「そうだ。いくら寂しくても、冗談でもそんなことを言ってはいけない。リオンが悲しむ」

またしても左右から、やさしさの中に厳しさを含んだ声で諭されて、アルティオは反論しようとした。

「だって…！」

じゃあどうしてリオンは、イングラムのエディンや、ハルトのロシィみたいに、いつでもどこでもぼくと一緒に出かけてくれないの!?　評判のお芝居を観に行くのも、郊外の離宮に出かけるのも、庭園を散策するのも、三回に二回はついてきてくれない。一緒に遊んでいても気がつくと上の空で、ぼくといても楽しそうじゃない。

いつもいつも書斎に籠《こ》もるか図書館に通い詰めて、ぼくとしゃべるのは「おはよう」と「おやすみ」しかない日だってある！

そんな〝対の絆〟ってある!?

イングラムもハルトも、鬱陶しいから少し放っておいてって文句が出るくらい大切にしてもらって、可愛《かわい》がってもらってるのに!!　ぼくだけどうして…！

「ぼくがインペリアルとして出来損ないだから？」

涙混じりに訴えたとたん、即座に、ことさら強い口調でヴァルクートに否定された。

「まさか！　そんなことは絶対ない。アル、君は素晴らしい聖獣だよ」

「じゃあ、やっぱりリオンが偽物なんだ…」

ぐすぐすと言い募った瞬間、それまでとはちがう、強く深みのある声でヴァルクートに名を呼ばれた。

「アルティオ」

本能的にヒクンと背筋が震えて口をつぐみ、アルティオはおそるおそるヴァルクートの顔を見上げた。

皇帝の顔には恐れていたような怒りや苛立ちの色はなく、むしろアルティオのすべてを受け入れて許しているような、深く豊かな愛情に満ちている。ただしそこには、幼いアルティオにはまだ読み取ることができない不思議な感情もあるように思えた。

「アルティオ、よく聞きなさい」

ヴァルクートはそう前置きして説明した。

「リオンは【第三の災厄】で家族も親戚《しんせき》も全員、魔獣に殺されてしまった。祖父母、両親、姉、妹、弟、それに幼い甥《おい》、生まれたばかりの姪《めい》。子どもの頃から仲よく遊んだいとこたちも。近しい者は全員」

「全員？」

「そうだ」

それはたぶん、アルティオにとってリオンを失い、キリハやヴァルクートを失い、イングラムもハルトも、ロシィもエディンも、お髭のラドニア公や歌が上手いグラディスも失うことと同じ。

アルティオの瞳に理解の光が宿ったことを確認して、ヴァルクートは続けた。

「大切な者をすべて失った。魔獣に殺された。だから、どうにかして仇《かたき》を取りたいと思っている」

分かるだろう？　と顔をのぞき込まれて、アルティオはこくりとうなずいた。けれど、ひとつだけ反論したい。

「魔獣ならぼくがやっつけるのに。大きくなったら、ぼくが全部やっつける。リオンの家族のかたきはぼくが取るよ。だから」

リオンがぼくをほったらかしにしてまで、魔獣の研究をしなくてもいいじゃないか。

「そうだな。でもリオンは、君が戦えるようになった時、少しでも君の負担が減るようにと思って、魔獣の弱点を研究しているんだ」

「…でも、だって…ぼくが――」

ぼくが斃すって、リオンは信用できないの？

アルティオの暗い疑いに気づいたヴァルクートは、暮れゆく夕空の彼方《かなた》に目を向けた。

「そうだな。アルティオはとても強い聖獣になる。たくさん魔獣を斃すだろう。けれど、いくらアルティオが強くても、魔獣すべてを斃すことはできない。

――…できないんだ」

語尾は独り言のよう小さく、にぎりしめた拳に向かってささやかれた。わずかにうつむいた目元に赤味を帯びた金色の前髪がこぼれ落ちて、影を作る。そこに漂う色濃い疲労の気配にはじめて気づいて、アルティオは心配になった。

「陛下、つかれてる？　どこか痛い？」

急に自分の寂しさや悲しさが、小さなことのように思えて恥ずかしくなった。あわてて身を起こし、ヴァルクートの額に小さな手を伸ばす。自分の具合が悪いとき、リオンが必ずそうしてくれるからだ。リオンの少しひんやりとした手のひらに額を押さえられると、それだけで気持ちが楽になる。ヴァルクートにも効いて欲しいと思いながら、ぺたりと額に手のひらを当てると、ヴァルクートはちょっと目を見開いて、蕩《とろ》けるような笑みを浮かべてくれた。

「アルはいい子だ」

小さな拳を包み込むように手をにぎられ、額をこつんと合わせて褒めてもうと、うしろでキリハが名案を思いついたとばかりにポンと手を叩いた。

「ほんとにな！　こんなにいい子で可愛い雛を放ったらかして魔獣の研究を優先するなんて、やっぱりリオンは騎士の風上にも置けないなぁ。そうだ！　アルはうちの子になったらいい。うちは広いし部屋もたくさんあるから、小さいアルひとりくらい増えても問題ない。ちょうどいい、今日からうちで暮らしな。向こうがアルを放ってるんだから、アルもリオンのことなんか放っておいて、うちで好きなだけ遊んだらいい。な？　いいだろヴァル」

　口を差し挟む余地のない勢いで同意を求められたヴァルクートは、あっさりとうなずいた。

「ああ」

「よし。それじゃ今日からアルはうちの雛《こ》だ！」

　宣言されたとたん、アルティオの胸には喜びではなく寂しさと切なさがいっぱいに広がった。

　リオン以外にやさしくされても大切にしてもらっても、満たされないものがある。自分の〝対の絆〟ではないヴァルクートとキリハがこんなにも優しく、頼もしくて愛情豊かなのに、どうして〝対の絆〟のリオンはぼくのことを構ってくれないのか。

　もっともっと遊んで欲しいのに。抱き上げて撫でて欲しいのに。僕だけを見て欲しいのに。

　リオンに対する不満はたくさんある。

　それでも。

　側を離れるのは嫌だ。夜中にこっそり寝台に潜り込めないのも嫌。朝起きて、きれいに梳かしたばかりの髪をくしゃくしゃにかきまわされて、抱き上げてもらい、おもいっきり頬と額と唇に唇接けを受けてから、にっこり笑って「おはよう」と言ってもらえないのも。

「やだ…」

「ん？」

「うちに帰る」

　ぽそりとつぶやいたとたん、アルティオの身体はヴァルクートの腕からキリハの腕の中に移動した。

「そうか、そうだよな。それなら送って行ってやる。あ、ヴァルは仕事に戻っていいよ。オレが送ってくから」

大きくうなずいたキリハと手を繋ぎ、ヴァルクートにさようならと手をふって、アルティオは〝聖なる庭〟を出て、騎士の風上にもおけない〝対の絆〟リオンの元へ戻ったのだった。


帝国暦一〇〇六年、十一ノ月に行われた二重新月の魔獣迎撃戦は、近年まれにみる圧倒的勝利で終わった。この戦いから新たに参戦した若い金位《インペリアル》三騎の存在が、勝利に多大な貢献をしたことはあえて語るまでもない。

インペリアル・イングラムとその騎士エディン・レハールの戦果は、ヘリオス級二頭とムンドゥス級一頭撃破。

インペリアル・アインハルトとその騎士ロスタム・ロマイラの戦果は、ヘリオス級四頭とムンドゥス級一頭の撃破補助。

インペリアル・アルティオとその騎士リオン・カムニアックの戦果はウラヌス級二頭のみ。ちなみにウラヌスは紫位《ヴィオレット》で撃破可能な等級《クラス》だ。

アルティオとリオンだけ戦果が劣っているのは、誰の目にも明らかだったが、待望の新金位《インペリアル》参戦に沸き立ち、圧倒的勝利に歓喜していたため、クルヌギア城塞の軍団内ではさほど言及されなかった。

むしろ毎回気絶して帰還したり、城塞内をよろめき歩いて柱にぶつかるといったリオンの金位《インペリアル》ノ騎士にあるまじき無様な戦いっぷりが、笑い話としても囃《はや》されたくらいだ。

分厚い瓶底眼鏡をかけ、いつも小脇に分厚い本か書類の束を抱えて歩くリオンの姿は、クルヌギア城塞の騎士たちの間でも名物となり、彼の傍らで悠然と歩くインペリアル・アルティオは『宝の持ち腐れ』と揶揄《やゆ》され、悪意のない笑いの対象となった。

　そのことを知ったリオンは多少驚きはしたものの、別に腹を立てるでもなく、

『宝の持ち腐れかぁ…。まあ、アルが宝なのは正しい認識だし、能力に見合った活躍をさせてやれないのは僕のせいだから、間違ってはいないよな』

　などと明後日な方角の感想を述べ、アルティオをますます呆れさせた。

　帝都でも大衆紙や娯楽紙が面白《おもしろ》おかしくリオンの失敗談を書き立てた。

『仰天！　金《インペリアル》位の初陣戦果！』

『初陣金《インペリアル》位ノ騎士リオン、気絶の回数では他の追随を許さず！』

『初陣の空に舞う金《インペリアル》位の勇姿！　その実態は…』

『戦場のお笑い担当・金《インペリアル》位ノ騎士リオンの生い立ちと驚愕の戦果！』

　などといった見出しが連日紙面を賑《にぎ》わわせ、見つけるたびにアルティオがうんざりしながら破り捨てるので、暖炉の焚《た》きつけには当分困らなくなった。

　翌月も翌々月の迎撃戦でもリオンとアルティオの戦果は芳しくなく、リオンが気絶する回数が騎士たちの間で賭《か》けの対象になったり、アルティオに小言を食らっていることが知れわたり、それらを面白おかしく粉飾した話が大衆紙の紙面を飾った。

　リオンはすっかり金《インペリアル》位ノ騎士としては頼りない、間の抜けた人物として帝国中に定着していった。

Ⅱ　†　貴公子エドワルド

〝選定の儀〟会場には、色とりどり、模様もとりどりの繭卵が等間隔にずらりとならんでいた。

繭卵には赤位《ロイツ》から琥珀位《ベルンシュタイン》、黄位《ゲルプ》、翠位《グリューン》、青位《ブラウ》、

紫位《ヴィオレット》、銀位《シルヴァ》、金位《インペリアル》まで八つの位階があり、青位《ブラウ》以上の繭卵には高位貴族しか立ち会えない。

いや、立ち会えなかった。

先頃発布された皇帝陛下の詔勅によって、繭卵の位階の高低にかかわらず、今回からどんな身分であろうとすべての位階の繭卵と対面できるようになったと言われた。文句があっても『皇帝陛下のご意向である』と言われてしまえば、その場にいる誰も逆らうことなどできない。

私がその繭卵の横を通り過ぎたとき、あたりに淡い光が広がった。

気づいた係官が飛ぶようにやってきて『持ってみてください』と言ったのは、残念ながら私ではなく、私のうしろを歩いていた私の従者にだった。

私が戻って取り戻す前に、従者が繭卵を持ち上げてしまった。

その瞬間。

繭卵が光を発した。

まるで、かくれんぼ遊びで最後のひとりをようやく見つけた幼子が、嬉しくて上げた笑い声のように、忙しない明滅をくり返す。

私のすぐ側で、従者の手の中で、呼吸のように淡く強く明滅をくり返す繭卵の重みと温もりに、私はたとえようもない愛しさが湧き上がるのを感じた。

同時に喪失感も。

私が近づいたから光ったのだ。

だからこの繭卵《こ》は私のもの。〝対の絆〟は私だ。

それなのに。

繭卵は私ではなく従者の手の中にある。

――取り戻さなければ。

たとえどんな手を使っても。

私は深く強く、決意を固めた。

†

初陣から四ヵ月後の帝国暦一〇〇七年、三ノ月。

皇帝主催の茶会が金獅子宮《きんじし》で催された。

招待されたのは昨年末で現役を引退し、郊外の離宮で悠々自適な退役生活をはじめたラドニア公とグラディスを除くすべての金位《インペリアル》と、この日の主役ともいうべき一対、黄位《ゲルプ》ノ騎士リグトゥール・フェルバッハとカイエだ。

リグトゥールとカイエはちょうど一年前、騎士たちだけでなく聖獣の間でも大きな話題となった事件の当事者だ。

事件とは、選定を受けた繭卵《たまご》を盗まれたと主張する男リグトゥールが、執念でその繭卵《たまご》から生まれた聖獣カイエを見つけ出し、偽りの主からひどい虐待を受けていたカイエを救い出すために元凶の騎士を殺し、自分が誓約し直したというものだ。

最初に事件のあらましを聞いたとき、アルティオは反射的に『騎士殺し』という大罪を犯した男に対して嫌悪と怒りを覚えた。しかし、殺された男が自分の〝対の絆〟に身売りをさせ、自分の酒食代を稼いでいたと知ると、怒りと嫌悪の矛先は殺された男に向かった。

酒食の饗応役として見知らぬ男どもに仕え、身体を好きなように弄ばれたという身売りの内容を聞いた瞬間、身の毛がよだつ憤怒が湧き上がり、そんな無体を幼い聖獣に強要した男など、殺されて当然だと思った。

アルティオの同情心は一気に、不憫なカイエを救いだしたリグトゥールに傾いた。イングラムやハルトたちも同じ。

世事には疎くなっていたリオンも、さすがにこの件に関してはしっかりと把握して、アルティオと同じように『騎士殺し』リグトゥールに深い同情を寄せた。同情を寄せるだけでなく、騎士と聖獣が再誓約する確率や、過去の事例を調べはじめたりした。

見た目は黄位《ゲルプ》の聖獣《カイエ》とリグトゥールは、保護という名目で皇宮敷地内の離宮のひとつで暮らしはじめたが、アルティオの冬花宮とは宮殿をはさんで反対側になるので、行き来のないまま一年が過ぎた。

だからこの日の茶会が、互いにはじめて挨拶を交わし親睦を深める日となった。

リグトゥールは予想よりずっと立派な男で、騎士としての資質は充分すぎるほど持っているように見えた。その上、剣の腕も素晴らしいらしい。

アルティオは思わず、自分のとなりでずり落ちた瓶底眼鏡を指で押し上げているリオンを見つめた。

リオンは茶を飲もうとして湯気で曇った眼鏡を外し、懐《ポケット》から手巾《ハンカチ》を取り出そうとしてないことに気づき、仕方がないので、ふうふうと息を吹きかけて曇りを晴らそうとしている。

相変わらずすぎて溜息も出ない。

息を吹きかけていると小さな唾の飛沫が飛んで、それを袖口で拭こうとしたので、アルティオは無言で自分の手巾を差し出した。

「ありがとう」

こちらの渋面などまるきり気にせず、笑顔を浮かべたリオンの裸顔が、なぜか可愛いと思ってしまった自分にわけもなく腹が立ち、ぷいと横を向いて、リグトゥールとカイエに視線を戻した。

リグトゥールは金位《インペリアル》ばかりの集まりに黄位《ゲルプ》の自分たちが呼ばれたことを訝しみ、多少不安そうではあったものの、立ち居ふるまいは堂々としていた。元護国軍人らしい姿勢のよさと、きびきびとした言葉遣いは見ていて気持ちがいい。

そして何よりも、『騎士殺し』という大罪を犯し、自分の命をかけて取り戻した〝対の絆〟カイエに向ける愛情に満ち満ちた眼差しを見れば、万言を費やすよりも彼がカイエを思う気持ちの深さが分かる。

リグトゥールは、アルティオたちが獣型に変化してカイエを遊びに誘い、庭に出たあとも、片時も目を離さない勢いでカイエを見つめ続けていた。

リオンが魔獣研究の成果について皇帝と意見を交わしはじめたとたん、アルティオが心話で呼びかけ注意を引こうとしても、なかなか気づかないよそ見っぷりとは見事に対照的だった。

それからさらにひと月後の四ノ月。

翌月に魔獣が涌出しない二重満月の祝祭期間を控えた帝都は、春の訪れという季節と相まって、華やかで陽気な雰囲気に満ちていた。

リオンは相変わらず書斎に籠もりきりで、魔獣迎撃戦以外で外出するのは、皇立図書館か魔獣研究所に出向くときのみという、面白味のない毎日を送っている。――いや、面白くないのはアルティオだけで、本人はこよなく充実した日々を過ごしているのだろう。

どうせ誘ってもあれこれ理由をつけて断られるのが分かっているので、アルティオは黙ってひとりで帝都西区にある運動競技円蓋《ドーム》にやってきた。聖獣の雛が飛空や跳躍訓練をする専用円蓋にくらべると、驚くほど天井が低くて狭いが、人の姿であれこれと身体を動かすには充分な広さがある。

アルティオはときどきここで、聖獣同士だけでなく対人競技としても発達した球技をして過ごす。

人型になると身体能力的には人間とさほど差がなくなるので、競技相手は人であったり聖獣であったり、そのときどきで変わる。

球技には長網《ネット》を挟んで枠板《ラケット》で球《ボール》を打ち合う庭球《テニ》や、道具は使わず手や腕で打ち返す排球《バレ》、手は使わず足で球《ボール》を蹴り合い敵陣地の的に打ち込む蹴球《サカ》などがある。球を使った競技は聖獣の本性に則しているので、どの競技も余暇を過ごす遊技として人気が高い。聖獣だけが参加できる大会もあるし、人間と聖獣が混合で競う大会もある。聖獣にも人間にもそれぞれ有名な選手がいて、大きな大会には観戦客が大勢つめかけて、まるでお祭りのような騒ぎになる。

アルティオは雛のときからエドワルドの紹介で有名選手の指導を受けたこともあって、かなり強い。

聖獣相手だと『金位《インペリアル》だから遠慮してわざと勝たせてもらった』などと言われるので、試合相手は人間を選ぶ。騎士でない人間は聖獣が身にまとう気の色など見えないから、アルティオが黙っていれば、すぐさま金位《インペリアル》だとばれることはあまりない。

競技用の簡素な衣服に着替えて小一時間ほど汗を流し、休憩しながらリオンの気配を探り、相変わらず置物のように書斎から動く様子がないのを確認してから、さらに一時間ほど思いきり身体を動かしてて競技場をあとにした。

アルティオが使う円蓋《ドーム》は貴族専用なので、競技場の周囲には富裕層相手のしゃれた喫茶店や飲食店が軒を連ねている。客に飽きられないよう、ときどき流行を取り入れた改装や、店の持ち主自体が変わって建て替えられたりするので、たまに来ると様変わりしていて面白い。

アルティオは美しいものが好きだ。

衣服も宝飾品も、建物も庭園も、絵画も工芸品も、そこに籠められた職人の熱意——天上の美と真理を地上に再現しようとした努力と情熱に心奪われる。

そう説明したときのリオンの反応は、

『僕は、アルがこの世で一番きれいだと思う』

という的外れなものだった。

『…でもアルの言いたいこと、少しは分かるかな。君を見てると、君をこの世に遣わした聖獣の神さまが、アルのことをどれだけ愛して大切に想って送り出したか、なんとなく分かる』

そう続けられた言葉も意味不明で、会話が嚙みあってないとは思ったけれど、そのときはリオンの瞳が他に気を取られることなく一心に自分だけを見つめていたので、まあいいかと受け入れた。

はあ…と溜息を吐いて空を見上げてから、アルティオは新しい店構えが魅力的な喫茶店に入ろうとした。その背中に声がかかる。

「アルティオ、元気だったか？」

懐かしい声にふり向いて目を瞠った。

「エドワルド！」

「ちょっと見ないうちに、ずいぶん大きくなって」

そう言って笑うエドワルドの姿は、最後に見たときよりずいぶん小さくなっていた。

——ちがう、俺が大きくなったんだ。

アルティオは両手を広げてエドワルドに駆け寄って抱きついた。目線がほとんど同じところにある。

「『ちょっと』じゃない！　二年も俺を放っておいて！　いつ帝都に戻ってきたんだよ」

「たった今。屋敷《いえ》に戻るより前に君に会いたくて」

「よく俺がここにいるって分かったね」

「愛の力だ」

「ばか」

エドワルドのまっすぐでてらいのない愛情表現に、アルティオは胸が高鳴るのを感じた。

二年ぶりに見るエドワルドは、記憶の中の姿より一層洗練されて、手の上げ下げひとつを取っても、ハッと目を惹《ひ》く不思議な魅力と存在感がある。

そしてアルティオは、まだ人型に変化できない雛の頃からエドワルドの姿を見ると胸がざわめいて、気になって気になって仕方なかった。一時も目を離せないような奇妙な焦燥感と、胸の高鳴りの正体。それに名前をつける勇気はまだない。

エドワルドは、書物に没頭しているリオンの代わりに、いつも遊び相手になってくれた。それこそ、〝対の絆〟でなければできないくらい時間を割いて、無償の愛情を注いでくれた。

「二年も、エドがいなくてすごく寂しかった」

「私もアルティオに会えなくて、夜も眠れないほど寂しかった」

額をこつんとつき合わせてささやかれ、またひとつ胸が大きく波打つ。

「これから時間はある？」

「うん」

「君に見せたい景色がある。よければ大驅獣型になって、私を乗せて飛んでくれないか？」

「え…？」

大好きなエドの要求なのに、反射的に身構えてしまう。

聖獣は基本的に自分の〝対の絆〟しか背に乗せない。もちろん例外はある。急を要する怪我人や貴人の搬送などだ。ただし馬や大犬のように、人や荷物を運ぶよう調教された家畜とは根本的な存在意義がちがう。だから空を飛べたり陸を馬や大犬の何十倍もの速さで疾駆できるからといって、安易に人や荷物を運ぶ役目は負わない。

高位の聖獣になればなるほど、そのあたりの自尊心は高くなる。ましてやアルティオは金位《インペリアル》。皇族ですら気安く騎乗を請うたりできない至高の存在だ。自分の〝対の絆〟以外、人を乗せることなど考えたこともなかった。

「駄目か？」

「う…ううん、まさか。駄目なわけない。エドならいいよ」

アルティオは一瞬の思考停止から立ち直り、その場で大驅獣型に変化してエドを背に乗せ、帝都のいたるところにある聖獣専用の鞍《くら》置き場に行き、そこで騎乗帯を装着してもらうと、改めてエドを乗せて大空に舞い上がった。

そうして一時間足らずの飛空でたどりついたのは、帝国南部に広がる国内随一の景勝地ヴェルリッツの荘園邸宅だった。

　風が凪《な》いで鏡のようになった湖面には、周囲に生い茂る金鎖槐《きんさえんじゅ》の木々が映り込み、まるで緑柱石を溶かしたように輝いている。

　その湖を見下ろす小高い丘に築かれた白亜の邸宅は、半円を描く列柱に囲まれた開放感のある作りで、湖面に向かって張り出した二階の露台から、湖を囲む森の向こうに沈む夕陽と、夕陽を受けて薔薇色に輝く空と雲、そして銀粉を蒔《ま》いたような星空が一望できる。もちろん、よけいな人影はひとつもない。

　名画のような景色は、邸宅の持ち主だけが独占して楽しめる。

　アルティオは邸宅の前庭に降り立ってから人型になり、用意されていた正装に着替えて、張り出し露台に用意された茶卓《テーブル》の前に腰を下ろした。

「すごい、きれいな所だ…」

　頰に吹き寄せる風には、南部のやわらかい甘さがある。影のように秘やかな動きの使用人が淹《い》れてくれた花茶は、馥郁《ふくいく》とした香りを放ち、暮れゆく夕景色は宝石のように美しい。

「気に入ってくれたかな？　アルが喜ぶだろうと思って、半年前に手に入れたんだ」

「俺のために？」

　驚いて斜め横に座ったエドを見つめると、リオンと同い年の男は、リオンとは比べものにならない成熟した大人の魅力にあふれた笑みを浮かべ、わずかにうなずいた。それから、二年前より少し深くなった笑い皺を目尻に浮かべて、茶杯を傾ける。

「それで、リオンは相変わらず？」

　アルティオはエドワルドが用意してくれた花菓子に手を伸ばしながら、顔をしかめてうなずいた。

「うん」

　リオンの前では意図的に成獣《おとな》らしくふるまっているけれど、エドワルドの前では気安さから少し子どもに戻ってしまう。

エドワルドは深い同情と理解を示す溜息を吐いてから、少し口調を変えて小さな箱を差し出した。

「遅くなったけど、初陣おめでとう。クルヌギアでの評判は聞いている」

「その話は止めよう」

うんざりしながら手をふって、不愉快な話題を断ち切る。それから差し出された小箱を持ち上げながら尋ねた。

「これは何？」

「成獣《せいじん》と初陣のお祝い」

小箱には金の象眼《ぞうがん》で雪花が繊細に描かれている。美しい装飾だけでも充分価値がありそうな箱の蓋《ふた》を開けてみると、中にはアルティオの瞳の色と同じ、氷青色の宝石を埋めこんだ指環《ゆびわ》が入っていた。

「指環？」

「そう。ネイリスのラザフォードの作品。君のために特別に作ってもらった」

ネイリスのラザフォードといえば予約が十年先まで埋まっているという超一流の細工職人だ。職人というより芸術家といっていい。その作品には神が宿るといい、身につけた者に幸運をもたらすという。

当然、値段もそれなりに破格だ。

「こんなにすごいもの、もらえるような初陣じゃなかった」

この世の何よりも貴重で稀少《きしょう》な金位《インペリアル》として生まれ、皇族と同等の何不自由ない暮らしの中で育ったわりに、アルティオの経済観念は庶民に準じている。〝対の絆〟のリオンの出自が平民だからだ。

もちろん本物の庶民と同じというわけにはいかないが、物には対価があり無料《ただ》で与えられるもの――特に高価なもの――には、金銭とは別の見返りを要求されることがある、ということは知っている。

見返りは権力の行使であったり、愛情であったり、様々だ。だから相手がエドでも確認する。

「コレってどういう意味？」

「君との絆をいつでも感じていたくて」

エドワルドは含みのある声音でそう言いながら、自分の左手の甲側を掲げてみせた。

「——おそろい？」

「そう」

「どうしてそこまで俺を…」

好かれているのは知っている。自分もエドのことは大好きだ。けれど、おそろいの指環というのは度が過ぎていると思う。恋人同士とか夫婦とか、特別な絆で結ばれた者同士でするものだ。

喜びではなく戸惑いを見せるアルティオの反応は、エドワルドの予想とはちがったらしい。彼は上品に眉根を寄せ、少しだけ苛立ちを露《あら》わにした。

組んだ足の上で両手をゆるくにぎりしめ、内緒話をするような小さな声でささやいた。


「君の本当の〝対の絆〟はリオンじゃなかったとしたら、君はどう思う？」

「——え？」

唐突に切り出された話題は物騒すぎて、二の句が継げない。無言で目を瞠るアルティオに、

「本物の絆は、こっちだと言ったら？」

エドワルドは自分の指に嵌めた指環と、小箱の中の指環を視線で示して、切ない笑みをうかべる。

「どういう意味…」

ふいに、先月はじめて顔を合わせたリグトゥールとカイエのことが脳裏を過ぎって、呼吸が浅くなる。

「今はこれ以上言えない。確証がないままこれ以上続けると、罪に問われてしまうから」

「エド」

「でも、よく考えてみて、アルティオ。君がリオンに抱く感情。私に抱く愛情。どちらが本物か」

エドワルドはそう言い残し、再び外遊に出てしま

った。彼の言葉の意味が分かったのはもう少しあと。

その間、アルティオの胸には彼の言葉が、抜けない棘《とげ》のように刺さって消えることはなかった。

Ⅲ　†　リオン・レーベン＝カムニアック

リオンは昔から、駆け比べをすれば常にビリ。水練をすれば溺れ、体術では歳下《としした》の子にも投げ飛ばされ、そのたびに気絶しているような子どもだった。

親族一同や友人たち、學舎の教師にまで運動能力を母親の腹の中に置き忘れてきたのだと、その鈍臭《どんくさ》さを笑われたものだが、代わりに頭は良く、座学にかぎって言えば小學で常に一番の成績だった。

出身はカムニアック侯爵家所領のラコニア州バルカ村。聖獣の主食のひとつ、花卉《かき》栽培を生業にしている農家の次子、長男として生まれた。

姉がひとり、弟がふたり、妹がひとりの五人兄弟。

祖父は村で珍しく中等學舎まで進学した人間で、運動がまるで苦手な孫《リオン》に書物を与え、小學に上がる前から読み書きを教えるような知者だった。

祖母はリオンが転んだり、どこかから落ちたりして怪我をして帰ってくるたびに、秘蔵の膏薬《こうやく》を取り出して手当てしてくれるやさしい人だった。

父母はとにかく働き者で、食べ盛りの子ども五人を育て上げ、全員欠けることなく小學を卒業させたことが唯一の自慢という、正直で悪意のない人たちだった。

バルカ村だけでなく近隣の花卉や果樹農家のほとんどがそうであるように、暮らしは豊かとはいえないが困窮するほどでもないという、ぎりぎりの境界を行き来している状態で、子どもの教育は小學まで。村の子どもは十二歳で卒業すると、ほとんど全員が家業の手伝いか、近隣の村や街の職人工房に行き奉公人となる。レーベン家も当然、子どもを上の学校に進学させる余裕などなかったが、リオンの優秀さを惜しんだ小學の校長と祖父の勧めで、中等學舎に通うことができた。

　費用は校長の推薦によって支給された奨学金と、祖父が孫の結婚費用に溜《た》めていたへそくりで賄った。

　中等學舎でもリオンの運動音痴ぶりと頭の良さは抜きん出ていたが、さすがに大學に通わせる余裕が家にはなかった。十五歳で中等學舎を卒業すると、リオンは教授の推薦で領主カムニアック侯爵の荘園館の奉公人となった。単なる下働きではなく、同い年の嫡子エドワルドの身のまわりの世話をする下僕としてだ。農家の長男に過ぎないリオンには、破格の待遇である。

　最初は領地の荘園館づきとして、領主一家が館《やかた》で過ごすときだけ下僕を務め、留守の時期は村に戻って家業の手伝いをしていた。

　しかし、リオンの聡明さを気に入ったエドワルドが父侯爵に願い出て、自分の付き人としてリオンも大學に出入りできるようにしてくれた。様々な制限はあったものの、大學の図書室の使用を許され、教室の後ろで授業を聴講することもできた。

　帝国暦一〇〇一年に二十歳でエドワルドが大學を卒業すると、リオンは従僕に抜擢され、エドワルドが行くところならどこへでも随行するようになった。

　エドワルドの関心は多岐にわたり、国内だけでなく国外の政治情勢、商人たちの動向、物価の変遷や天候の話をしていたかと思うと、次の瞬間には、古代の芸術家ロスマリオスの手記について語り、その次は今年の果物相場を予想するといった具合だ。

　それらの話題に難なくついていけるのはリオンだけだった。ただし、知識としては対応できても、芸術作品についての見解や解釈となると一転、「青い色が好きです」とか「花がきれいに描けてます」とか「美人だけど、僕の好みではありません」といった情緒のない物言いになるところも、エドワルドは妙に面白がって気に入っていた。

その年リオンが故郷の家に戻ったのは、新年の祝日にちらりと顔を見せに行ったときだけ。その三ヵ月前に生まれたばかりの姪——妹の初子——を抱かせてもらい、姉の子の五歳と三歳になる甥たちに「リオ」「リオ伯父《おじ》ちゃん」と懐かれ、帝都土産《みやげ》の絵本を読み聞かせて喜ばれた。

前年の新年祝日に家族と親戚が集まったとき、一同から「結婚はまだか」「好いた娘はいないのか」と問いつめられ、うっかり「仕事が忙しくて、まだ考えていない」などというぼんやりした受け答えをしたせいで、今年の新年祝日にはどこからか年頃の娘を連れてこられ、成り行きで見合いをした。

双方どちらもこれといった不満はなかったので、その場で婚約ということになり、結婚式はリオンが次に帰郷したときと決まった。婚約者とは月に一、二度の頻度で手紙をやりとりするだけという、清らかな交際が続いていた。

主人のエドワルドにそのことを話すと、思いきり笑われ「おまえはそれでいいのか？」と確認されたので、「別に不満はありません」と答えて、また笑われた。

エドワルドは絵に描いたような貴公子で、年端も行かぬ幼女から髪の白くなった老女まで、女性だけでなく同性にまで、幅広く人気がある。

見た目の美しさだけでなく、相手に合わせた話術の巧みさ、端正な物腰、次期侯爵として描く未来に向かって努力し邁進《まいしん》する姿勢。そういったものすべてが、たまらない磁力となって人々を惹きつける。

もちろんリオンもエドワルドに心酔していた。

彼のとりなしのおかげで、特別に大學の聴講生として學舎への出入りを許され、勉学の機会を得たことにも深く感謝していた。

帝国暦一〇〇一年五ノ月。のちに【第三の災厄】と呼ばれる帝国内への巨大魔獣侵襲は、十五日の夜半に響き渡る警鐘ではじまった。

その夜、リオンはエドワルドに従って帝都のカムニアック侯爵邸にいた。

打ち鳴らされる警鐘の音は、生まれてはじめて耳にする激しさだったが、その意味を知らない帝国民はいない。

『魔獣侵襲。臣民は避難せよ』

警鐘に続いて騎士と聖獣以外の外出禁止が厳命され、帝都には戒厳令が敷かれた。警告に従いカムニアック侯爵邸は厳重に戸締まりをして、主従一同は地下室に避難した。

外出禁止令が解除されたのは、最初の警鐘から丸二日後の十七日未明。その間、カムニアック侯爵とエドワルドは、帝都地下に張りめぐらされた隧道《ずいどう》を使って要所要人と連絡を取り合い、魔獣侵襲の規模と迎撃戦の推移をほぼ正確に把握していた。

リオンはエドワルドに随行し、刻々と収集されてゆく情報の記録と整理に勤《いそ》しみながら、祈り続けていた。

——魔獣が涌出するクルヌギアは大陸最北端。そこからまっすぐ帝都を目指しているなら、ラコニア州は進路からわずかに逸《そ》れる。……逸れてくれ。神様どうか…、故郷を、村を、家族をお守りください。

リオンの祈りは、外出禁止令が解かれた十七日の朝、各地から続々と入ってくる被害情報によって砕かれた。

コーツァイト州アルコーズ、トラバー、ポリハール全滅。ヘルデラ村、メラク村、ミザール村全滅。ラコニア州カウダ、ノゼアン、ホルンフェス、ガトリア村、バルカ村全滅。アンナベルグ州カフ地方、セントーリ全滅。生存者絶無。

記録紙に延々と書き込まれていく『全滅』の文字。脂墨《インク》で記された模様にすぎないそのたった数文字は、何百、何千、何万の人命と家屋、彼らが愛した日々の営みと歴史のすべてが、永遠に失われたことを示していた。

リオンは記録紙に刻まれた故郷の村の名前をぼんやりと見つめ、救いを求めてエドワルドを見た。

エドワルドは悲痛な表情で首を横にふり、その場に崩れ落ちたリオンの背を何度もさすって慰めた。

——この目で確かめるまで、信じない。

そう自分に言い聞かせ、眠れない不安な夜を十日ほど過ごしたあと、リオンは侯爵とエドワルドが自領の被害状況を確認するため、ラコニア州へ向かう馬車に同行させてもらった。

迂回《うかい》道を使い、途中からは馬車を捨て馬に乗り換えて、切断された公道の代わりに古い枝道や、ときには牧草地や果樹園、花卉畑を突っ切って、ようやくバルカ村を含めたカムニアック侯爵領を遠方に望める小高い丘にたどりついた。

初夏の風が吹き抜ける丘のこちら側は、緑が眩しく輝いている。その向こう、本来なら森が広がり、湖の水面が陽射しを反射し、花卉の緑と色とりどりの花の蕾《つぼみ》が風を受けて小波のように揺れているはずの畑地が、湖のまわりに密集している集落が…——。

「なにも…無い」

右から左へ見わたす限り、大地は無残にえぐれて元の地形は跡形もない。緑地は真黒く穢れた焦土と化し、人や獣の姿はおろか、鳥も虫も草木の一本も見えなかった。

自領の惨状を目の当たりにして、さすがに呆然《ぼうぜん》とした声でカムニアック侯爵がつぶやく。

「このあたりはステルラ級の進路になっていて、聖獣と騎士たちが必死に侵攻を阻もうと戦ったらしい。

金位《インペリアル》に両断された片割れが堕《お》ちて、あのあたりから向こうの端まで地上にあるものすべてを侵蝕してしまったそうだ」

魔獣の出現から墜落まではあっという間の出来事で、夜半という時間帯のせいもあり、異変に気づいて逃げ出せた人間は皆無。被害を目撃したのは、魔獣の直撃を免れた周辺地域の人々のみだという。

「う…そだ――」

リオンはよろよろとその場を駆け出し、丘の途中でつまづいて転び、その場に手をついて慟哭《どうこく》した。

祖父母も両親も、姉も甥たちも妹も姪も、弟たちも、すべて魔獣に殺されたというのか…！

叔父や叔母も、従兄弟や従姉妹たちも、近所の人たちや幼なじみたちも、一度会っただけの婚約者も、ひとり残らず全員、魔獣に…！

「嘘《うそ》…だ……」

身体中の水分が、嘆きと一緒に地面に吸い込まれてしまうほど、リオンはその場で涙を流し続けた。


四ヵ月後。九ノ月。

言われたことは正確にこなすが、それが終わると次に声をかけられるまで身動ぎもせず、まるで木偶《でく》人形のようにぼんやりと時を過ごしていたリオンに、即位したばかりの新皇帝によって新設された魔獣研究機関のことを教えてくれたのは、カムニアック侯爵だった。

「帝国中から集められた魔獣研究の権威たちは錚々《そうそう》たる顔ぶれで、おまえのように大學で正式に学問を修めたわけでもない若輩者が入り込む余地はないが、助手を何人か必要としていると聞いたので、おまえを推薦しておいた。明日から出仕して励みなさい。たとえ大海の一滴に過ぎずとも、おまえの働きが魔獣殲滅の一助となるように」

「……はい！」

リオンは侯爵の温情に感謝して深く頭を下げた。

翌日から午後の数時間だけ、皇宮敷地に隣接した一画に建つ古い庁舎を改装した研究所に出仕して、細々とした実験の準備をしたり、記録を取ったり、膨大な文献の下調べという地道な作業をこなしたり、用事を言いつけられるまま、学者たちの間を走りまわって過ごした。

【第三の災厄】から五ヵ月後の十ノ月中旬。二重満月の祝祭期間開始と同時に、帝都では年に一度の〝選定の儀〟祭がはじまった。

〝選定の儀〟の参加資格は帝国内に定住してから三代経過している男子に限られる。年齢も十五歳から二十五歳と定められているが、二十歳を超えると繭卵に選ばれる確率はがくんと減る。リオンも主人のエドワルドも今年二十歳。〝選定の儀〟に挑むのは今回で六度目となる。

リオンはともかく、容姿才能性格と天が二物どころか三物も与えたようなエドワルドが、二十歳前に繭卵の選定を受けないのなら、この先もあるわけがないと周囲は思っているし、本人も口には出さないがそう考えているだろう。

その証拠に、帝都中央の繭卵《たまご》管理局に隣接する〝選定の儀〟の会場へ向かう馬車の中、窓枠に肘《ひじ》をついて外を眺めているエドワルドの表情は退屈そうだ。

主人《エドワルド》の繭卵に対する興味のなさに比べて、リオンは自分でもなぜか分からないほど落ち着かない。

昨夜は胸が高鳴ってよく眠れなかった。昨年までの〝選定の儀〟前にはなかったことだ。馬車が止まるたび、早く動けと心の中で唱え、人波に阻まれてノロノロとしか進まない速度に焦燥を覚えた。

早く繭卵に逢《あ》いたい。

そう思った次の瞬間、馬鹿な…とうつむいて自嘲《じちょう》をこぼす。これまで騎士になりたいと思ったことなどない。いや、幼い頃は人並みに憧《あこが》れはしたけれど、己の身体能力の絶無っぷりを自覚してからは、早々にあきらめた。

「今年は新皇帝陛下のご意向で、規定がいろいろ変わったと聞きましたが、本当ですか？」

気を紛らわせるために、リオンはエドワルドに訊ねてみた。魔獣研究所を構成する学者たちは、すでに〝選定の儀〟に臨む資格年齢からは大きく外れていたが、それでも話題は口の端にのぼる。

すでに宮廷で要職につき、雲上人たちの様々な事情に通じているエドワルドは、リオンの問いに「ああ」とうなずいた。

「だが、きちんと実施されるかどうかは分からない。繭卵管理局をはじめ皇族、高位貴族たちの中に強固な反対者が大勢いて、意地でもさせるものかと抵抗しているから」

皇帝の命令に逆らえる人間がいるのかと、リオンが口をぽかんと開けて驚くと、エドワルドはおかしそうに笑った。

「新しい皇帝陛下はもともと前皇帝の末子。たまたま戦死やご病気で兄君方がことごとくお隠れになり、運良く帝位が転がり込んできたような御方だ。最近まで長く辺境にいらして、帝都の政情には疎い」

「そう…なのですか」

では、今回から身分に関係なく、どんな位階の繭卵とも対面できるというのは、やはり単なる噂だったのか。リオンは少しがっかりして、それからがっかりした自分に驚いて、馬車の窓から人通りで賑わう中央街路を眺めた。

「がっかりしたか？」

「え？　いえ。僕はもともと、自分が騎士になれるなんて思っていませんから」

たとえ最下位の赤位《ロイッ》であっても、馬より大きな聖獣に騎乗して剣をふりまわし、魔獣を切り裂く自分の姿など想像もつかない。

――想像もつかないけど、僕にもっと力があったら…、せめて人並みの身体能力があったら、騎士になって魔獣を斃しに行けたのかな…。

仇を…討つことが、できたのかな。

これまで一度もなかった、こんなにも胸が騒いで繭卵に逢いたい――見たいと思うのは、家族と故郷を滅ぼした魔獣を本気で斃したいと思うようになったからだろうか。

細く骨っぽいばかりで力強さの欠片《かけら》もない己の手をぐっとにぎりしめて、リオンは瞑目《めいもく》した。


繭卵が安置されている選定場は二種類ある。

赤位《ロイツ》から翠位《グリューン》までの大選定場と、青位《ブラウ》から銀位《シルヴァ》までの小選定場。リオンのような庶民が立ち入ることができるのは大選定場だけ。小選定場には准子爵《ヴィスコント・アゾフィーレン》以上の身分がなければ入れない。その小選定場の中でも、身分によって対面できる繭卵の位階は厳密に定められている。

青位《ブラウ》の繭卵には本人もしくは親が准子爵、子爵《ヴィスコント》、伯爵《グラーフ》。紫位《ヴィオレット》には子爵《ヴィスコント》、伯爵《グラーフ》、侯爵《フュルスト》。銀位《シルヴァ》には伯《グラ》爵《ーフ》、侯爵《フュルスト》、公爵《ヘルツォーク》といった具合だ。

なにしろ、どの位階の繭卵の騎士になれるかによって、その後の身分が決まるのだ。誰も今の身分より低くなりたくはないので、対面するときは必ず現在の爵位と同じ位階の繭卵から会う。

カムニアック侯爵家は聖獣によって選ばれた騎士に与えられた爵位――武官貴族ではなく、古くから続く文官貴族で、広大な所領とそこから上がる収益で莫大《ばくだい》な富を築いている。

その侯爵家の嫡子であるエドワルドは、〝選定の儀〟で繭卵に選ばれなくても、いずれ侯爵位につき宮廷で権力をふるえる立場にある。低い位階の繭卵に選ばれでもしたら、却って恥ずかしい思いをすることになるだろう。

それでも〝選定の儀〟に向かうのは帝国に生まれた男子の義務であり、幼い頃に誰もが抱く騎士への憧憬《どうけい》の残り香のようなものか。

「エド様は、陛下が定めた新しい規定に反対なのですか？」

「……どうかな。平民が紫位《ヴィオレット》や紫位《ヴィオレット》の繭卵と対面するなど、とうてい許せることではないが、逆に自分にも金位《インペリアル》ノ騎士になる可能性が与えられたと思うと、滾《たぎ》るものはある」

「金位《インペリアル》…」

現在たった数騎しかいない最高位の聖獣。リオンなどには影も踏むことが叶《かな》わない、雲の上の存在だ。

「リオンは金位《インペリアル》を見たことがあるか？」

「まさか、いいえ。エド様は、宮廷で？」

「ああ。陛下の〝対の絆〟キリハ様と、ラドニア公の〝対の絆〟グラディス様を、たまにお見かけすることがある」

「やっぱり、他の聖獣とは違いますか」

「どうかな。人間《わたし》の目には違いがよく分からない…が、下位の聖獣たちが凪になびく麦穂のように、ことごとく平伏する様は壮観だ。即位したばかりの新皇帝より、よほど威光が行き届いている」

ああいう聖獣を従えるのは気分がいいだろうな。

そう最後につぶやいた主人を、リオンはたしなめた。

「エド様、不謹慎ですよ」

「男の浪漫《ろまん》だと言え」

エドワルドは悪気なく、洒脱《しゃだつ》に笑ってみせた。

小選定場に到着すると、エドワルドが危惧《きぐ》していたような、平民が高位の繭卵に対面するために群がるといった混乱はなく、いつもより多少人出が多い程度しか変化はなかった。

エドワルドが警護士に身分証を提示して扉を開けてもらい、中に入るのを見届けたリオンは、昨年までと同じように、外にある従者用の待機所へ行こうとした。

「あなたも中へどうぞ」

「…へ？」

背中にかけられた警護士の言葉に、リオンは間抜けな声を出してふり返った。

「今回から身分に関係なくどなたでも、すべての繭卵と対面できるようになりました」

混乱を避けるため大々的な告知はできていないが、皇帝陛下の勅令で規定が変わり、身分証の提示さえあればどちらの選定場にも入れるのだと説明された。

「どうぞ、お入りください」

重ねて勧められ、エドワルドと同じように扉を開けてもらったリオンは、気後れしながらおそるおそる中に足を踏み入れた。

――あ…、匂いは大選定場と変わらないんだな。

リオンも帝国男子の義務として十五の歳から毎年、〝選定の儀〟に参加してきた。もちろん会場は下位の繭卵がある大選定場で、エドワルドとは別の日に。

花と果実から精製した香油と、蜜蠟《みつろう》の甘い匂い。窓がなく照明を絞っているせいで薄暗い繭卵の安置部屋の形もほとんど同じ。部屋が薄暗いのは、繭卵が光ったときすぐに気づいて確認できるようにだ。

リオンはそわそわしながら最初の部屋をちらりとのぞき込み、整然と並んだ色とりどりの繭卵が見えたとたん駆け出しそうになった。背後から鋭い制止の声がかからなければ、間違いなく飛び込んでいただろう。

「貴様！　ここで何をしている!?」

あまり大きくはないけれど、明らかな怒りを含んだ声と一緒に肩をつかまれた。驚いてふり返ると、高位貴族らしき青年が憤然とした表情でリオンをにらみつけている。

「ここは貴様のような従者風情が、足を踏み入れていい場所ではない。とっとと出て行け！」

「え…あ、の…」

相手の剣幕に気圧《けお》されて説明がうまくできない。

それに腹を立てたのか、青年貴族はさっと手を上げて近くに立っている警護士を呼び寄せた。

「警護士！　こいつをつまみ出してくれ！」

屋内のいたるところにいる警護士のひとりが声に応えて速やかに近づいてきたが、彼の目的は青年の思惑とは正反対だった。

「どうしました」

「どうしたもこうしたもない。いったいどういうことだ、これは。なぜここに、貴族以外の人間が我が者顔で闊歩《かっぽ》してるんだ!?」

「お静かに願います。貴族位をお持ちの皆さまには、前もって通達があったはずですが。今回から身分が低くても青位《ブラウ》以上の繭卵に対面できることになったと、皇帝陛下が勅令をお出しになりました」

体格のいい警護士の丁寧な口調が癇《かん》に障《さわ》ったのか、青年貴族はいきり立って叫《わめ》きはじめた。

「そんな馬鹿なやり方があるか！　平民を中に入れるなど、陛下は我々の矜持《きょうじ》に泥を塗るおつもりか」

何を言われても、警護士はリオンを追い出す気はないようだ。苛立った青年貴族は直接リオンにつかみかかろうとして、それまで少し離れた場所でやりとりを傍観していたエドワルドに止められた。

「この者は私の従者だ。手出しは無用」

エドワルドは素早くリオンの前に立ちはだかって、高慢貴族の腕を押さえてくれた。

「エドワルド・カムニアック卿…！」

「そういう貴公は、…確かレナレス子爵だったな。ここで陛下のご意向を声高に否定するのは賢いやり方とは思えない。どこにどんな耳があるか分からないのに」

言外に、皇帝の不興を買う可能性があると示唆すると、レナレス子爵は悔しそうに歯噛みして何か言い返そうとしたものの、エドワルドが含みのある視線を向けると、自分の身分と相手の身分差を思い出したのか、ぐっとこらえて矛を収め、忌々しそうに靴音を立てて去って行った。

「やれやれ」

エドワルドは不穏な空気を払拭するよう軽く手をふってから、尻込みするリオンを誘って銀《シルヴァ》位の繭卵部屋に向かった。入り口をくぐる前にエドワルドは立ち止まり、脇に控えていた係官に訊ねた。

「陛下の通達によれば金《インペリアル》位の繭卵にも対面できるということになるが、この中にあるのか？」

「いいえ、この部屋にはありません」

金《インペリアル》位は五年にひとつ孵化すれば上出来という数の少なさだ。現在〝選定の儀〟に臨める繭卵の数も、定かには伝わっていない。

「なんだ、やはり金《インペリアル》位は特別扱いということか」

エドワルドは珍しく落胆を露わにした。馬車で言っていたように下位の騎士には興味などないが、金《インペ》位《リアル》ノ騎士ならなってみたかったのだろう。未練を断ち切るように肩をすくめてから、エドワルドは銀《シルヴァ》位の部屋に入った。

リオンはぎくしゃくとした足取りでエドワルドの後ろをついて歩き、部屋に安置された銀《シルヴァ》位の繭卵すべての前をゆっくりと通り過ぎた。すべてといっても数は四つしかない。そのどれも、光らなかった。

エドワルドは決して表情には出さなかったが、わずかに落胆した気配が伝わってきた。

ふたりはその次に紫《ヴィオレット》位の部屋に入った。繭卵の数は全部で三十八。やはり、どれも光らない。

「残るは青《ブラウ》位か…」

エドワルドはあまり気乗りしない様子で、青《ブラウ》位の繭卵部屋をながめた。その後ろでリオンはそわそわと落ち着かない気持ちを持て余していた。

誰かに呼ばれている気がする。気持ちが引っ張られる。あの部屋の中が気になって仕方ない。今すぐ飛び出して駆けつけたいほどに。

「どうしたリオン？　用を足したいなら行ってきていいぞ」

常になく気が急《せ》いているのをエドワルドに勘違いされて、リオンはあわてて首をふり先をうながした。

「い、いいえ！　ちがいます。お気になさらず。どうぞ部屋にお入りください」

青位《ブラウ》の部屋は前のふたつの部屋に比べて格段に広く、部屋というより広間といっていい空間だった。

繭卵の数は四〇二個。一列二十五か二十六個ずつ、等間隔に載せられた合計十六列の細長い大理石の台座がずらりと並び、繭卵を入れた箱にはひとつひとつ、金板に刻印された番号が打ちつけられている。

そして各台座の両側と真ん中には、筋骨逞しい護衛官が微動だにせず直立して、繭卵の安全と入室者の動向に気を配っている。

薄暗くてあまりはっきりとは見えないが、どの繭卵もどこかに青い色がある。表面を覆う模様や色合いは様々で、ひとつとして同じものはない。

エドワルドに続いて青位《ブラウ》の部屋に入ったリオンは、エドワルドから四クルス（約一・二メートル）ほど離れてうしろを歩いた。

台座の十二列目、ちょうど真ん中あたり。薄い青色の地にうずらの卵のような茶黒いまだら模様が散った繭卵の横にリオンが差しかかったとき、光がふわりと広がった。

「あ……――」

声を洩らしたのは自分か、それともふり返ったエドワルドか。

リオンは立ち止まり、自分のすぐ側で再びふわりと光を発した繭卵を凝視した。

胸が高鳴る。

厳しい冬のあとの、最初の春風を頬に受けたときのように、心が浮き立って自然に微笑みが浮かぶ。そのまま何かに突き動かされるように手を差し出して繭卵に触れ、そっと持ち上げた。

――…温かい。そして愛おしい。

なぜこんな、泣きたいくらい切ない気持ちになるのだろう。姉の初子や妹の子を抱いたときに似ているけれど、それとは比べものにならない強さで胸に迫る。ずっと待っていた。ようやく見つけた。

「君が、僕を呼んだの？」

無意識にささやいてそっと繭卵に頬を寄せると、閉じたまぶた越しに鮮やかな光が広がるのを感じた。その光は【第三の災厄】で穿《うが》たれた胸の大きな空洞を満たし、リオンにふたたび生きる力を与えてくれるようだった。

「リオン」

名を呼ばれてはっと我に返り顔を上げると、エドワルドがすぐとなりに立っていた。さらに、うしろから肩に手をかけられ、ふり返るといつの間にやってきたのか繭卵管理局の係官がふたり、神妙な表情で立っている。さらに自分たちの左右には護衛官がふたりずつ、計四人もいた。

「え…あ、すみません…！　僕は、あの」

勝手に触ったことを咎《とが》められている。とっさに繭卵を箱に戻さなければと思ったが、実際にしたのは、他人に奪われないよう自分の胸元にしっかり抱え込むという動作だった。

「リオン」

もう一度エドワルドにたしなめられて、どうしていいか分からなくなり繭卵管理官に救いを求めると、

「そのままお持ちいただいてかまいませんが、手順に則《のっと》ってご確認をお願い致します」

形式ばった口調で返された。

「手順？」

「聖句を」

「え？　…あ、はい！」

　帝国生まれの男子として、小學ではひと通り〝選定の儀〟における手順を習う。

〝選定の儀で〟繭卵に近づいて光ったら、持ち上げて聖句を唱える。それに応じて繭卵がもう一度光ったら〝選定〟が為《な》された証。その瞬間から、繭卵を光らせた人間は聖獣ノ騎士候補として扱われる。

——聖獣ノ騎士？　僕が？

　まさか…と、まだ何が起きようとしているのか信じられない気持ちのまま、リオンはどきどきと高鳴る胸を押さえて繭卵を持ち上げ、目の前にかざした。そうして使う機会など来はしないだろうと、頭の片隅に押し込んでいた聖句を引っ張り出した。

「ええと……《聖なる獣の神よ祝福を与えたまえ。我が名を呼ばわり〝対なる絆〟を結ばんとするは、そなたか？》」

　言い終わるより早く、繭卵は青味を帯びた金色の光を派手に明滅させた。

　見守っていた係官と護衛官が、互いに素早く目配せし合う。係官のひとりがその場を離れ、部屋の外へ足早に駆け出していった。

「確認いたしました。メリロット君記録を。帝国暦一〇〇一年十ノ月十七日夕の一刻、繭卵番号二八八番、選定。貴方のお名前は？」

「リ、リオン・レーベン！」

「選定者リオン・レーベン。あなたの身分は今この瞬間から青位《ブラウ》ノ騎士候補となります。扱いもそれに準じたものになりますので心に留めおきください。これから係官が繭卵管理局にご案内いたします。そこで身分証の発行、証印授与といった手続きをしていただきます」

　係官は滔々と口上を述べながら、よどみない手つきで繭卵に番号が書かれた封印を張り、同じ封印をリオンの腕にも張った。これで万が一、繭卵がリオンの手を離れても、他の繭卵と間違うことはない。

「貴殿の身柄は只今《ただいま》から繭卵管理局の管轄下に置かれ、以前の雇用契約、責務などは一旦《いったん》白紙となります。ご了承ください」

最後の言葉はリオンではなくエドワルドに向けたものだった。成り行きをやや呆然と見守っていたエドワルドは気を取り直したようにうなずいて、リオンの肩をぽんと叩いた。

「おめでとう、リオン。君が聖獣ノ騎士になるとは驚きだが、これも聖なる獣の神の思《おぼ》し召しだ」

「あ…ありがとうございます」

騎士…候補になったことより、繭卵と離れずにすむことが何よりも嬉しい。リオンはエドワルドの祝福に上の空で礼を言いながら、手の中の繭卵をしっかりと抱え直した。

係官の言葉通り、リオンはその場から速やかに連れ出され、繭卵管理局に連れて行かれた。しかし各種手続きは何もせず、なぜか局内を素通りして馬車に乗るよう促される。

繭卵は持ったままでいいと言われたので、しっかりと胸に抱きしめて乗り込むと、座席の両側を厳《いか》つい護衛官に挟まれ、正面に座った下っ端ではなくかなり身分の高そうな繭卵管理官に見つめれる羽目になった。襟元を飾る徽章と袖線の数は七つと七本。自分の記憶が確かなら局長や副局長を務める階級だ。確か今の繭卵管理局局長は、先の皇帝陛下の末弟オレステス公爵。現皇帝ヴァルクート陛下の叔父である。オレステス公爵の髪は確か白髪混じりの灰色だったはず。目の前の人物は白髪混じりは同じだが、色は栗色《くりいろ》だから別人だ。

では誰だろう…と、首を傾《かし》げたリオンの疑問に気づいたらしい、栗色髪の男は七本の袖線に縁取られた腕を差し出した。

「申し遅れましたが、私の名はカリュオン・カスターノ。繭卵管理局副局長を務めています。以後お見知りおきを」

「副…局長!?」

「はい」

なぜそんな雲上人が、たかだか…と言うと語弊があるが、青位《ブラウ》ノ騎士候補になっただけのリオンに敬語を使い、移動につき添うのか。

リオンはカスターノ副局長から左右の筋骨隆々とした護衛士たちに視線を移し、それから副局長に戻しておずおずと訊ねた。

「あの、これからどこへ行くんですか?」

「皇宮の金獅子宮へ。皇帝陛下とインペリアル・キリハにお会いします」

「え? ……え!?」

驚きのあまり腰を浮かせると、天井に頭を打ちつける前に左右の護衛官にやんわりと肩を押さえられ、落ちつくようにとなだめられた。

「……わけがわかりません」

「説明は陛下にお会いしてから。陛下が直接してくださいます」

「はい…」

ますますわけが分からないが、青位《ブラウ》ノ騎士といえば伯爵位《グラーフ》。皇帝陛下がひとりひとりに会ってお言葉を下さるということもあるのだろうか。

リオンはそう納得して緊張を解いた。

馬車は帝都中央の丘陵地帯に広がる皇宮敷地内に入り、そのままどんどん奥へと進んでゆく。要所要所にある門や障壁を通るときに一度も足止めされず、誰何《すいか》も受けなかったので、半時ほどで金獅子宮の車寄せに到着した。

馬車を降りると、選定会場から同行している護衛官ふたりに、新しく華麗な軍服に身を包んだ近衛騎士が六名加わった。繭卵管理官と合わせて十名近い人々に前後左右を囲まれて、リオンは宮殿の奥へと導かれてゆく。

　皇帝の身辺を護《まも》るべき近衛騎士が自分を護衛するために現れた段階で、これはおかしいと、さすがにリオンも気がついた。

　何か尋常ではないことが起きている。

　それがなんなのか予想もできない。けれど。

　——なにがあっても、君は守るよ……。

　リオンは繭卵管理局で用意してもらった帯同袋に入れ、胴に巻きつけた繭卵をぎゅっと抱きしめた。

　その表情があまりに悲壮だったのか、となりを歩いていたカスターノ副局長がやわらかな笑みを浮かべる。

「あまり緊張なさいますな。御身と繭卵に害なす者は決して近づけません。繭卵管理局が総力を挙げて、御身と繭卵をお守りいたします」

「……はい」

　副局長の丁寧な物言いに激しく違和感を覚えたけれど、説明は皇帝陛下がしてくださると言われていたので、リオンは素直にうなずいて歩き続けた。

　そしてようやくたどり着いたのは、人の背丈の三倍はありそうな巨大な扉の前。宮殿の中を奥へ奥へと進んだはずなのに、扉の先は初夏のように暖かく、樹齢千年は超えていそうな巨木の森に囲まれた美しい緑の庭だった。

「こちらでお待ち下さい。すぐに皇帝陛下とインペリアル・キリハがいらっしゃいます」

「……」

　リオンはもう返事もできず、あんぐりと口を開け、暮れなずむ夕陽と要所要所に点《とも》された灯火《ともしび》の淡い光に満たされた庭に立ち尽くした。

　呆然としたままあたりをぐるりと見まわし、十歩ほど離れたところに白い立柱が美しい四阿《あずまや》と長椅子があることに気づいて、足を踏み出したとき、背後から明るく闊達な声が聞こえてきた。

「二八八番が選定をすませたというのは本当か？」

「本当です。この者が二八八番を光らせました。選定の場に立ち会った証人は繭卵管理官二名、護衛官二名。間違いありません」

問いに答えたのはリオンではなく、リオンと一緒に庭に入り、影のように佇《たたず》んでいた繭卵管理官だ。

「よし！」

管理官の言葉に破顔一笑し、大股《おおまた》でこちらに近づいてきたのは赤味を帯びた見事な金髪の持ち主。目に鮮やかな金糸で縁取りされた白い軍服を颯爽《さっそう》と着こなし、背が高く堂々として、目に見えない威風をまとっている。

男のとなりには、対照的な黒い軍服を身にまとった細身の聖獣がぴたりと寄り添っている。耳の先端と、身体のうしろで左右に揺れている長い尻尾《しっぽ》の先端だけがちょこんと白い。


「皇《こう》…」

リオンは二の句が継げず、瞬きをくり返すことしかできない。

「その者の名前はなんといった？」

「リオン・レーベンです」

またしても、問いに答えたのは本人ではなく繭卵管理官だ。リオンは呆然と目を瞠り、近づいてくる長身の男を見上げるのが精一杯で、返事をする余裕などない。

目の前に立った偉丈夫は、両手でリオンの肩をがっしりつかみ、嬉しくて嬉しくてたまらないという満面の笑みを浮かべた。

「リオン！」

「は、はい…！」

リオンは繭卵をぎゅっと抱きしめて背筋を伸ばした。選定者の緊張が伝わったのか、繭卵が力づけるようにぷわりと光る。

目の前に迫った男の笑みが深くなり、となりに寄り添う聖獣の顔にも豊かな慈しみの表情が広がる。

「心から言祝《ことほ》がせてもらう。おめでとう、リオン・レーベン。君は今日から金《インペリアル》位ノ騎士だ！」

Ⅳ † 再会

二〇〇一年十ノ月に繭卵の選定を受け、皇帝から直接『今日から金《インペリアル》位ノ騎士だ』と言われた一ヵ月後。その事実を受け入れて身に馴染《なじ》ませる暇もないうちに、アルティオの孵化がはじまった。

場所は最初に皇帝と対面した庭。

『聖なる庭』と呼ばれる皇宮内で最も安全かつ神聖な場所には、リオンの他にふたりの金《インペリアル》位ノ騎士候補がいて、それぞれが自分の繭卵を保護しながら暮らしていた。暮らすと言っても、庭と呼ばれるくらいなので屋敷や邸宅の類《たぐい》はない。金《インペリアル》位ノ騎士と雛が安全に過ごせる離宮の準備と警護態勢が調うまで、聖なる庭には仮住まいとして三基の天幕が持ち込まれていた。

それぞれの天幕の間には目隠しにちょうどいい茂みがあり、私的な空間は確保されているが、少し歩けば簡単に行き来できる距離なので繭卵に選ばれた騎士候補同士、交友を深めるにはもってこいだった。

リオンはそこで他のふたりと一緒に騎士の心得を学び、剣技の基本を教えられ——素質の無さに唖然《あぜん》とされ——魔獣と聖獣の生態や習性について学んだ。

剣技や戦闘実技については、他のふたりに同情されるほど無残な出来映えだったが、魔獣の生態や戦術、戦略となると他のふたりの追随を許さず、座学の教授が持ち込んだ参考書や巻物はあっという間に読破して、修得してしまった。

教授たちからリオンの明晰《めいせき》さと体技の劣等ぶりについて報告を受けた皇帝の配慮によって、リオンは皇室占有の図書塔への出入りを許され、体技訓練については最低限で良いとの通達が下された。

　リオンは毎日繭卵を帯同袋に入れて腹に抱き、図書塔に通いつめ、それまでとは質の違う書物や記録に熱中した。

　孵化がはじまったのは、その図書塔の中。

　リオンは書物の内容に集中しすぎていて、最初の兆候に気づかなかった。どこからか焼きすぎて焦げた菓子の端を引っ掻《か》いて削るような、カリカリという音が聞こえてきて、ふ…と顔を上げると部屋中に、子どもが手ですくい上げて空に舞わせた雪のような光がちらちらと舞っていた。驚いて視線を下ろすと帯同袋の中で、繭卵がもぞもぞと動き揺れながら光を放っている。

「……え？　――……え!?」

　あわてて立ち上がったせいで椅子がバタンと音を立てて倒れ、その脚に足をひっかけてリオンもうしろにひっくり返った。

「あ…あぁっ！　わぁ――ッ」

　ひとりで素っ頓狂《とんきょう》な声を上げながら肘や肩をぶつけ、それでも繭卵だけはどこにもぶつからないよう死守しながらなんとか身を起こすと、転んだ衝撃で殻が割れてしまったのか、最初に見たときにはなかった大きなすき間から、先端が黒く、そのまわりはうっすら淡い桃色で、残りは白い鼻先らしき部分がにょきりと顔を出していた。

「ぷすぷす」とかすかな音を立てながら、はじめて嗅《か》ぐ外界の匂いを確かめているのか、しきりに鼻を蠢かせている。

「け、怪我はなかった？　ごめんな。がんばれ！　もう少しだ」

　リオンはあわてて孵化の邪魔になる帯同袋から繭卵を取り出し、胡座《あぐら》をかいた自分の脚の上に上着を敷きつめ、その上に繭卵を置いて孵化を見守った。

見守りながら、助けを求めて周囲を見まわしたけれど、もちろん誰もいない。大声を出せば護衛士の誰かが飛んでくるだろうが、その声で孵化しようとしている雛を驚かせたくない。

そうこうするうちに、しばらく動きを止めていた繭卵は、場所が安定したのを確認したように再びもぞもぞと動き出した。鼻だけ突き出していたすき間のまわりが中から押されて、突っ張ったりへこんだりをくり返したあと、バリンと音を立てて割れ目が走り、淡い桃色の肉球と半透明な爪がそろった両前《まえ》肢《あし》が二本、同時に突き出て繭卵がメリメリと半分に裂けた。

その勢いで繭卵から出てきた雛がころんと転がり、リオンの膝から床に落ちそうになる。リオンはあわてて両手で雛を受け止め、胸の近くに抱き寄せた。

「――…くぅ！」

雛の第一声は、どこか抗議するような響きを含んでいた。けれど鳴き声はか細く、顔を動かすたびに全身をふるふると震わせて、それがたまらなく庇護欲をそそる。

「ん…きゅぅ！」

第二声は、あきらかな要求。

「あ、ああ、うん。誓約だね。ちょっと待って、剣、剣…、指を切って血を…今…」

誓約に使う小剣は腰帯に刷《は》いているが、両手がふさがっていて取れない。雛は両手ですっぽり持てるほど小さいが、片手には余る。下手に片手に持ち替えて落としたりしたら大変だ。もたもたしていると、ふたたび雛が「くっきゅぅ…！」と鳴いた。今度はさっきより切迫している。誓約前の雛にとって、この世界の空気は毒を吸うようなもの。どれだけ苦しいか、考えただけで背筋に震えが走る。

リオンは剣をあきらめ、急いで自分の唇を歯で噛み切りながら雛の顔に近づけた。

「痛てて…、ほら、お飲み」

目は開いていても視力はまだほとんどない雛の鼻先に、血がぷくりとにじみ出た唇を押しつけてやると、雛は温かな口吻でリオンの唇に吸いつき、やわらかいのに弾力がある小さな舌で血を舐めはじめた。

そのまま「ちゅ…ちゅっ」と小さな音が何度かしたあと、吸いつく力が弱まって唇から雛が離れる。

雛はリオンの手の中で、ふぅ…とひと息吐いて力を抜いた。手のひらにかかる重みが増した気がして、愛おしさが深くなる。

それでリオンも顔を上げた。

その瞬間、目が合う。

雛の瞳はきれいな薄い青色。深く降り積もった雪か厚く凍った氷の割れ目から、ほのかに垣間《かいま》見える幻想的な青だ。まだしっとりと濡れている体毛は、雨上がりの満月のように清々《すがすが》しい白金色だ。顔の横についている耳は少し長めで垂れている。

なんて美しいんだろう。そしてなんて愛おしい…。

こんなにも美しく儚《はかな》いものは見たことがない。

可愛くて愛しくて、胸が張り裂けそうなほど想いがあふれて止まらなくなった。

——この子のためならなんでもしよう。この子を守るためなら、胸を割り開いて心の臓を差し出すことも厭《いと》わない。

心の底からそう思い、美しく可愛らしい雛の姿にリオンが呆然と見とれていると、雛は黒々とした鼻先を蠢かせ、くわっと大きくあどけない欠伸をした。そのまままぶたがゆっくり落ちて前肢も折れ、リオンの手の中で丸くなって今にも眠りそうになる。

「あ、ちょ…ちょっと待って!」

焦って声をかけると、雛はくっつきそうだったまぶたを少しだけ上げた。

その隙《すき》を逃さず、リオンは誓約の言葉を口にした。

「…ええと《我が血潮と運命を与え、生涯の保護と

献身を誓約する。——この誓約をもって〝対の絆〟と成す》」

誓句には、自分でも予想外に厳かな力が籠もった。

同時に、目の前に光でできた万華鏡が広がる。

美しい模様を描く光の乱舞を見つめるうちに、ひとつの名前が脳裏で瞬いた。

——アルティオ。

「アルティオ…！　君の名はアルティオだ」

黒々とした鼻先に自分の鼻をくっつけて名前を教えてやると、眠りかけていたアルティオは、湿った尻尾を一生懸命左右にふって喜びを示した。

こうしてふたりは〝対の絆〟を結び、リオンは正式に金位《インペリアル》ノ騎士となったのだった。

「あの頃は可愛かった…」

六年前を思い出して思わずぼやき、それからすぐに思い直す。

「いや、今でも充分可愛いけれど」

軽々と抱き上げられたり、腕の中にすっぽり収まったり、舌足らずな声で「リオ、リオ！」と名を呼びながら、自分の行くところならどこへでもついてまわり、何もないところでコロンと転んで人型から獣型に戻ったりする幼い頃の姿は、やはり期間限定ゆえの凶悪なまでの可愛さだった。

両手で掲げ持てた小さなアルティオは、六年経った今、六・三クルス（約一九〇センチ）の長身に、広い肩幅と厚い胸板を持ち、眼光鋭く舌鋒《ぜっぽう》も鋭い、あまり笑わないしっかりした成獣《おとな》になった。

「そりゃあ今でも、すごく可愛いけど…」

拳三つ分近く上から、冷淡な瞳で睥睨《へいげい》され、

『今度こそ、気絶しないで帰還させてくれ』

辟易《へきえき》とした口調で言い捨てられると、己の不甲斐なさに泣きたくなる。

——なんか、半年くらい前からちょっと様子が変

わったんだよな。

忘れもしない。ネイリスのラザフォード作の指環を嵌めて帰った日からだ。指環はリオンでも知っている高名な職人の作品で、金を積んだからといって簡単に手に入るものではない。値段も、あとで調べたらとんでもない高額だった。

自分で買ったのかと尋ねたら、アルティオは「よく気づいたな。あんたのことだから気づかないと思った」と、どこか見下すような口調で告げた。

「買ったんじゃない。もらったんだ」

「誰に」

「教えない」

「アル！」

「あんたに教える義務はない。あんただって、誰かから、どこかから、高い書物を買ったりもらったり、外国から変な資材を取り寄せたりしてるけど、一々俺に説明したりしないだろ」

「あれは魔獣の…！」

「いいって。俺はあんたがすることを詮索《せんさく》しない。だからあんたも俺が何しようと、誰と会おうと放っておいてくれ。――…今までだって散々放っておいたんだから、今さらうるさく言うな」

最後に小さく、ぼそりと吐き捨てられた言葉に、リオンは何も言い返せなくなって、結局指環の贈り主についてはうやむやになった。

「……っ」

リオンは目がかすんで文字が追えなくなった書物を閉じて、椅子から立ち上がった。とたんにくらりと目眩《めまい》がして、よろけて転びかける。

あわてて机の端にしがみついた拍子に呼び鈴を押してしまい、家令のモルトンが姿を見せた。

「お呼びでしょうか？」

「すみません、間違えました」

「さようでございますか。お気になさらず。お顔の色がすぐれませんね。お茶をお入れしましょうか？　それより早くお休みになった方がよさそうですね」

　モルトンはおっとりとした口調と品の良い物腰の、五十代に入ったばかりの男だ。背はリオンと同じくらいであまり高くないが、姿勢がいいので金位《インペリアル》の家令に相応しい威厳がある。

　髪と眉はすでに真っ白。そのせいで実際の年齢より年上に見られることが多い。

「アルはどうしてる？」

「もうお休みになられました。昼間、庭球《テニ》の大きな試合があって、準決勝までお進みになられたのですが、残念ながらそこで敗れて。負けたといっても、ちっとも不名誉ではありません。相手は優勝したバレリアン選手です」

「…そうですか」

　そう答えたものの、バレリアン選手がどれくらい強いのか、有名なのかどうかもよく分からない。こんな調子だから拗ねたアルティオに『リオンは俺のことなんてどうでもいいんだよな』と言われてしまうのだろう。

「旦那《だんな》様も、たまにはアルティオ様とご一緒に身体を動かされた方が健康によろしいのでは？」

　モルトンはよどみなくおしゃべりをしながらリオンを寝室に導いて、服を脱がせ寝衣《しんい》に着替えさせ、灯火の大きさを調節して扉の前に立った。

「もう大丈夫。ありがとう」

　退出の許可を出し、一礼して出てゆくモルトンを見送って、リオンは寝台を見下ろした。大人が五人は軽く横になれる幅がある。独り寝には過ぎた大きさだ。

　リオンは寝台をしばらく見つめたあと、小さく溜息を吐いて横になり、目を閉じた。

　リオンの一日は朝六時の起床ではじまる。

洗顔と着替えに十五分。そのあと七時までお茶と砂糖菓子二、三個を食しながら前日やり残した報告書の作成や、気になっている本の続きを読む。

七時に食堂へ行き朝食。このときアルティオと顔を合わせ、食事しながら一日の予定を聞いたり連絡事項を伝えたりする。このところアルティオは反抗期なので会話は少ない。

七時半に食事を終え、着替えと出仕の準備に十五分。七時四十五分に屋敷を出て、体力作りと思索がてら歩いて魔獣研究所へ。八時十五分、研究所到着。八時半、他の所員とともに研究開始。日によって文献を確認したり、実験したり、仮説を発表し合ったりする。他の所員は十時頃休憩を取るが、リオンは取らずに続けることがほとんどだ。

正午に各所員の家僕が弁当を届けにくるので、皆で昼食を摂る。このときはリオンもきちんと休憩を取り、皆のおしゃべりを聞いたり世間話を仕入れたりする。

午後一時に研究再開。所員の終業は五時だが、リオンは一時間早い四時に切り上げ、騎士の略服に着替えて四時十五分に研究所を出る。そこから三十分の距離にある聖獣ノ騎士演習所まで走って行き、対魔獣用の実技訓練を受ける。

午後七時、実技訓練終了。騎乗訓練のため馬に乗って午後七時半頃に帰宅。ちなみに馬は、併走してきた護衛兼師範が訓練所に連れ帰ってくれる。

帰宅後はすぐに湯を使って汗を流し、午後八時にアルティオと一緒に夕食。午後九時半頃には食事を終え、就寝時刻まで余暇を楽しむ。アルティオを誘って橡棋《チェス》や切札《カード》遊びをしながら会話したり、庭に出て散歩したりするのだが、これもアルティオが反抗期なので和やかな雰囲気にはなりづらい。

就寝は午後十一時頃。寝台に入ったあとは一時間ほど読書。睡魔に勝てなくなったら一日が終わる。

リオンがエドワルドに再会したのは、初陣から一年が過ぎた帝国暦一〇〇七年十一ノ月。月に一度の魔獣迎撃戦で相変わらず醜態をさらしてアルティオに嫌味を言われながら、それ以外の日々は淡々と日課をこなしているある日のことだった。

研究所に届けられた弁当を受けとり、皆と一緒に昼食を摂るため玻璃で囲われた露台に向かう途中、廊下の向こうから現れた貴公子に声をかけられた。

「久しぶりだな、リオン」

「エド様…！」

リオンは驚いて弁当を落としそうになり、あわてて抱え直した。それからエドワルドに駆け寄ろうとして途中で転び、「相変わらずだな」と笑われながら助け起こされる。

「す、すみません」

リオンは転んだ拍子にずれた眼鏡をかけ直しながら、元主人を見つめた。

エドワルドと会うのは三年ぶりになる。その美貌にはいっそう磨きがかかり、落ちついた大人の所作と物腰が、匂い立つような魅力となって見る者を惹きつける。

アルティオが幼い頃はよく遊び相手になってくれて、アルティオもよく懐いていた。エドワルド様に会ったよと教えてやれば、すごく喜ぶだろう。

「金位《インペリアル》ノ騎士としての活躍ぶりは、遊学先にも伝わってきていた」

来客対応用の露台で、エドワルドは助手が運んできてくれた香茶に口をつけつつ、さらりと切り出す。

リオンは弁当の包みを開け、転んだときにひっくり返したせいで形が盛大に崩れてしまった中身に愕然として、エドワルドへの反応が遅れた。

「この話題は避けた方がよかったかな？」

「え？　いえ」

弁当から顔を上げると、エドワルドは目を細めてこちらをじっと見つめている。

「まあ、金位ノ騎士《インペリアル》ともなれば守秘義務もあるだろう。以前のように気安くなんでも話してはもらえないんだろうね」

「そんなことは、ありません」

冗談めかしたエドワルドの言葉を否定しながら、リオンはふたたび無残に変わり果てた弁当に視線を落とし、いったいどこから手をつけるべきか思い悩んだ。

「魔獣迎撃戦は…なんというか、その…」

弁当の惨状に肩を落としながら、クルヌギアでの自分の戦いぶりをどう説明しようかと思いあぐね、ふと、向かいに座ったエドワルドの左手を見て息を呑む。

――…指環。

急いで眼鏡を押し上げて、もう一度確認する。

間違いない。アルティオが一年前から嵌めているのと同じ意匠だ。たぶん、おそろい。

気づいたとたん、ドクリと心臓が波打ち、胃の腑《ふ》の底が妙に重くなった。

――な…んだ、これ？

古いものを間違って食べてしまったときのように、胸底から何かが迫《せ》り上がってくる。

「…エド様、帝都にはいつお戻りに？」

「昨夜遅く。今日はここの所長を勧められているメイウィード教授が父上の恩師で、ご挨拶に伺った」

「半年…前、四ノ月頃にも帝都に戻ってますか？もしかして、アルティオに会いました？」

リオンの視線に気づいたエドワルドは深い笑みを浮かべた。それから指環の嵌った左手がよく見えるよう額に指先を添えて、切札《カード》で勝ちを確信したときのような悠然とした表情を浮かべる。

それが答えだ。

リオンはぎゅっと胸元を押さえた。

アルティオにだけ会って、なぜ自分には会ってくれなかったのか。アルティオはどうしてエドワルドに会ったことを自分に黙っていたのか。

そもそも、そろいの指環をしている理由はなんだ。どんなに強く押さえても、拳の下の胸奥で不快感は増すばかり。渦巻く疑問があふれ出そうになる。

まだ弁当は一口も食べていないのに、胸焼けをしたように気分が悪い。

——いい歳して、やきもちか…。

「あの…、アルティオにはもう」

会わないでくださいと、言いかけた言葉をさえぎって、エドワルドは信じられないことを言い出した。

「アルティオは君に不満を抱いている」

「……ぅぐ」

そんなはずはないと即座に言い返そうとしたのに、口からもれたのは情けないうめき声だった。

「君が本物の〝対の絆〟じゃないかもしれないと思って、傷ついている」

「な、何を言い出すんですか！　そんなわけありません…ッ！」

いくら元主人のエドワルドでも、言っていいことと悪いことがある。リオンはさすがに耐えきれず、椅子を蹴立てて立ち上がり、卓上をバンッと叩いた。振動で弁当の縁に偏っていた茹《ゆ》で豆が、ぽろり…と落ちて転がってゆく。

自分の前に転げてきた豆を、エドワルドは指先でピンと弾《はじ》いて卓下に落とした。そうして、床に落ちた豆の行方を気遣わしげな表情で追いながら、忠告めいた口調で告げる。

「私が言ったんじゃない。アルティオの言葉だ。自分の〝対の絆〟からそんなふうに言われるなんて、よほどのことだぞ。たまたま誓約を交わしたことに胡座をかいてアルティオを悲しませることは、私が許さない」

まるで自分こそが、アルティオの正当な〝対の絆〟だと言わんばかりのエドワルドの言葉を聞いた瞬間、脳裏に、帝都で『騎士殺し』という異名を持ち、いろいろと誤解されることが多いリグトゥールとカイエの姿が浮かんだ。

リオンは血の気の引く思いで、自分を糾弾する男を見つめた。

†

見わたす限り、地平の彼方まで黒々と焼け焦げた大地に、魔獣に咬《か》み砕かれ引き裂かれた聖獣たちの四肢や生首が散らばっている。

その有り様を上空から見下ろせば、まるで残酷な星空のように映るかもしれない。反対に、赤黒い瘴《しょう》気《き》に満ちた空には聖獣の姿がひとつもない。

――みんな魔獣に殺された。ひとり残らず、一騎も残さず。……アルはどこだ？

『アルティオ！』

声を限りに呼ばわっても、返事はない。

リオンは粘つく黒い大地を歩き、走り続けた。

やがて目の前に、白金色の体毛に包まれた雄々しくも優美な聖獣が現れる。

力なく横たわり、腹と脚を魔獣に喰い散らかされた無残な姿で。

『アル…！』

氷青色の瞳は虚《うつ》ろに見開かれたまま命の光を失い、もう誰も何も映さず、どんな音にも反応しない。

『――アルティオ…ッ!!』

息をしてくれ！　アルティオ…ッ！

「アル…ッ」

喉奥からほとばしった悲痛な声と吐く息の音で、リオンは目を覚ました。

あたりには濃い闇《やみ》がただよい、自分の心臓の音が雷鳴のように轟《とどろ》いている。恐怖のあまり全身が硬直して、息を吸うことができない。

「あ…」

しばらくすると、ようやく瞬きすることが出来た。全身からどっと汗がにじんで、指先がぶるぶると震えはじめる。

「ゆ…め、夢だ…。落ちつけ、夢…だ」

自分に言い聞かせながら身を起こし、寝台を降りようとして絡みついた毛布に足を取られ、絨毯《じゅうたん》の上に派手に転げ落ちた。膝を強く打ちつけたが、痛みを感じるよりアルティオの無事を確かめなければという焦りの方が優《まさ》った。

リオンは悪夢の残滓《ざんし》から逃れるように脚に絡まった毛布を引き剝《は》がし、部屋の奥にあるもうひとつの扉を開けた。外は狭い通路になっていて、向かい側にはもうひとつ扉がある。

「アル…、アルティオ…」

譫言《うわごと》のようにつぶやきながら、リオンはその扉を開けて中に入った。

灯火はなく、わずかに開いた緞帳《どんちょう》のすき間から月明かりが細く射し込んでいる。その明かりを頼りになだらかに盛り上がった寝台に近づき、枕元《まくら》をのぞき込む。

——大丈夫、ちゃんといる…。

安堵のあまり唇が震え、じわりとまぶたが熱くなった。それを瞬きでなんとか散らして顔を近づけた。

白皙《はくせき》の美貌がかすかな月明かりを弾いて輝いている。彫刻のように整ったその頰がぴくりとも動かないことが不安になり、リオンはアルティオの上に屈み込み、薄くて形の良い唇に頰を寄せた。

すうすうと、静かで確かな寝息が聞こえ、頰に温かな吐息が当たる。

「生きてる…よかった、よか…った」

安心して頭を上げたとたん、手足から力が抜けてその場に崩れ落ちた。頭がくらくらしているのは貧血のせいか。昼間、エドワルドに言われた言葉が気になって夕食もほとんど食べられないまま、寝台に入ってもなかなか寝つけず、ようやく眠れたと思ったら、あの悪夢だ。

リオンは震える手のひらで目元を押さえて目眩をやりすごそうとした。その頭上に、少し呆れたような声が落ちてくる。

「――……リオ？」

声と同時に身動ぎと衣擦《きぬず》れの音がして、長く逞しい両腕が伸びてきたかと思うと、あっという間に寝台に引き上げられた。

「…何やってるんだ」

「…うん」

「身体が、冷えてる」

「うん…」

アルティオのやさしい手で抱き寄せられ、胸元に強く押しつけられると、年甲斐もなく顔を埋めて背中に腕をまわし、ぎゅっと抱きしめ返す。

アルティオが上掛けを引き上げる気配がして、全身が温かさに包まれる。ほっと息を吐くと額にアルティオの吐息がかかり、そのまま唇がやわらかく触れる。促されるままに顔を上げると、額の次はこめかみ、それからまぶたに唇接けを受けた。

「…泣いてた？」

睫毛の湿り気に気づかれたらしい。さすがに「うん」と認めるのは憚られ、うつむいて誤魔化そうとすると顎を指で押さえられ、目尻に溜まった涙を舌で舐め取られてしまう。

「――……リオの涙は甘い」

幼い頃と同じ呼び方で名前を呼ばれると、胸に愛しさがあふれて、背中にまわした腕に力が籠もる。

しがみつかれておかしかったのか、頭の上でアルティオが小さく笑う。

「普通は反対だって、キリハに聞いた」

「……何が？」

胸に顔を埋めたままくぐもった声で訊ねると、アルティオはリオンの髪をやさしくかきまぜながら、ささやいた。

「聖獣の方が添い寝をねだって、寝台にもぐり込むんだって。うちは逆。騎士が聖獣の寝台にもぐり込んでくる」

「アルだって、小さい頃は毎晩僕と一緒に寝てた」

「俺がもぐり込む前に、リオンが抱いて布団に入れてたから。本当は禁止されてることだって、俺は四歳になるまで知らなかった」

「――…嫌だった？」

無理強いしたつもりはないし、アルティオも喜んでいたと思う。けれど昼間エドワルドに言われた言葉が胸に残って、確認せずにいられない。

顔を上げて表情を探ると、アルティオは蜜飴《みつあめ》のように艶めいた瞳でリオンをじっと見つめ、悪戯《いたずら》っ子のような笑みを浮かべた。

「まさか」

「…よかった」

「珍しく弱気だな。何かあった？」

聖獣同士が毛繕いをするように、こめかみや額に軽い唇接けを落としながら前髪をかき上げてくれた左の指に、エドワルドとそろいの指環を嵌めているのを見つけてリオンは強く目を閉じた。

昼間エドワルドに会ったことや、そのとき言われたことを話すのは気が進まない。今話題に出したら、自分とエドワルド、どちらが好きかと問い質してしまいそうだ。これまでアルティオが自分に向ける愛情を疑ったことなど、一度もなかったのに。

雛の頃のアルティオも、こんな気持ちで『ぼくと本、どっちがだいじなの！』と、頰をふくらませて問いつめてきたのだろうか。そうだとしたら申し訳

ないことをした。こんな辛《つら》い想いをさせてしまっていたなんて……——。

「…ごめんな」

「何？　謝るようなことがあったわけ？」

「ちがう…。今日のことじゃ…なくて」

まぶたを上げると目の前に、わずかに歪んだ小指が見えた。リオンの負い目。愛情を疑われるきっかけになった最初の傷。

リオンはアルティオの小指をそっと手に取り、小さな歪みに唇をそっと押しつけた。

「アル…、僕は君を誰よりも何よりも愛している。君のためなら、ためらいなくこの命を差し出すよ」

†

歪んだ小指に唇接けて『君のためなら僕の命を差し出す』と言いながら、そのまま眠ってしまったリオンの顔を、アルティオは胸に抱きしめたままじっと見つめ続けた。

眼鏡を掛けているときは点のように小さく見え、眼鏡を外すと、焦点を合わせるために力いっぱい細めるせいで目つきが悪くなるけれど、眠っているときだけは、目元の力が抜けて歳より若く見える。元元童顔なせいか、人齢で十八歳になったアルティオよりよほど頼りなく感じる。

「リオ…」

耳元で名を呼んでも目覚める気配はない。リオンはいつも寝不足気味でふらふらしている。いったん寝つくと簡単には起きない。

アルティオはリオンに覆いかぶさるよう体勢を入れ替えて、上から寝顔をのぞき込み、額に唇接けた。続いて目の下、鼻の頭、頬に唇を押しつけ、舌先でちろりと舐めて味わう。

一度顔を上げ、それから斜めに角度をとりながらゆっくりと近づけて、唇同士を重ねる。その瞬間、全身が痺《しび》れるような、飛空中に風を捕らえそこねて予期せぬ旋回をしたときのような、何とも言えない浮遊感に包まれる。

そのままかさついた唇を舌先でちろりと味わい、二、三度それをくり返していると、リオンの唇が自然にゆるんで舌が引き込まれそうになる。

「…ん」

息苦しいのか、小さな吐息とともにリオンが喘《あえ》ぐように口を開けた。その機会を逃さず自分の舌を中に入れ、リオンの舌と触れ合わせる。

「……」

身体の中心から指先に向かって、光が広がるような錯覚に陥る。長く雪の中にいたあとに、かじかんだ身体を湯に浸したような、痛苦しい快感。

——なんだろうな、これは。

リオンが寝返りを打ったのを機に唇接けを解いたアルティオは、音もなく静かに眠る〝対の絆〟の横に身を起こし、片膝を抱き寄せて髪をかき上げた。

——できることなら、リオンを独り占めにしたい。

それは幼い頃からの強い願いだが、叶ったことはない。

あまりに叶わない願いは呪《のろ》いになるのだろうか。

アルティオは自分の左手を見て、自嘲を浮かべた。

エドワルドの指環が嵌った小指。

小さく歪んだリオンの罪の証。

リオンにやきもちを焼いて欲しくて、エドワルドの指環をわざと嵌めている。

——口でなんと言おうと、リオンは俺を一番大切にしているわけじゃない。リオンの一番は魔獣研究と、家族の仇を取ることだ。

「わかってる…」

リオンが興味を抱く他のすべてが厭《いと》わしい。

本当は独り占めにしたい。できることならどこかに閉じ込めて、自分だけしか見えないようにしたい。

でも、その願いは叶わない。

だから苛立つし、嫌味も言ってしまう。本当は甘えて、甘やかして、イングラムやアインハルトたちのようにべたべたとひと目も憚らず、互いしか目に入らないふたりきりの世界に浸ってみたいのに。

そんなことを考えていたら妙に腹が立ってきて、となりで眠るリオンの鼻をきゅっとつまんでやった。

「ふ…がっ」

リオンは間の抜けた平和な呼気を洩らし、眠ったままアルティオの手をつかんで胸元に引き寄せる仕草をみせた。

それで許す気になり、膝を伸ばして横臥《おうが》する。

アルティオはそのままリオンを軽く抱き寄せ、髪に顔を埋めて目を閉じた。

Ⅴ † 毒と蜜

翌朝。

「エド様が、帝都に戻っている」

朝食の席でリオンからそう教えられたアルティオは、ドクンと胸が大きく波打つのを感じた。

『君の本当の〝対の絆〟はリオンじゃなかったとしたら、君はどう思う？　本物の絆は、こっちだと言ったら？』

自分の胸を指さしてそう言ったエドワルドの言葉を思い出したとたん、その意味と真意が知りたくて落ち着かなくなった。そわそわと人差し指で卓上を叩きはじめると、リオンが何か言いたそうに口を開きかけては閉じるという動作をくり返す。

「何？」

言いたいことがあるなら、言えばいいじゃないか。

「あ、いや。エド様に会いに行くのか？」

「会わない理由がない」

「そうか…」と言って、リオンはスープの入った皿を見つめた。

「リオンは俺をエドワルドに会わせたくないのか」

そうだと肯定されることを心のどこかで期待して、わざと意外そうな表情を浮かべて訊ねると、リオンは珍しく複雑な表情を浮かべて顔を上げた。

「僕がこんなことを言う資格はないのかもしれないけど、本音を言えば会って欲しくない。でも――、アルがどうしても会いたいって言うのなら、僕は止めない。アルの意思を尊重するよ」

いっそ「会うな」と断言してくれれば少しは見直したのに、煮え切らない物言いに腹が立つ。

「――馬鹿」

苦難を耐え忍ぶ殉教者みたいな顔で銀匙《スプーン》をいじっているリオンに無性に腹が立ち、ひと言言い捨てて席を立つ。そのまま食堂を出て行こうとして、焦り声に呼び止められた。

「アル！」

「なんだ」

無視せず立ち止まって律儀にふり返ると、リオンは覚悟を決めたようにごくりと唾《つば》を飲み込んだ。

「……その指環、エド様にもらったのか？」

「そうだ」

そう答えた瞬間の、衝撃を受けて引き攣ったリオンの顔を見て、ようやく溜飲《りゅういん》が下がった。

朝食後、カムニアック侯爵邸を訪れたアルティオは屋敷中から熱烈な歓迎を受けた。特に侯爵には、リオンの近況を訊かれたり、クルヌギアでの戦いぶりを訊かれたりしてなかなか離してもらえなかった。

「父上、そのあたりで勘弁してください。彼は私に会いに来たんです」

「エド…！」

半年ぶりに見るエドワルドは、相変わらず際立った存在感と磁力に満ちた貴公子ぶりだ。

端正な佇まいで近づいてくる男の姿を見た瞬間、ドクリと胸が高鳴って鳩尾《みぞおち》のあたりがざわざわと波立つ。

「エドワルド」

「久しぶりだねアルティオ。君の方から訪ねてくれるなんて嬉しいよ。心から歓迎する。私の宝物」

エドワルドは貴婦人の手を取るように、アルティオの長い白金の髪をひと房手に取って、うやうやしく唇接けた。彼の唇と吐息が髪に触れた瞬間、尻尾のつけ根から後頭部にかけて、背筋にぞくぞくと痺れが走る。

身体の反応としては、リオンを抱きしめたときと似ている。気持ちについてはよく分からない。けれど身体の反応が同じなら気持ちも同じということか。

——リオンと同じくらい、エドワルドのことが好きってことか…？

腰を折ったエドワルドに、下から見上げられながらにこりと微笑まれて息苦しさを感じる。それを誤魔化すように手をふって話題を変えた。

「訊きたいことがある」

「なんなりと」

優雅に一礼してみせたエドワルドに連れて行かれたのは、カムニアック邸自慢の温室だ。

大陸北部に位置するラグナクルス帝国では、冬になると雪避け寒さ避けのために玻璃で囲って緑地や果樹園や花園を保つ。そのため軽く頑丈な骨組みと玻璃板製作の技術が進んでいる。

カムニアック邸の温室は他家のものより天井が高く、広く、骨組みも独特の形で美しい。

高低がある地形に水路が引かれ、他より高い湿度と気温を維持するために二重に玻璃で囲った場所もある。そうしたところには、ラグナクルスの自生植物にはない派手な色合いの花びらや、毒々しい模様の葉を持つ植物が繁茂している。

「トゥーラーンやラン・サンで集めたものだ。珍しいだろう」

トゥーラーン共和国やラン・サン王国は大陸南部に位置する国々だ。ラグナクルス帝国の領国ではない上にかなり遠方なので、国境を越えて国外に出ると長く生きられない聖獣にとっては馴染みが薄い。

「遊学していた？」

「そう。いろいろ勉強になった。様々な価値観、様様な支配体制。驚いたのはトゥーラーン共和国だ。あの国には王がいない。信じられるか？　いったいどうやって民を統べ導くのか」

演説家のように軽く両手を広げ、そのまま政治構造について語りはじめようとしたエドワルドを、アルティオは「そんなことより」とさえぎった。

「半年前に言ってたあの言葉の意味を、もう一度きちんと説明して欲しいんだけど」


エドワルドは水を差された湯のように、すっと気配を引きしめて両手を下ろし、アルティオを見た。

「君の本当の〝対の絆《きみ》〟は私だったんだよ。選定の儀で、本当は私が繭卵に選ばれるはずだった。けれどリオンが横取りしたんだ」

半年前にはなかった確信に満ちた口調で、前置きもなく、突然告げられた内容にアルティオは目を剝《む》いた。

――な…にを言い出すんだ、この男は！

気でも狂ったのかと思いながら、衝撃が強すぎて震える唇を無理やり開く。

「――…嘘だ。いくらエドワルドでも言っていいことと悪いことがある」

アルティオの反論にエドワルドは横を向いて「くっ」と笑い、口の中で「同じような反応をする」とつぶやいてから視線を戻した。そうして自信たっぷりに断定する。

「嘘なんかじゃない。君だって本当は薄々気づいているんじゃないか？　リオンは君を大切にしていない。いつも放ったらかしだ。君に対する愛情が薄いのは、本当の〝対の絆〟じゃないからだと」

「な…」

思わずに拳をにぎりしめると、左の小指が鈍く痛んだ。眉根を寄せて、喉元に迫り上がってきた苦味に耐えていると、エドワルドが口調を和らげて近づいてきた。

「私が君の〝対の絆〟になっていたら、こんなふうに君をひとりにしたりしない。こんな寂しそうな顔をさせたり、〝対の絆〟以外の男に贈られた指環を嵌めたりなんて、絶対にさせない」

エドワルドの両手で頬を包まれ顔を寄せられて、アルティオは強引に身を引いて距離を取った。

「ちがう、指環《これ》はっ…！」

「アル」

「そんなふうに俺を呼ぶな」

「アルティオ、可哀想《かわいそう》に」

同情たっぷりな声で言われた言葉に耐えきれず、アルティオは身をひるがえしてその場を離れた。

嘘だ。

リオンが本当の〝対の絆〟じゃなかったなんて、有り得ない。絶対に嘘だ。

アルティオは懸命に「嘘だ」と否定した。けれど、否定すればするほど心のどこかで「本当かもしれない」と思ってしまう自分がいる。

リオンのことを信じ切れない自分も、自分に信じ切らせてくれないリオンのことも、両方に腹が立って、辛くて苦しくてたまらない。

そのまま走って走り続け、気がつくと獣型に変化して帝都に向かって飛んでいた。やがて離宮のある皇宮敷地内に戻ってきたけれど、冬花宮には帰る気になれない。

――服、どこかに脱ぎ捨ててきてしまった。あとで探しに戻らないと。……そういえば雛の頃、イングラムたちと一緒に遊んでて、自分にだけあとを追いかけて服を拾ってくれる〝対の絆〟がいなくて、寂しかったな。

考えたくないことから意識を逸らすために、どうでもいいことをぐだぐだと掘り返しながら皇宮敷地内の森に降り立ち、行く当てもなく彷徨っていると、木漏れ日を浴びながら仲睦《なかむつ》まじく連れ立ったリュセランとラインハイム公ギルレリウスに行き会った。

リュセランは昨年の夏頃、帝都に戻ってきた田舎育ちのインペリアルだ。歳は三歳半。人齢で十歳といったところ。ラインハイム公は皇孫で、戦死した皇太子の嫡子。現皇帝ヴァルクートの甥にあたるが、歳は三歳しか違わない。

「アルティオ？」

先に声をかけてきたのは、同じインペリアルのリュセランだ。まだ小さいのに妙におとなびたところがある雛で、幼いながらその美貌は、すでに帝都一だと評判になっている。

その〝対の絆〟であるラインハイム公は、リュセランとはずいぶん歳が離れている。確か今年三十一歳になったはず。本来なら〝選定の儀〟の対象外の年齢でリュセランと誓約を交わしている。

キリハは『あのふたりは、ちょっと特別で例外』と言っていた。

ふたりはいつも一緒だ。ラインハイム公がリュセランを目の中に入れても痛くないほど溺愛《できあい》しているのは、誰の目にも明らか。そしてリュセランはいつも幸せそうにしている。そんなふたりが羨《うらや》ましい。

「何かあったのか？」

ラインハイム公は、尻尾を気忙しくふりまわし毛を逆立てたアルティオの姿に、わずかに眉をひそめて驚きを示し、感情の動きがあまり窺《うかが》えない平坦な声で訊ねてきた。

「ぅるるる…っ」

アルティオは思わず『繭卵が望まない相手と誓約を交わすなんてこと、有り得ないですよね？』と、心話で訴えてから、自分の〝対の絆〟以外の人間には通じないことを思い出して、焦れったく前肢で地面を引っ掻いた。

わずかに小首を傾げたラインハイム公のとなりで、アルティオの心話を聞いたリュセランが背中に氷を放り込まれたように背筋を伸ばす。それからアルティオをおとなびた紫色の瞳で凝視し、助けを求めるようにラインハイム公の顔を見上げた。

「『繭卵が望まない相手と誓約を交わすなんてこと、有り得ないですよね？』だって」

リュセランがアルティオの言葉を伝えると、今度はラインハイム公が、氷を背中に放り込まれたように身動いで目を瞠る。

「――誰から、何を聞いた」

怖い声で逆に問い返されて、思わず後退《あとずさ》りそうになる。答の内容によっては決闘も辞さないと言い出しそうな気迫に、驚いて喉がつまる。

「ギル、アルティオがびっくりしてる」

リュセランに袖口を引っ張られて我に返ったのか、ラインハイム公は気配を和らげて小さく咳払《せきばら》いした。

いつも無表情で淡々とした受け答えしかせず、滅多《めった》なことでは感情を見せないギルレリウスが、これほど大きな動揺を見せるのは珍しい。

逆に、それが答を示している。言葉より雄弁に。

『まさか、そういうことが本当にあるんですか？』

リュセランに伝えてもらった問いの答は、予想以上に厳しいものだった。

「……残念ながら有り得る」

『――…ッ！』

その瞬間に受けた衝撃を、どう表現すればいいだろう。これまで確固としてあった大地が突然溶け崩れて、どこまでも落ちてゆく。

――リオンはぼくのほんとうの〝対の絆〟じゃないんだ！

　幼い頃、よくそう言ってキリハを困らせたのは、本気で信じていたわけではなく、寂しさを紛らわせるため。拗ねて、駄々《だだ》をこねて、否定してもらって慰めてもらうことで安心したかったから。

　それが…、まるで自分が発してきた言葉が呪いのように、現実になるかもしれないなんて――。

　アルティオがあまりにも強く衝撃を受けたのを察したらしい。ラインハイム公はめずらしく慌てた表情で言い足した。

「君たちのことではない」

　それから「一部の者の間では公然の秘密だが他言は無用」と前置きして、過去何百年にもわたって人間側の欲と思惑により、聖獣との誓約が歪められてきた経緯を簡単に説明してくれた。

「特に高位聖獣の誓約相手は、聖獣が本当に望んで呼び寄せた相手ではない場合が多い。――いや、多かった」

　苦しげに眉根を寄せていたラインハイム公は過去形に言い直し、急いでつけ加えた。

「しかしそれは数年前までの話だ。正確には六年前。ヴァルクート皇帝陛下が即位されて、悪《あ》しき慣習は断ち切られた」

『その六年前に、リオンと誓約を交わした俺は？』

「何を言っているアルティオ。君こそが古く頑《かたく》なな軛《くびき》を外して実施された〝選定の儀〟の、最初の成功例じゃないか」

『成功例…？』

「そうだ。陛下は金位《インペリアル》の繭卵を青位《ブラウ》に偽装して選定の儀に臨ませた。本当は赤位《ロイツ》に偽装したかったといっていたが、それは警備の問題もあって反対者が多く、さすがに実現しなかった」

　皇帝ヴァルクートはさらに、身分が低くても上位の繭卵と対面させると告知したが、これにも多数の反対者が出て実施は困難を極め、混乱も多く発生した。しかし繭卵と選定者の親和率が上がったことで、結果として皇帝の正しさが証明された。

『親和率？』

　アルティオの問いに、ラインハイム公は親指と人差し指を顎に当てて少し考え込んだ。

「それについて説明する前に教えて欲しい。誰に、何を言われた？」

　もう一度、さっきと同じ質問をされたアルティオは、リュセランがラインハイム公に伝えやすいよう、言葉を選んで訴えた。

『エドワルドに「君の本当の〝対の絆〟は私だ」って言われた。選定の儀で、俺が本当はエドを選ぶはずだったのに、リオンが横取りしたんだ…って』

　ラインハイム公の白皙から血の気がすぅ…と引いて、透石膏を刻んだ彫像のようになる。となりでリュセランが気遣わしげにラインハイム公の手を強くにぎりしめているのが、強く印象に残った。

「きちんと説明をした方がよさそうだな。来なさい。皇帝陛下にお会いしよう」

　深い溜息のあと、ラインハイム公はいつもより少し強い口調でアルティオを促した。

「リオンも同席させよう。リュセラン、キリハに連絡を。陛下に時間を取っていただけるように」

　リュセランはこくりとうなずいて、キリハに心話で語り終わると、なんともいえない表情でアルティオを見た。

　深い同情に満ちた、雛とは思えないおとなびた瞳でじっと見つめられたアルティオは、居心地の悪さを追い払うように尻尾をゆさゆさと左右にふった。

アルティオが冬花宮に戻って人型になり、服を着込んでいる間に、使いをやった魔獣研究所からリオンが呼び寄せられ、ふたりはラインハイム公に先導される形で皇宮最奥《さいおう》の聖なる庭にやってきた。

　政務関係で使う金獅子宮や、皇帝の私的な生活空間である銀蟹《ぎんかい》宮ではなく、アルティオが孵化した場所でもある聖なる庭を選んだのは、そこが一番他人の耳目を心配する必要がないからだ。

　アルティオたちが到着したのとほぼ同時に現れた皇帝ヴァルクートは、ラインハイム公から事情を聞く間、見たことのない厳しい表情を浮かべていた。

　しかしアルティオとリオンに向き直ったときには、いつもの泰然とした、余裕のある態度に戻り、

「エドワルド・カムニアックがどういうつもりでそんなことを言い出したのか、だいたい察しはつくが、それは彼の思い込みにすぎない。君たちは正真正銘の〝対の絆〟だ。安心しなさい」

きっぱりと断言してくれた。

　となりに寄り添っていたリオンが、あからさまに安堵した表情で胸を押さえながら皇帝に訊ねた。

「エド様はどうして、自分がアルの本当の〝対の絆〟だなんて言い出したんでしょうか…」

「分からないか？」

「…はい」

　リオンを見る皇帝の眼差しに慈しみの色が増す。けれどその唇から発せられた言葉は存外に厳しい。

「自分の従者だった人間が、突然金位《インペリアル》に選ばれたと言われて、素直に祝福できる人間がこの世にどのくらいいるかという問題だ」

「まさか…、エド様はそんな人ではありません。高潔で思いやり深く、従者に過ぎなかった僕にも本当によくしてくれました。僕が金位《インペリアル》ノ騎士になったあとも、少しも態度が変わらなくて。アルのこともすごく可愛がってくれて、アルも懐いていて…。だ

から――」

「アルティオがよく懐いたから、よけいこじらせたのかも知れない」

「そんな…」

衝撃を受けたその表情から、アルティオはリオンの気持ちを推測した。

エドワルドほど出来た人間に限って、そんなはずはない。そう否定しながら、同時にそうであって欲しいと願っている。エドワルドの主張が金位《インペリアル》を羨み嫉んだがゆえの捏造ならば、自分とアルティオがこんなふうに苦しむ必要はない。けれどやはり、彼がそんな人間だとは思いたくない気持ちも消しきれない。――そんなところだろう。

「あ…、もしかして、選定の儀のときに僕と一緒にいたから？　自分が光らせたと誤解して…？」

リオンはそれでもエドワルドを擁護しようとしている。『お前は偽物』だと糾弾されたも同然の相手なのに、なぜ庇おうとするのか。恩人だからか。

「そういうこともあり得るだろうが、本人の思い込みに問題があるのだろう。当事者であるリオンやアルティオに主張するということは、本人なりに確証があるのだろう」

皇帝の言葉にアルティオはまぶたを伏せた。

「俺…私が彼に懐いたことが、彼に見当違いな自信を与えてしまったのでしょうか」

にぎりしめた拳にリオンの手のひらがそっと重なるのを感じて、アルティオはつめていた息をふ…と吐き出した。

そのやりとりを見た皇帝は口調を和らげ、小さく肩をすくめた。

「アルティオを責めるつもりはない。聖獣の雛は、可愛がられれば〝対の絆〟以外にも懐く。それはもう無邪気に。相手が〝対の絆〟の信頼を得ている者ならなおさらだ。それを自分の都合のいいように曲解して妄想を描くのは、その人間の問題だな」

「妄想…なんですか？」

リオンの問いに答えたのは皇帝ではなく、それまで黙って皇帝に寄り添っていたインペリアル・キリハだった。

「それ以外にあり得ないよ、アルティオ。心配しなくてもリオンが君の〝対の絆〟。それは決して変わらない。安心して」

キリハはわずかに身を乗り出して、はっきりと断言してくれた。だからアルティオもリオンも、それ以上この話題に触れるのはもう止めることにした。

『親和率』という言葉について教えてもらい損ねたことをアルティオが思い出したのは、リオンと一緒に冬花宮に戻り、それぞれの寝室にぎこちなく引き上げたあとのことだった。

――そういえば聞くのを忘れてた…。なんだか、それどころじゃなかったし。

言葉の意味から推測すると、聖獣と騎士の相性のようなものだと思うけれど、これまで一度も聞いたことがなかった。

――なんとなく、嫌な感じがする…。リオンは知っているのか、明日訊いてみようか。

そう考えながら目を閉じて眠りに落ちたアルティオは、次の日も『親和率』について確認し損ねたまま、いつしか意識の隅に追いやって忘れてしまった。

おそらく、本能が警告を発していたからだろう。

そのことについて深く追及してはいけないと。

Ⅵ † 不穏な噂

アルティオが最初にその変化に気づいたのは初陣から七ヵ月後。六ノ月の魔獣迎撃戦、クルヌギア城塞の中だった。

自分たちが率いる第二軍団の下位騎士たちが、司令官リオンの姿を見ると顔を見合わせ、笑いをこらえた表情で何かささやき合うのは見慣れた情景だ。

けれどその日は、騎士たちの表情に笑い以外の冷ややかさが感じられた。となりを歩いていたリオンは考え事に夢中で気づきもしなかったが、自分の〝対の絆〟の評判に敏感なアルティオは即座に察した。

そして人よりも優れた聴覚を持つ耳をそばだてて、聞こえてきた陰口に驚く。

『いくら「金位《インペリアル》は居るだけで戦意昂揚《こうよう》につながる」と言われても、こうも毎回後方に隠れて出てこないと、他に何か理由があるんじゃないかと思われても仕方ないよな』

『知ってるか、金位《インペリアル》ノ騎士リオンの家族のこと』

『ああ。はじめて聞いたときには我が耳を疑った』

『…第三の災厄で街ごと全滅』

『なのに、自分だけ安全な場所に身を隠していたそうじゃないか』

アルティオが氷青色の瞳を向けると、下世話な話をしていた下位の騎士たちは風を避けるように肩をすくめ、こそこそと視線を逸らした。自分たちが上官を侮辱しているという自覚はあるらしい。

——なんだ…？　騎士たちの様子がいつもと違う。

確かにリオンは勇猛果敢や決然とした戦いぶりとは対極にいるし、そのせいで麾下《きか》の騎士たちから全幅の信頼と敬意を寄せられているとは言い難い。けれど、侮蔑《ぶべつ》や敵意を向けられるほど疎まれてもいないはず。

魔獣と直接相対して、剣をふるうことこそが戦いの真価だと考える大多数の騎士たちからは評価が低いが、リオンの観察眼と、日夜勤しんできた魔獣研究から導き出される隊編成や戦略、臨機応変に編み出される戦術指示は皇帝も一目置いている。

明滅する光で魔獣の動きを霍乱《かくらん》する作戦や、独特の匂いを使っておびき寄せる作戦はリオンの発案で、当然、光灯装置も香料や散布器もリオンの研究によって生まれたものだ。

それらは一定の結果は出しているものの、戦局を左右するにはまだ程遠い。たとえば出撃してヘリオス級なりムンドゥス級なりを斃すことに比べれば、成果としては微々たるもの。そのあたりが低評価……というよりも、作戦自体があまり知られていない理由だろう。

『今はまだ小さな成果しか上げられないけど、いつか聖獣たちの大きな助けになる道具や作戦の発案につながるって信じて努力してる。――ひとりでも多くの聖獣が命を落とさなくてすむように…、いつか必ず魔獣を殲滅し尽くせる日が来るように』

思ったような結果が出なくても、評価されなくても、リオンの決意が揺らぐことはない。

魔獣を殲滅し尽くせる日が来るように。

家族の仇《かたき》が取れるように。

リオンの切なる願いを否定するつもりはない。けれど、そのために自分がほったらかしにされてきた時間を思うと、アルティオの心はざわめく。

自分が耳にした陰口については、リオンに「騎士たちの間に不満が出ている。せめて迎撃戦期間中、一度は出撃するようにしてくれ。あんたが剣をふりまわさなくても俺が魔獣を斃すから、あんたは俺にしがみついて気絶せずいてくれたら上出来だ」と釘《くぎ》を刺すことで注意をうながしておいた。

しかしその月の魔獣迎撃戦は、またしてもアルティオとリオンに直接的な戦果がないまま終わった。二重満月の翌月で魔獣涌出が少なく、ふたりに出撃要請が来なかったからだ。

帝都に戻ると、帝国各地に多くの読者を持つ娯楽紙や大衆紙がまたしても『今月も金位《インペリアル》ノ騎士リオンの活躍はなし！』と面白おかしく書き立てていた。

それだけならこれまでと同じだが、今回は少し内容が変わり、一〇〇六年の初陣から今月まで、月ごとの出撃回数と戦果に、失神回数を加えた情報をずらりと並べ、同じ年に初陣を飾った金位《インペリアル》ノ騎士のエディン・レハールやロスタム・ロマイラとの差を事細かに記載してあった。

捏造《ねつぞう》や誤情報が多い娯楽紙や大衆紙のわりに数値はかなり正確で、誰が見ても金位《インペリアル》ノ騎士リオンと、彼の聖獣アルティオの不振ぶりは明らかだった。

参考までにと注釈をつけて、歴代の金位《インペリアル》たちの戦績も記されている。その中には先の皇太子ゲラルドと聖獣《インペリアル》イグニスのように、成獣《おとな》になってから十年以上、帝都防衛を建前に一度もクルヌギア迎撃戦には参戦せず、ようやく初陣を飾ったかと思ったら、その戦いで死亡という無残な〝対の絆〟たちもいた。

『故《ゆえ》に、活躍できない金位《インペリアル》ノ騎士はリオン・カムニアックがはじめてではないことを断っておこう』

言外に何やら含みを持たせた、記名のない記事はそうしめくくられていた。

アルティオはそれらの紙面を、獣型で外出したあとの足拭きにして、さらにびりびりと破いて暖炉の焚きつけにしてやった。

無責任な大衆紙は焚きつけにして視界から抹消できても、人の口を介して広まる噂は消しようがない。

帝都に住む庶民が隣人や恋人、仕事の上役、工房の親方、妻や夫の愚痴を吐き出したり、自分には関係ない貴族や騎士たちの醜聞に聞き耳を立て、そこに己の見解を加えた『噂』を披露して、別の誰かの耳を楽しませる場所は無数にある。

広場や水場の周囲。夜の酒舗。昼の市場。芝居が上演される前の観客席。大衆浴場。

噂は人の口から口へ伝わるたび、無責任に形を変えてゆく。悪意あるものは、より醜悪で容赦ない罵《ば》倒《とう》や聞くに耐えない誹謗《ひぼう》中傷に。

水面下では、もっと前から種が蒔かれ蔓延《はびこ》る兆しのあった噂は、七ノ月の魔獣迎撃戦が終わる頃には、五人集まれば三人は知っているほど有名になっていた。

そうした噂のほとんどは一から十まですべて捏造で、本当のことなど欠片もない、それはいったい誰のことを言っているんだと首を傾げるものばかり。騎士《インペリアル》の最高位であるリオンと直接言葉を交わしたことなどなく、性格も知らない者ほど、大衆紙や娯楽紙で仕入れた情報を元に勝手に人物像を作り上げ、勝手に憎悪をかき立ててゆく。

いったいリオンがお前に何をしたんだ、親でも殺されたのかと問い質したくなるほど、赤の他人がリオンのことを悪く言う。

「リオン・カムニアックは貴族ではなく平民の出。金位《インペリアル》の繭卵を不当に手に入れて無理やり誓約を交わし、まんまと金位《インペリアル》ノ騎士に成り上がった」

「汚い手を使ってカムニアック侯爵に取り入り、ちゃっかり養子の座に収まった。汚い手というのは身体を使ったもので、カムニアック侯爵には昔からそちら方面の噂があって――」

「リオン・カムニアックはぼんやりしているように見えるが、実はものすごく計算高くて、損得勘定でしか動かない。傲慢《ごうまん》で、少しでも気に入らないことがあると、まわりに当たり散らすらしい」

「機嫌が悪いと従者に物を投げつけて憂さ晴らしするんだと。出入りの業者が見たらしい」

「公金横領疑惑も出てる」

「魔獣研究という名目で、外国から怪しげな薬を山ほど仕入れて、それを小分けにして売りさばいてるっていう噂もあるぞ」

「見た目は細くてひょろっとして弱そうだけど、あっち方面はずいぶん強いらしくて、夜な夜な女を侍《はべ》らせてるそうだ」

「俺が聞いた話だと、侍らせてるのは女じゃなくて男らしいぞ」

「いや、オレが聞いたのは男は男でも、相手は聖獣なんだと！　しかも、獣型に変化させて犯《や》らせてるって話だ」

「犯らせてるっ…て、突っ込まれる側かよ！」

「第三の災厄で死んだ者をとやかく言うのは気が引けるけどよ、リオン・カムニアックの家族――母親と妹は娼婦《しょうふ》だったたって噂も聞いたぜ」

　さすがに本人ではなく家族を中傷した内容は諫《いさ》める者もいたが、基本は皆無責任に出所不明な噂を、さも真実のように言い合って義憤に駆られたり、栄達した者への歪んだ劣等感を慰めているだけだ。

　彼らが一番好んで、寄ると触るとくり返し吹聴《ふいちょう》してまわったのは、リオンが正当な騎士候補から繭卵を横取りした卑怯《ひきょう》者、という噂だ。

「リオン・カムニアックが正当な騎士なら、インペリアル・アルティオはもっと強くて、素晴らしい戦果を上げているはずだ。そうでないのはリオンが偽物で、親和率が低い証拠だよ」

「親和率って知ってるか？　同じ位階の聖獣でも、選んだ騎士との相性――親和率が高いほど強いらしい。せっかく金位《インペリアル》ノ騎士になれても、親和率が低いと聖獣は弱くて、戦いに出てもろくに魔獣を斃せず逃げ帰るのがオチだって」

「それってまんま卑怯者リオンと哀れなアルティオじゃねーか」

「だから言ってんだろ。リオン・カムニアックは偽物だって。本物の騎士になるはずだった男から、繭卵を奪ってまんまと誓約を交わしたんだよ」

「無理やりか？」

「そうだ」

「じゃあ、本物の騎士になるはずだった男は誰だ」

「それが分かれば苦労しないだろ」

「そうだよな。本物が誰なのか分かったら卑怯者のリオンにはちょっと具合でも悪くなってもらって、そのまま天にでも召されてくれりゃあ、アルティオはめでたく本物と誓約し直せるってわけよ」

「インペリアル・アルティオも、きっとそのほうが今よりずっと幸せになれるはずだ」

「——案外、近くにいるのかもな」

「誰が？」

「本物の騎士になるはずだった男さ」

「おいおい、あんた何か知ってるのか？」

「…あんまり大きい声じゃ言えねぇが、カムニアック侯爵のもうひとりの息子があやしいと、おれは睨んでる」

「エドワルド卿か！」

「文武両道に秀でて人柄も申し分ない、ずいぶんできた御仁らしいじゃないか」

「リオンとエドワルド卿、ふたりのどちらが聖獣ノ騎士に相応しいかと訊ねれば、百人が百人エドワルド卿を選ぶだろうよ。当然金位《インペリアル》だって」

「そうだよなぁ。それを無理やり偽物と誓約させられたんだろ」

「リオン・カムニアックってやつは、本当にひでぇ男なんだな」

†

「——と、いう噂が帝都で蔓延《まんえん》しています」

枕詞《まくらことば》に「有能」がつく皇帝補佐官のセリムが、朝一番に執務室で口にした報告に、皇帝ヴァルクートは眉をひそめた。

帝国臣民のリオンに対する評価は最初から低く、クルヌギアでの戦いぶりは笑い話として口の端に上ることが多かった。

それゆえ、最初にリオンのことが帝都で噂になっているとき聞いたとき、あまり違和感は覚えなかった。それが、ここ一、二ヵ月ほどの間に突然悪質化した。

「なにやら、懐かしい気配がするな」

ヴァルクートは親指と人差し指で頬と額を支え、行儀悪く執務机に肘をついてセリムを見上げた。

「ええ。陛下がまだ第四皇子だった頃、帝都に蔓延した噂と似た気配がしますね」

ヴァルクートは以前、本人の有能さや父である皇帝に一番可愛がられ、将来有望であることを皇太子であった長兄ゲラルドに憎まれ忌避されて、捏造された醜聞を意図的に広められたことがある。飽くなき人格攻撃は否定しても否定しても、くり返し蒸し返され、最後はほとぼりを冷ますという名目で大陸北端の辺境に左遷《とば》された。

熱病のように蔓延《まんえん》していたヴァルクートの醜聞は皇太子だった長兄ゲラルドが戦死した日を境に、驟《しゅう》雨《う》を受けた野火のように終息した。

「誰かが意図的に流してる？」

「それを今、調査しています」

「頼む」

「はい」

「アルティオは」

どうしていると訊きかけて、ヴァルクートは軽く手をふって取り消した。アルティオのことならセリムではなく、キリハに確認した方が早いし正確だ。

リオンはおそらく誰かが耳に入れないかぎり、自分の噂についてあまり把握していないだろう。

その分、アルティオが気を揉んでいるに違いない。特に『金　位《インペリアル》の繭卵を不当に手に入れて、無理やり誓約を交わした』などという噂は、彼の心を深く傷つける。下手をすればリオンとの間に修復不可能な溝《みぞ》を作りかねない。

「噂の出所を調べて、不当な作り話はできるだけ否定するように手配します。それから月例迎撃戦の広報紙に、リオンの魔獣研究による成果や、彼の為人《ひととなり》が伝わる逸話を載せるよう手配しましょう」

　自分が口にする前に、対応策を挙げる有能な補佐官に、ヴァルクートはうなずいてから、ひとつだけつけ足した。

「――ああ、それからエドワルド・カムニアックの身辺調査を頼む」

Ⅶ　†　裏切りの代償

　毎朝届けられる時事報紙と大衆紙の両方にざっと目を通したリオンは、相変わらずひどい中傷記事の主人公が自分であることに困惑しながら朝食を摂った。

　八ノ月に入っても、リオンに関する捏造された誹謗中傷は止まず、ますます激化するばかりだ。

　別に誰に何を言われても構わない。リオンは元々他人の評価を気にしないし、誹謗中傷の内容が事実無根なら、いずれ止むだろうと思っている。

　それよりも、根も葉もない噂話が大半の大衆紙だけでなく、帝都でも信頼度の高い時事報紙にまで捏造された中傷文を書き立てられ、それを日々目にしているアルティオの態度がぎこちなく、どこかよそよそしいのが辛い。

　せっかく皇帝陛下とインペリアル・キリハに『正真正銘の〝対の絆〟』だと断言してもらったのに。これではエドワルドにひっかきまわされたときと変わらない。

「アル、大衆紙の記事なんて気にするな」

　食後の花茶を渋い顔で飲んでいるアルティオに声をかけると、苛立った声で返された。

「気にしてない」

「でも機嫌が悪い」

「当たり前だろ。リオンは腹が立たないのか？」

「根も葉もない噂話にいちいち腹を立ててたら、あっという間に憤死してしまいそうだからね。そういうことに労力を割いても仕方ないし」

「――……あんたはいつも気楽でいいな」

アルティオはガチャンと音を立てて茶杯を置き、不機嫌な顔のまま席を立った。

「どこへ？」

「競技用円蓋《ドーム》で身体を動かしてくる。昼食は外で摂るからいらない」

せっかくの休日なんだから一緒に過ごそうと言う前に、アルティオはさっさと姿を消してしまった。

――なんだろう…、やっぱり避けられてるのか。

アルティオがいなくなったとたん、食欲が失せてしまった。それでも体力維持は騎士の勤めと胆に銘じ、出された料理は腹に収めて席を立った。

肩を落として書斎に引きこもり、未読の資料を引っ張り出して広げてみてもあまり頭に入らないので、隣室を改装して作った実験室で魔獣の死骸でも分析しようと準備をはじめた矢先、家令のモルトンが、

「エディン様とロスタム様が訪ねてまいりました。お会いになりますか？」

報せと伺いにやってきたので「もちろん会う」と答えて応接室へ向かった。

金位《インペリアル》ノ騎士仲間、それも同期であるエディン・レハールとロスタム・ロマイラは、どちらもさほど堅苦しい人間ではないが、予告もなく離宮に訪ねてくるのは珍しい。

突然訪ねてきても、研究に没頭しているリオンの意識が切り替わるには時間がかかるし、下手をすれば会話の間ずっと上の空で、後日確認しても内容を覚えていないことがある。だから遊びに誘うにしろ、単なる茶飲み話をするにしろ、訪問の前には予告するのが当たり前になっている。それなのに。

「珍しいね。何かあった？」

風通しの良い露台に通されたふたりに向かって訊

ねると、ふたりは互いに目配せし合い、手にした紙の束を持ち上げた。

「何かあったかと、聞きたいのはこっちの方だ。なんだこの記事は！　こんなひどい捏造と中傷文をどうして放置してる。書いた奴をとっつかまえて牢屋に放り込め！」

熱血気味にまくしたてたのはロシィだ。

「大丈夫なのか？」

そう心配そうに訊いてくれたのはエディン。ふたりとも今日は〝対の絆〟を伴っていない。

「イングラムとハルトは？」

「アルティオを誘って、競技円蓋に汗を流しに行ってる」

なるほど。自分たちのことを心配して、騎士は騎士同士、聖獣は聖獣同士で様子を確認しに来てくれたということか。

「ありがとう」

召使いが用意してくれた茶器を受けとって、手ずからお茶を注いで手わたしながら自然に浮かんだ笑顔で礼を言うと、ふたりとも毒気を抜かれたように力を抜いて背もたれに深く身を沈めた。

ロシィはお茶を豪快に飲み干して「相変わらず、ずれてるな」と言い放ち、庭から飛んできた蝶に気を取られ視線を泳がせる。

代わりにエディンが身を乗り出して、

「最近になって、君が『偽物の騎士』って噂をあちこちで聞くようになった。調べてみたら大衆紙だけでなく時事報紙にまでこんなひどい捏造話を書き立てられてるじゃないか。いったいなぜなんだ。何か身に覚えがあったりするわけ？」

リオンは真摯な表情で自分を心配してくれているエディンと、気を散らしているように見えて、実はきちんとこちらの様子を把握しているロシィの気遣いをありがたく受け止め、エドワルドが自分たちの間に立てた波風について、できるだけ分かりやすく説明することにした。エドワルドのことはふたりも知っているので話は早い。

　皇帝陛下やキリハまで巻き込んだ事の顛末を話し終わると、ふたりとも深い同情を寄せてくれた。

　さらに、帝都に蔓延している噂はエドワルドが流しているのではないかと、リオンが思いつきもしなかったことまで言って慰めてくれた。気持ちはありがたかったけれど、さすがにそれは否定する。

「エド様はそんな卑怯な真似をする方ではないよ。ただ、アルティオのことを想うあまり、少し思い込みが強くなりすぎているだけで」

　エディンとロシィは何か言いたげに目配せし合ったものの、それ以上リオンの言葉を否定しようとはしなかった。代わり、冗談めかした口調で、

「リオンは隙が多すぎるんだよ。アルティオは淡泊《クール》そうに見えてものすごく情が深いんだ。向こうが『平気』『放っておいて』とか言ってる言葉を真に受けてると痛い目を見るぞ」

「あの子、本当はすごく甘えたかったんだと思うよ。でもリオンがいつも忙しそうだったから我慢するようになった。さみしくても我慢して『平気だ』って言い聞かせているうちに、自分でもそう信じ込んじゃったけど、本当は今でもすごくリオンに甘えたいんだと思う。そこのところ、ちゃんと分かってあげないと」

「そうだ。エドワルドがどんなに出来た人間だって、聖獣が〝対の絆〟より他のやつを好きになるはずなんてない。あの男にかきまわされてぎくしゃくするってことは、リオンの愛情がアルティオに伝わってないってことだ」

「リオンがアルティオをすごく大切に想ってることは分かってる。でもそれって、僕たちが騎士の立場だから理解できることで、聖獣のアルティオは受け

とめ方や感じ方がまた違うんじゃない？　うちのイングラムなんか僕が誰かとふたりきりで会ったって聞いただけで不機嫌になるくらい、やきもちをすぐ焼くし」

「おまえんとこは焼きすぎ」

　エディンの無自覚な惚気にロシィが軽快に突っ込む。そんなふたりに反省をうながされたリオンは、さすがに己を省みて「気をつけます」と殊勝にうなずくしかなかった。

　皇帝の招集を受けて、リオンとアルティオが金獅子宮を訪れたのは八ノ月の魔獣迎撃戦の半月前。

「二重新月が近いのに、このままでは騎士や聖獣たちの志気に関わる。噂をきっぱり否定するため〝見者〟による検分を行うことにした」

　検分は非公開ではあるが、各軍団司令官、繭卵管理局長、副局長、軍務大臣、軍務省騎獣局長、軍務省育成局長といった、聖獣に関わる主だった機関の責任者が集まり、皇帝とインペリアル・キリハ臨席の下で行われることになった。

　検分に先立って、皇帝が席を立ち口上を述べる。

「親和率とそれを見分けることのできる〝見者〟については、長い間、皇家がその秘密を独占してきたので、知らぬ者もいると思う。簡単に説明しよう。親和率とは聖獣と騎士の相性のようなものだ。相性といっても単に気が合う気が合わないといった問題ではない。聖獣が発揮する能力は、親和率の高低によって決まる。魔獣を斃す力、飛空または跳躍力、心話の及ぶ範囲など、生存率に直結する重要なものだ。軽々しく扱うべきではない」

　皇帝はそこでいったん言葉を切り、その場にいる全員をぐるりと見つめて続けた。

「我がラグナクルス帝国建国前、魔獣がこの世に現れ、その魔獣を追うように聖獣が現れて、人間と最初に誓約を交わした一五〇〇年前は、親和率を気にする必要などなかった。繭卵は過《あやま》たず己が求める人を呼び寄せ、人は誰でも――身分など関係なく、繭卵を見つけて光らせたという、その二点をもって繭卵の保護者となり、孵化した聖獣の〝対の絆〟となれた」

しかし、一度は絶滅しかけた人類は長い間にその数を増やし、国家を樹立し、身分制度を作り、身分に合わせた利権や矜持、権力、財産、愛憎入り交じったすべての要素を絡み合わせて、本来の『誓約』の形を歪め、人間にとって都合がいいように制度を整えてしまった。

「諸君もよく知っている『繭卵の位階と人間の身分には相関関係があり、高位の繭卵と誓約を交わす権利と素質があるのは、高い身分の人間のみ』という、国家開闢《かいびゃく》以来の絶対不可侵の掟として威光を放ち、疑問を差し挟む者を処断してきたこの決まりには、実はなんの根拠もない」

皇帝の言葉は、即位直後に発したものと変わらない。当時は聞いた者のほとんどが耳を疑い、皇帝の正気を疑った。発言内容の衝撃から覚めると、次は猛烈な反発も起きた。

だが今は、内心では苦々しく思っている者がいたとしても、あからさまな不満を表に出す者はこの場にはいない。この場に集められたのは大なり小なり聖獣に関わっている者たちで、個人の思惑はどうであれ、建前上は聖獣の権利と幸福を一番に考えるべき人々だからだ。

「さて、人間側の勝手な思惑で誓約相手の範囲を狭められた聖獣――繭卵も、なすがままだったわけではない。一五〇〇年前はただひとりの人間にしか反応せず、光りもしなかった繭卵が、いつからか複数の人間相手に光を発するようになった」

本当に誓約を交わしたい相手と会わせてもらえないなら、次の候補、それも駄目ならその次……。

　せめて少しでもマシな人間を求めた結果である。

「ここで出てくるのが『親和率』だ。〝選定の儀〟で最初に選んだ人間との親和率が最も高ければ何も問題ない。問題になるのは最初に選んだ――光を放って知らせた相手のあとで、それよりも親和率の高い相手に会えたときだ。繭卵は当然喜んで光を放つ。そして、繭卵の所有権を主張するふたりの人間が生まれるわけだ」

　このような場合は、光の強さで判断されることが多い。しかしこれは主観が入るため争いの元になる。過去にはこうしたことが原因で繭卵の奪いあい、騎士同士の殺し合い、果ては聖獣の殺害という無残な事件も起きている。

「さて、ここでようやく件《くだん》の『見者』が登場する。見者は親和率を見ることができる異能者だ」


　今度こそ、空気がざわりと波立つ。それを皇帝は両手を軽く上げて制した。

「諸君の言いたいことは分かる。『繭卵の所有権を決める、そんな重要な能力者であれば、買収、脅迫、どんな手を使ってでも利用しようとする者が現れるだろう』。その通り。しかし、見者には買収も脅迫も効かない。なぜなら、見者は嘘がつけない。どんな大金を積まれようと、我が子を殺すと脅されようと、偽りを告げれば本人の命が終わる。それも半刻も経たず。親和率を宣言したあとで見者が命を落とせば、その宣言は無効となる。それでは子どもの命を盾に脅しても意味がないことくらい、誰にでも分かる」

　そうだろう？　と、皇帝は同意を求めて一同を見わたした。当然、反応は首肯《しゅこう》のみ。

「よろしい、では本題だ。このところ帝都を騒がせているリオン・カムニアックに対する誹謗中傷だが、内容は事実無根の捏造ばかり。だが信じる者も多い。中でも『リオンは本物の騎士候補から繭卵を奪って、無理やり誓約を交わした』という噂をこのまま放置すれば、憂慮すべき事態も起こり得る。そこで、本日これから見者による検分を行いたいと思う。諸君らには証人としてこの場に立ち会い、結果をその耳でしかと確かめた上で、噂の払拭に尽力してもらいたい」

　皇帝はそうしめくくり、見者を室内に招き入れた。

見者は頭蓋布《フード》を目深に被《かぶ》って顔を隠しており、たっぷりと布を使った外套を羽織っているせいで、男か女かも見分けがつかない。

　ただ、頭蓋布からこぼれ落ちた長い髪は美しく、艶やかに梳《くしけず》られていた。

「リオン、アルティオ、ここへ」

　皇帝に手招きされて、リオンはぎくしゃくと椅子から立ち上がった。となりに立ったアルティオはまっすぐ前を向いて、こちらにはちらりとも視線を向けてくれない。

　皆が見守る中、アルティオに続く形で皇帝とインペリアル・キリハの前に進み出ると、

「そんなに緊張するな。結果は分かっている」

　リオンとアルティオだけに聞こえる小声で皇帝が笑いかけてくれた。その言葉にほっとして、緊張が少しだけゆるむ。

「左手を」

　差し出すようにうながした見者の声は細く高い。

　——女の人だ…。

　目の前に立っても、頭蓋布の影になって顔はよく見えない。

　アルティオが先に左手を差し出した。その上にリオンが左手を重ねる。ふたりの手のひらを両手で包み込んだ見者が、何かを探るように深くうつむく。

　心臓が痛いほど高鳴る。アルティオはどうだろう

か。気になってちらりと横に視線を向けたとき、見者がさっきとは違う、よく響く朗々とした声で宣言した。

「この者たちの親和率は、四割」

言葉の意味を理解する前に視界がぶれて、胸に何か強い衝撃を受けた。それからしばらく音は聞こえず、視界に入った皇帝とインペリアル・キリハが、背中から斬《き》りつけられたような悲痛な表情を浮かべたのを、他人事のように呆然とながめる。

「四割…!?」

「まさか、あり得ない」

「四割は、さすがに低すぎる…」

「この結果が示しているのは、親和率がもっと高い人間が他にいたということ――」

「まさか、噂は真実だったと?」

ひどい喧騒《けんそう》の中で我に返ったのは、見者に重ねた手のひらの下から、アルティオが強引に手を引き抜いたとき。アルティオはそのまま、よろけたリオンをその場に置き去りにして立ち去ろうとしている。

「……アル!」

叫んだつもりなのに、喉がしめられたようなかすれ声しか出ない。もう一度、ふりしぼるようにアルティオの名を呼びながら追いかけた。途中で一度転んであわてて立ち上がり、駆け出して、扉を押し開こうとしていたアルティオにすがりつく。

「アル…、待って!」

「俺に…触るなッ…!」

拒絶の言葉とともに、つかもうとした腕を強くふり払われた。宙に浮いた自分の両手が虚しく虚空をにぎりしめるのを、リオンは呆然と見つめた。

「こんな…こんなのは、ひどい裏切りだ!」

「違う」

「何が違う!?」

「だって」

蘭卵《おまえ》の前を通ったら光ったんだ。

そう言いかけた言葉を叩き落とすように、アルティオが叫んだ。

「エドワルドの言っていたことが真実だった！」

「アル…――」

「あんたは偽物で！　俺を正当な〝対の絆〟から奪ったんだ！」

「ち…がう…！」

「違わない！　四割なんて、親和率がたったの四割だったなんて…ッ」

アルティオはにぎりしめた拳で眉間《みけん》を強く押さえ、血を吐くように叫んだ。

「――こんな…ひどい裏切りはない…ッ!!」

「アルティオ！　待って…！」

リオンの懇願も、皇帝やキリハの制止もふりきって、アルティオは金獅子宮を飛び出し、姿を消してしまった。


残されたリオンは呆然とその場に立ち尽くした。となりに皇帝が立つ気配がしたが、顔を上げることができない。ただ虚しく空をつかむだけの両手を見つめて、独り言のようにつぶやく。

「……だって、僕が触れたら光ったんです。嬉しそうに。蘭卵を…僕が持ち上げたら、嬉しそうに光って…――」

何度も光った。声をかければ嬉しそうに、大きく。それなのに。

「僕よりもっと相応しい人間がいたのに、僕が奪ったんですか？　アルをもっと幸せにしてやれる相手から、僕が不当に奪ってしまったんですか…？　もしかして、――それはエド様…だったんですか？」

そうだと引導を渡して欲しかったのか、否定して欲しかったのか、どちらなのか分からないまま顔を上げたリオンの目の前で、皇帝が苦しげに目元を歪めるのが見えた。

「親和率が十割でなくとも繭卵は光る。君との親和率が四割だということは、他に十割の人間がいたということだ。もしもそれがエドワルドだったとしたら、アルティオが彼に惹かれるのは仕方ない。それは聖獣の本能のようなものだから」

正直に真実を告げられてリオンは打ちのめされた。

「ただ、アルティオが誓約を結んだ〝対の絆〟は君だ。一度結んだ誓約は覆せない。だったら運命を受け入れて、これまで以上にアルティオを大切にして、愛情を注いでやりなさい」

「僕は…、でもアルが…」

こんな結果になってアルティオがどれだけ傷ついているか。こんなことなら検分などしなければよかったと、八つ当たりめいた当惑がこみ上げる。

リオンのそんな気持ちを察したように、ラインハイム公ギルレリウスが皇帝の言葉を補足した。

「親和率が五割でも、何十年も互いを慈しみ合い、魔獣と戦い続けた〝対の絆〟もいる。現在九歳以上（人齢二十四歳相当）で高位の聖獣たちのほとんどは親和率十割に満たない。中には四割、三割しかない者もいる」

ラインハイム公の声には、祈りにも似た真摯な響きが含まれている。

「そんな…」

「一度結んだ誓約は覆せない。だったら運命を受け入れて、これまで以上にアルティオを大切にして、愛情を注いでやりなさい」

励まし力づけるようなラインハイム公に重ねて、皇帝が言い添えた。

「それが、聖獣に選ばれた騎士の義務だ」


金獅子宮を辞し、疲れ果てた気持ちで自邸に戻ると、覚悟したとおりアルティオの姿が見当たらない。

「どこに行ったか、何か聞いてる？」

衝撃が強すぎて、心そのものが痺れて鈍磨したようにぼんやりとしたまま、家令のモルトンに訊ねると、モルトンはよく冷えた檸檬《レモン》水を玻璃杯《グラス》に注いで差し出しながら、おっとりと答えた。

「エドワルド様から、アルティオ様をラヴィニオの別邸に招待したという知らせが届いております」

ラヴィニオは帝都郊外の別荘地のひとつだ。馬車で一時間半程度、金位《インペリアル》の飛空速度なら四、五分の距離だ。

「…そう。ありがとう」

リオンがあまりにも心ここにあらずの状態なので、モルトンはあえてそれ以上何も言わなかったが、考えていることはなんとなく分かった。

晩餐《ばんさん》の時刻になればお戻りになるでしょう。

リオンもそう思っていた。

これまで何があっても、どんなにリオンに腹を立てても、アルティオはリオンと一緒に摂る朝晩の食事をすっぽかしたことはない。

——あんなことを言われたばかりだから、僕のいないところで少し考えたいこともあるだろう。

そう思い、リオンはすぐにでも会いに行きたいのをぐっとこらえて、晩餐の時刻が訪れるのを待った。

しかし。

摘み立ての薔薇をふんだんに使った花菓子や、旬《しゅん》の夏果実を使った蜜菓子が色とりどりに並んだ食卓の準備が調っても、アルティオは帰ってこなかった。

「旦那様…」

アルティオが戻ってくるまで待つと言って、食事に手をつけないまま三時間あまりが過ぎたところで、モルトンが申し訳なさそうな声で注意をうながした。

これ以上待ち続けると、厨房《ちゅうぼう》の料理人や召使いたちの睡眠時間が削られてしまう。

「あ…、あぁ…うん。そうだね。アルが夜中に戻ってきたときのために、これは籐籠《バスケット》に詰めて置いておこう。僕の分は、せっかく作ってくれたのに申し訳ないけど、食欲がないから下げてください」

「畏まりました。ですが、よろしければスープだけでもお召し上がりになりませんか？　冷製ですから温め直す手間もありません。ここのところ、食が細くなって体重も落ち気味なので心配です。体調管理も騎士の大切な心得のひとつと申します。ですからどうか」

おっとりとやわらかな物言いだが、騎士の心得を持ち出して退路を断つあたりがモルトンらしい。

リオンは小さく溜息を吐いてうなずき、ほとんど味が分からないままスープを半皿飲んだ。それ以上はどうしても胃が受けつけないので許してもらい、湯を使うために食堂を出た。

湯殿を出たあとは、いつもならひとしきり書斎で調べ物か書き物をして過ごすのだが、今日は書物を開いても一文字も頭に入らず、未完成の報告書の束を前にしても、何も思い浮かばない。そのままぼんやりと窓辺に立って、夜空を見上げて時が過ぎた。

書斎に入るとき、モルトンには退《さ》がっていいと言ったのに、いつまでも書斎の灯《あか》りが消えないのを訝《いぶか》しんだのか、午前零時を半刻ほど過ぎたところで、遠慮がちに扉を叩かれて我に返った。

心配顔で現れたモルトンに着替えを手伝ってもらい、寝室に送り込まれて、再び立ち尽くす。

皺ひとつなく整えられた寝台が寒々しい。季節は真夏で、寒さなど感じるわけがないのに。

——アル…。

心話でアルティオを呼んでみても、答えは返ってこない。皇宮で「裏切り者」と吐き捨てられて置き去りにされたときから、何度も呼んでいるけれど、返事は一度も返ってこない。けれど存在だけはかすかに感じるから、遮蔽《しゃへい》によって完全に拒絶されているわけでもない。

今はそれだけが救いだった。

――アル、帰っておいで。僕は君を愛している。誰よりも何よりも大切に想っている。親和率なんて信じない。……信じなくていい。

頼むから、帰ってきておくれ。

ひんやりとした麻の敷き布と薄い上掛けの間に身を横たえ、リオンは静かに目を閉じた。安らかな眠りが訪れるとは欠片も思えなかったけれど、他にどうしようもない。

浅い眠りと現《うつつ》の狭間《はざま》で、久しぶりにあの夢を見た。

黒々とした虚無の大地を彷徨《さまよ》っている。

大切な存在の名を呼びながら。

返らない応《いら》えの代わりに、風が吹いて漆黒の粉塵が舞い上がる。世界が黒く染まる。視界が開けると、暗黒の大地に点々と、聖獣たちの千切れた屍が散らばっている。星のように。残酷な星空のように。


――……ッ……――ッ！

声にならない悲鳴を上げてリオンは駆け出した。とたんに地面が沼地のようにぬかるんで、下肢にまとわりついて進めなくなる。

顔を上げると、沼の対岸に翼の折れたアルティオが力なく倒れているのが見えて、心臓が止まりそうになった。今すぐ駆けつけたいのに、両脚はぬかるみに嵌って蝸牛《かたつむり》よりものろのろとしか動かない。

アルティオが崩れ落ちて沼に沈みはじめる。

――アル……！　アルティオ……ッ!!

焦りのあまり喉が干上がって声が出ない。

心臓が痛いほど脈打って息が苦しくなる。

このままではアルティオを失う。

そう考えただけで気が狂いそうだ。

――聖なる獣の神よ、僕の命を捧《ささ》げます。だからアルティオを助けてください！

下半身にまとわりつくぬかるみの強さに砕けるほ

ど歯を食いしばりながら、リオンは懸命に脚を動かし続け、動かし続けて、目を覚ました。

「……ッ」

　シンとした寝室に、己の吐いた息の音だけが響きわたる。夢から覚めたのだと、ようやく認識が追いついてから身を起こすと、薄い上掛けが身体にからみついていた。

　べっとりと寝汗で濡れた髪をかき上げながら上掛けを払い退《の》け、転がり落ちるように寝台を降りた。そのまま、よろめく足取りで部屋の奥にある扉を手探りで開ける。

　二重新月を来月に控えた夜の闇は濃い。

　灯火がなければほとんど何も見えない暗い廊下を横切り、アルティオの寝室の扉を開けて中に入る。

「アル」

　名を呼びながら、身体に染みついた感覚を頼りに寝台に近づいて両手を伸ばす。

　温かな身体の盛り上がりを期待した手のひらに伝わってきたのは、皺ひとつなく整えられた布のひんやりとした感触だけ。

「アルティオ…」

　リオンは膝をつき、誰もいない寝台に突っ伏すと、強く両手をにぎりしめ、胸底からこみ上げてまぶたを濡らすものがこぼれないよう、懸命にこらえて夜を明かした。


翌日。

研究所には半休すると伝え、リオンはラヴィニオにあるエドワルドの別邸に向かった。

　このままでいいわけがない。アルティオとはきちんと話し合って誤解を解く必要がある。

「誤解？　何が？」

　ラヴィニオの別邸で、呼び出しに応じ、エドワルドと一緒に姿を現したアルティオは、底冷えのする冷たい瞳でリオンを見下ろした。

「別に誤解なんて何もない。謎《なぞ》はすべて解けた」

話がそれだけなら帰ってくれと言われ、背を向けられそうになって、リオンはあわててアルティオの背中に駆け寄った。

「僕が、裏切り者だっていうのは誤解だ」

言い募りながら背中に触れ、腕をつかもうとした手をふり払われて、息が止まる。

「アル…」

「勝手に…俺に触るなって言っただろっ」

「……」

行き場を失った両手をゆるくにぎりしめながら、リオンはアルティオの顔をまっすぐ見つめた。

アルティオは鬱陶しそうに顔を背けて、リオンの視線を避けようとする。怒りで立ち上がった耳、細められた目元の動き、眉間の皺、額にかかった前髪のひと筋まで、呆然と見つめ続けるリオンとは対照的に、アルティオはリオンを見ようとしない。

「アルティオ」

「うるさい！」

ようやくこちらを向いたかと思うと、憎むような目つきでにらみつけられた。

「エドワルドが本当のことを全部教えてくれた」

「……本当の、こと？」

なんのことだと首を傾げると、アルティオは早口でまくしたてた。

「〝選定の儀〟の会場で、最初に俺を——繭卵《たまご》を光らせたのはエドだったって」

「違う…！」

「違わない。エドが繭卵だった俺の横を通り過ぎたあとに光ったって。でもエドはそれに気づくのが遅れた。しかも歩くのが速かったせいで繭卵から離れ過ぎてた。それで、ちょうど繭卵が光ったとき通りかかったのがリオンになってしまった。ほんのわずかな時宜《タイミング》の差のせいで、繭卵を光らせたのはリオンだってことになってしまったって」

「…ち、違う、エド様は、どうしてそんな嘘を」

「嘘とはひどい言いがかりだ。私は本当のことしか言ってない。アルティオの繭卵を本当に光らせたのは私だったじゃないか」

いつの間にかアルティオの背後に現れたエドワルドが、前に進み出て己の正当性を主張しはじめた。

「そ…んな。それならなぜ、あのときそう仰《おっしゃ》らなかったんですか！」

「それに関しては確かに私の落ち度だ。これまでずっと、何度も悔やんできた。けれどあのとき、アルティオの繭卵は青位《ブラウ》に偽装されていた。私は侯爵家の嫡男として、青位《ブラウ》ごときと誓約を交わすわけにはいかないという先入観があった。その先入観があまりに強く、心の声を無視して二の足を踏んでいるうちに、君が自分の物のように繭卵を抱え込んでしまった。それでまわりに集まった護衛士や繭卵管理官たちも、すっかり繭卵は君が光らせて、君のものだと誤解した」

「嘘です」

「嘘つきは君だ」

「エド様…」

リオンは、まるで今はじめてエドワルドという男を知ったような、知らない人間を見る気持ちで、呆然と立ち尽くした。為《な》す術《すべ》もないリオンとは逆に、エドワルドは滔々と自説を語り続ける。

「――…いや。君自身も、自分で作り出した嘘を真実だとすっかり信じ込んでいるのかもしれない。金《インペ》位ノ騎士《リアル》になれたのが嬉しくて誇らしくて、真実の主《あるじ》となるべき私から不当に奪ったことなど、認めるわけにはいかなくなったんだろう。その思いがあまりに強く、自分で自分に暗示をかけた。〝選定の儀〟で起きたことも、すべて自分に都合よく出来事をねじ曲げ、捏造し、物語を作り上げた」

「う…嘘だ……――」

必死に否定するリオンの顔を見たエドワルドは、大學の教授が出来の悪い生徒の答えを哀れむように、小さく首を横にふり肩をすくめた。彼の言葉は確信に満ち、嘘をついているような後ろめたさや、落ち着きのなさは微塵もない。

「私はあのとき侯爵家嫡男という己の立場を守ろうとするあまり、正当な権利を主張することをためらった。そのせいでアルティオと誓約を交わし損ねた。その過ちは誰のせいでもない。私自身のせいだ。その負い目があるからこそ、リオン、君がアルティオの偽りの主となり、充分な愛情も注いでやらず、名ばかりの〝対の絆〟として大きな顔をして過ごしてきたのを、文句も言わず見守ってきた。せめて偽りの主から与えてもらえない愛情をアルティオに注いでやることで、己の過ちを償おうと」

「……そ、んな…」

充分な愛情を注いでこなかったと指摘されると、反論ができなくなる。

自分では能《あた》う限りの愛情を注いできたつもりなのに、それでは不十分だと、アルティオだけでなく、皇帝陛下やキリハ、他の金位ノ騎士《インペリアル》仲間にも言われてきた。

その認識の差こそが、偽りの主である証だと糾弾されれば、反論しようがない。

「アルティオ…」

一縷《いちる》の望みをかけてアルティオに助けを求める。

けれどアルティオは、歪んだ小指を見せつけるよう、リオンに左手をかざして拳をにぎりしめると、踵を返して背を向けてしまった。

それが答だ。

去って行くアルティオとリオンの間にエドワルドが立ちはだかり、当然のように宣言した。

「アルティオはこれから、私の元で暮らす」

「そ…」

そんなことは許さない。そう言いたいのに声がまともに出ない。

「ああ、わかっている。〝対の絆〟は長い期間離れて暮らすことはできない。だから定期的に会いには行かせるし、もちろん魔獣迎撃戦には一緒に参戦させよう。けれど、それ以外は私の側に置く。それがアルティオにとって一番幸せな道だ」

「……アルの、幸せ？」

「そうだ」

「アルは…、アルも……」

それを承知したのか。そう訊ねる前に、

「もちろんアルティオも承知している。――というより、彼の方からそうしてくれと頼まれた」

そう告げられて二の句が継げなくなった。

「そう…」


親和率が四割だと宣言される前なら、もっと強気で、アルティオを連れ戻そうとしたかもしれない。彼は自分のものだと。他の誰にも自分たちの間に割って入らせはしないと。

けれど、皇帝やインペリアル・キリハをはじめ、並み居る重鎮たちの前で親和率が四割しかないと宣言され、他でもないアルティオ自身の信頼を失った今となっては、自分はただの負け犬。

項垂れて惨めに引き下がることしかできない。

『アル…、アルティオ！』

もう一度、心話で語りかけてみたけれど、応えがないだけでなく、これまで残されていたかすかな気配すら完璧に消え果てていた。

これから自分の居場所はエドワルドの側。だから気配を残して安否を知らせる必要もない。

完璧な遮蔽によって気配を断ち、意思の疎通すら断ったアルティオの、それは無言の宣言だった。

九日後に行われた八ノ月の魔獣迎撃戦に、リオンとアルティオは参戦しなかった。帝都で待機するよう皇帝の命令が下されたからだ。

皇帝とキリハは、ふたりが戦える状態ではないと判断し、休養という名目で待機命令を出した。実際、リオンもアルティオも初陣から一度も休まず参戦し続けていたため、休養自体に文句が出る理由はない。

「来月は二重新月の戦いだ。それには必ず参戦してもらう。我々騎士と聖獣は魔獣を斃すために存在している。どんな事情があろうとも、魔獣と戦うより大切なことはないはずだ」

言葉は厳しかったが、それを告げた皇帝の声には深い同情と慰め、そして励ましが含まれていた。

ラヴィニオの別邸でアルティオに最後通牒《つうちょう》を突きつけられてから、リオンはうまく眠れなくなった。


元々落ちていた食欲はますます減退し、無理に食べても吐いてしまうことが多い。筋肉質でもなく、無駄な脂肪もさほどなかった身体は、あっという間に軽く薄くなり、騎士としての義務すら全うできない己に自己嫌悪しか湧かない。

八ノ月が終わり九ノ月に入ると、二重新月の迎撃戦はすぐにやってくる。

食事が摂れずに痩《や》せ衰え、まともに剣もふるえなくなったのかと、罵倒されるのだけは避けたい。

その一心でなんとか食べ、眠ろうと努力すればするほど胃が痛み、悪夢に追われて夜中に目を覚ました。自分の寝台ではよく眠れないので、アルティオの寝室に行き、彼の匂いがかすかに残る部屋着を抱いて、彼の寝台で身体を休めた。

屋敷のどこにいても、雛のときからつい最近までのアルティオの姿がちらついて、苦しくてたまらない。孵化したばかりの、両手にすっぽり収まるくらい小さいアルティオが可愛くて愛しくて。

一片の疑いもなく、まっすぐ自分を見つめて「お腹《なか》が空いた」と鳴くアルティオに笑いかけると、とろけるような笑みを返してくれた。

その笑顔を守るためなら、どんなことでもできると思った。この子の命と引き替えに心臓を差し出せと言われたら、喜んで胸を引き裂くだろうと。

この子は僕が守る。もう二度と失ったりしない。決して自分より先に死なせたりしないと心に誓った。

騎士候補養成校では、手の皮が何度も剝けて、文字通り血がにじむほど努力した。体術訓練や体力作りの基礎訓練も、他人の何倍も時間をかけた。身体中痣だらけになり、足にも指にも血豆を山ほど作りながら、誰よりも真面目《まじめ》に熱心に剣技体術の訓練を受けた。

訓練の甲斐なく、実技の素質は壊滅的だということが判明したが、代わりに座学の成績は抜きん出ていたので、教授や師範の計らいにより、実技は体力補強と基礎訓練のみに減らし、座学中心の教科構成に調整してもらった。

魔獣の生態を学び、それがほとんど何も解明されていないと知って研究に没頭した。

すべてはアルティオを死なせないためだった。

金位《インペリアル》の住居として与えられた冬花宮の書斎は日に日に増える書物や資料でみっしりと埋まり、隣室を改装した実験室には、魔獣殲滅に役立ちそうなものなら何でも、鉱石や動植物の標本、音を出す様々な楽器や機械《からくり》、顕微鏡や拡大鏡といった観測器、燃焼装置、冷却器など、世界中から取り寄せた数多の品がところ狭しと並ぶようになった。

さすがにアルティオが幼いうちは注意して、劇薬などは研究所に保管するようにしていたが、成獣《せいじん》して標本や薬石を無闇にいじったり口にしたりする危険がなくなると、持ち込むものに頓着しなくなった。

実験室には窓がない。

小さな灯りを点すと、室内は悪戯な烏《からす》が光り物を集めた洞窟《どうくつ》のように、様々な機材や玻璃製の壺《つぼ》がきらきらと光を弾いて妖《あや》しい雰囲気になる。

この部屋にアルティオを入れたことはない。幼い頃はそれでずいぶん責められた。〝対の絆〟なのに秘密を持つのかと。それがいつの間にか興味を失い、成獣《おとな》になる頃には見向きもされなくなった。

アルティオの気持ちがいつの間にか自分から離れていたことに、どうして気がつかなかったのか。

こんなにも関係がこじれてしまうまで、リオンは自分がアルティオを愛しているようにアルティオも自分を愛してくれていると信じて疑わなかった。

どんなに小言を言われても、騎士らしくない、恥ずかしいと嘆かれても、アルティオの愛情を疑ったことなどなかった。

口が悪くても、自分に触れるアルの手つきはやさしく、眼差《まなざ》しにも声にもリオンを気遣う想いがあふれていた。——あふれていたように感じていた。

それはすべて自分の思い過ごしだったのか……。

リオンは珍しい乾物や鉱石、薬草や薬液をつめた瓶、染みがついた書類や虫食い後のある書物などが所狭しと積み重なった作業机を迂回しようとして、机上からはみ出していた古書の端にぶつかってよろめいた。そのまま踏ん張りきれず床に倒れ、その上からバラバラと鉱石や薬草がつまった瓶、本、書類が落ちてくる。幸い瓶や鉱石はリオンが身体で受け止めたので、割れたり欠けたりしなくてすんだ。

「——なにやってるんだろう…」

アルティオがいれば『前をよく見ないで歩くから転ぶんだ』と小言のひとつも言いながら、それでも手を差し出して助け起こしてくれただろう。

けれど、今アルティオは側にいない。

もうずいぶん長い間、自分の側には帰ってきてくれない。

　リオンは強く目を閉じて歯を食いしばり、自分ひとりの力で立ち上がって落ちたものを拾い、机上に戻した。無造作に置かれた物の中には、魔獣研究に役立つかもしれないからと、皇帝陛下から特別に融通してもらった稀少な香料もあったはずなのに、なぜか見当たらない。入れておいた袋はあるのに、肝心の中身がない。

「どこにいった…？」

　実験や検証に使って無くなったのなら問題ないが、不注意でなくしたとなれば一大事だ。

「…本当に、なにやってんだろう」

　自分の馬鹿さ加減に泣きたくなる。けれど泣いても見つかるわけではないので、床に這いつくばって探し続けた。

　小指一本を丸めたくらいの大きさの香り玉は、ルダニヤ王国でしか採取できない星石という鉱物と、同じくルダニヤにしか自生しない竜樹という植物の樹液を調合したものだ。調合には熟練を要し、それぞれの配合比率を変えることで効能に差が出る。

　原料から採って『星竜香《せいりゅうこう》』と名づけられた香料は、産出国のルダニヤでも稀少なものなので、帝国が輸入できる量は限られているが、皇帝の政治力によって一定量を確保しているらしい。

　皇帝がなぜこの香料にこだわり、リオンの魔獣研究用に融通してくれたかと言えば、それが聖獣に特別な効果を与えるからだ。

たとえるなら、猫に木天蓼《またたび》とでも言おうか。

　安息効果や疲労回復の他に、興奮作用や花酒の何倍もある酩酊《めいてい》作用など、世間に知れ渡れば悪用されかねない効果もあるので、使用には厳格な規定と制限がかかっている。

　星竜香の存在を初めて教えられたとき、リオンは持ち前の探求心を発揮して、すぐに「聖獣に効果があるなら、魔獣にもなんらかの影響があるかもしれない」と気づいた。膨大な書物を研究してきた結果、聖獣と魔獣は光と闇のように、ある意味〝対〟の関係にある。

そのことを皇帝に告げると、皇帝はすぐさまリオンの言わんとするところを理解して、調合ずみの星竜香と原料をそれぞれ用意してくれたのだ。

原料が入った箱は机上から落ちなかったので無事。問題はどこかに消えてしまった小さな丸い玉だ。

小一時間ほど小さな実験室の床に這《は》いつくばって、隅々まで――床に積み上げられた書物や器材を避けたり動かしたりして――くまなく探したが、結局見つからなかった。

リオンは落胆と自己嫌悪で泥のように重くなった身体を無理やり立たせ、立った拍子に目眩を起こしてふらつきながら、今度こそどこにもぶつからずに椅子に深く腰を下ろして、寝不足のせいで鈍く痛む頭を抱えた。それから喉の渇きを覚えて顔を上げ、朝に淹れて、そのまま置きっぱなしにしていた茶杯《マグ》を手に取った。

茶杯は来客用に使う華奢なものではなく、田舎の農家で使うような厚手で頑丈なものだ。うっかり倒したり、最悪床に落としても、簡単には割れない。

リオンは何も考えずに大きな茶杯を傾けて、冷めきった黒茶をゴクゴクと飲み干した。いや、飲み干そうとした最後の一口は、底から転がってきた小さな丸い玉がカツンと歯に当たり、驚いたせいで飲みそこなった。

「あ…！　…った」

こんなところに星竜香の丸玉が。いくら床を探しても見つからないはずだ。

一時間近くも黒茶に浸されていたせいで、すっかり茶色く染まった小さな香り玉を指でつまみ上げ、鼻に近づけてみる。ありがたいことに、匂いはまだ残っている。ずいぶん薄くなってしまったけれど。

　安堵と己の間抜けさに、リオンは最北の地クルヌギアまで届きそうな、長くて深い溜息を吐いた。

†

　三日後には魔獣迎撃戦のため帝都を出立しなければならない日の朝。エドワルドが金位《インペリアル》づきの従官として、紫位《ヴィオレット》ノ騎士に同乗させてもらいクルヌギアに向けて出立した。

　エドワルドはアルティオと一緒に、すなわち騎乗させてもらってクルヌギア入りしたかったようだが、さすがに金位《インペリアル》ノ聖獣としての矜持が、自分の騎士《リオン》以外の男を同乗させて戦場に駆けつけるのを許さない。はっきりとそうは言わなくても、アルティオの態度からそのあたりの心情を察したのか、エドワルドは無言の期待を引っこめると、数日の別れを惜しむようにアルティオを抱き寄せて頬に唇接け、旅立っていった。

　騎士ではない従官が紫位《ヴィオレット》という高位の聖獣に同乗させてもらいクルヌギアまで移送されるのは、かなりの特別待遇といえる。好待遇の理由はエドワルドが紫位《ヴィオレット》ノ騎士と同格である侯爵家の跡取りであること、さらにここ一ヵ月の間に公然の秘密となった『インペリアル・アルティオの本当の〝対の絆〟らしい』という、まことしやかな噂によるところが大きい。

　エドワルドは持ち前の人脈と交渉術で、本来なら騎士でない者には資格のない金位《インペリアル》づきの従官という立場を手に入れ、紫位《ヴィオレット》に同乗させてもらうという離れ業までやってみせた。彼が駆使する縁故の力は、アルティオなどには想像がつかない広さと深さを持っているようだ。

　ひとりになったアルティオはその日一日ラヴィニ

オの別邸で、見飽きた風景と満たされない飢餓感に苛立ちを覚えながら過ごした。そして夜遅くなってからようやく重い腰を上げると、獣型に変化して、ほぼひと月ぶりに帝都の冬花宮に向かって飛び立った。明日か、遅くとも明後日には、リオンとともにクルヌギア城塞に向けて出立しなければならないからだ。

冬花宮の建つ皇宮敷地上空は聖獣の飛空が禁止されているが、もちろんそこを住処《すみか》にしている金位《インペリアル》だけは別だ。要所に配されている警備兵や歩哨《ほしょう》に見咎められることなく、アルティオは自邸の露台に降り立った。

その瞬間、鼻腔《びこう》をくすぐる不思議な匂いに気づいて鼻をクン…とひくつかせ、頭《こうべ》をめぐらせた。

風の中に舞う蜘蛛《くも》の糸のように、ほのかな香りがまるでからみつくように自分を取り巻いている。

——な…んだ、この匂い…。すごくいい匂いだ。

嗅ぎ慣れない香りの素晴らしさに陶然としながら、出所を探して頭をめぐらせながら鼻を使う。

その時点で、奇妙な感覚に囚《とら》われた。

霞網《かすみあみ》に捕らわれた山雀《やまがら》のように、なぜか自分が、周到に張りめぐらされた罠《わな》の中にみすみす飛び込んだ間抜けに思える。

——そんなわけはない。

全身をひとふりして、体毛にからみつく匂いと錯覚を払い落とそうとしてみたけれど、却って香りの正体が気になった。

時刻は真夜中。邸内はすでに寝静まっている。

騒ぎ立てて家令や侍従たちを起こすつもりはない。

アルティオは灯火に惹き寄せられる羽虫のように、邸内から漂い出る魅惑的な香りの出所を求め、自分がいつでも出入りできるように鍵がかけられていない窓から邸内に入った。獣型なので灯りがなくても、昼間に近いくらい夜目が利くので問題はない。

玻璃で囲まれた半温室を横切り、硝子《ガラス》扉を押し開けて居間に入ると、五感を沸き立たせる香りがいっそう強くなる。キリハに飲ませてもらったことのある花酒の酩酊感にも似た目眩が起きて、胸の鼓動が力強く主張しはじめる。

目を閉じて、再びクン…と鼻を蠢かせると、匂いは居間の奥、自室の方から漂ってくるのを感じた。

急いで居間を駆け抜けて自室に入り、さらに奥にある寝室の扉を押し開けたとたん、とろりとした蜜のような、濃厚な香りに全身を包まれて息を呑む。

――なん…だ？

再び周囲がぐるりと回転するような目眩と、たまらなく心地良い浮遊感に襲われて胸が高鳴る。同時に視線の先、部屋の奥に置かれた寝台の上に踞《うずくま》っていた細い身体が、ハッとしたように身を起こすのが見えた。

『俺の寝室で何をしている、リオン』

「――…え？　あ…、アルティオ…！」

リオンは手の甲でぞんざいに目元をこすりながら、寝台の端に寄り、床に降りてアルティオに駆け寄ろうとした。その爪先《つまさき》が床に触れる前に、アルティオは自ら駆け寄って、前に見たときよりひとまわりも痩せたような細い身体を押し倒していた。

「え…あ？」

リオンが驚いた顔でこちらを見上げる。

アルティオも自分の行動に驚いていた。リオンの顔など見たくないと思っていたはずなのに、どうしてこんな、自分から駆け寄る真似《まね》をしたのか。

分からない。

けれどリオンを押し倒したとたん、騎士としては頼りないその身体から濃厚に湧き上がった芳香の強さに、理性も自制心もわだかまりも、霧散して消え果ててしまったような気がする。

「ぐぅるる…っ――」

喉奥から自然に洩れるうめき声を他獣事《たにんごと》のように感じながら、磁石に引きつけられた鉄片のごとく、鼻先をぴたりとリオンの首筋に押しあてて匂いを嗅いだ。

「ア…、アル…？」

戸惑い身動ごうとするリオンの胸に前肢を乗せ、抵抗を封じて深く息を吸い込むたびに、身体が溶けてしまうような強い酩酊感に襲われる。

まるで蜜壷に落ちた虫のようだ。

全身がリオンの甘い香りに犯されて、何か別のものに生まれ変わっていくような気がする。

ひと息吸うごとに全身が沸き立つような熱い血が駆けめぐり、身体の中心に集まってゆく。

目の前で戸惑っているリオンの、少し前まで泣いていたらしい顔が、たまらなく魅力的に見えた。

――可愛い。愛しい。自分だけのものにしたい。

眼鏡を外しているせいでよく見えないのだろう。目を細めて自分を見上げるその顔が、内側から光を発しているように輝いて見える。

アルティオは胸の深い場所からこみ上げる衝動を抑えきれなくなって、リオンの頬を何度も舐めた。

頬だけでなく、目元も鼻先も唇も。柔らかな蜜菓子を舐め取るように、執拗《しつよう》に。

「アル…、くすぐったいよ」

戸惑いながらも嬉しそうな声で、やんわりと顔を押し戻そうとしたリオンの指を無視して、半開きになった唇に口吻を押しつけて舌をねじ込んだ。

「ア…ッ…」

新緑のように黄色味の強い、きれいな橄欖石《ペリドット》色の瞳が驚きに見開かれる。声を発した拍子にリオンの舌が自分の舌に触れた。そのまま口中を思うさま舐めねぶり、唾液があふれ出た唇から顎、首筋を舐め下ろして鎖骨にたどりつく、そこから下は寝衣に邪魔されて直接触れない。

鼻先を左右にふって釦を外そうとしても外れない。

——もどかしい。

リオンに触れたいという衝動のまま、立てた爪で肌を傷つけないよう気をつけながら、前肢に力を込めて寝衣を引き裂いた。

「な…っ」

リオンが心底驚いた顔で声を上げる。

「アル…アルティオ、どうして…、なにを？」

「ぅう——…」

どうしてと言われても自分でも分からない。分かるのはリオンが欲しいということだけ。

リオンとひとつになりたい。繋がりたい。

これまでずっと感じていた、うまく言葉にできない強い願いが、はじめて明確な形になり、行動を示してくれた。

——そうだ。俺はずっとリオンとひとつになりたかった。溶け合ってしまいたかった。どうすれば、その願いが叶うのかずっと分からなかった。だけど、今ならどうすればいいのか分かる気がする。

突き上げるような衝動のまま、起き上がろうとするリオンの胸を前肢で押さえつけながら、露わになったふたつの小さな突起に舌を這わせ、ぷくりとした感触を味わう。

「や…止め…、駄目…だ」

焦ったリオンの両手が額や鼻筋、首や肩に触れて、なんとか押しやろうと努力している。そんな儚い抵抗は容易《たやす》くいなして、アルティオはリオンの胸から臍まで舌で舐め下ろし、ひときわ強い匂いを発している下腹に鼻先を埋めた。

「アル…！　駄目…だって、そこは、アル…ッ！」

身体の中心、両脚のつけ根で息づく排泄《はいせつ》器官を舌でくるむように舐め上げたとたん、リオンは悲鳴のような声を上げて身をよじろうとした。

その声と、舌に触れたリオン自身の甘さに全身が小波立つように震えて、止める間もなくバサリと音を立てて翼が大きく広がった。

広くはない寝室の壁に翼の先端が当たる。それに構わず、飛空前のように二度三度とその場で羽ばたいて興奮を散らす。

――いや、むしろ煽っているのか。

これではまるで鳥類の求愛行動のようだ。

興奮した頭の片隅で、自嘲にも似た自覚はあったが衝動は抑えられない。

蜜よりも甘く花よりも芳しい香りに酔いしれながら、舌の上でひくひくと小さく震えるリオン自身を吸って舐めて、舐め尽くす。

「あぁ…あっ、あ…ぅ…！」

ちゅくちゅくと早い律動をくり返す舌の上でリオン自身は形を変え、熱く硬くなってゆく。舌に触れる熱と震えが心地良くてたまらない。頭の中が攪拌《かくはん》されるような浮遊感と酩酊感に、時々意識が飛びそうになる。

目を閉じるとまぶたの裏で、火が爆《は》ぜるように、光が乱舞しながら明滅をくり返す。

「あっ…、ぁあ……んッ…――」

こらえようとしてこらえきれず、思わず洩れてしまったと言いたげなリオンの喘ぎ声と同時に、筒状に丸めた舌の中でリオン自身がビクビクと震えながら何かを放出した。

――甘い…。

排泄物とは違う、とろりとしたそれを迷わず飲み込んで顔を上げると、呆然としたリオンの上気した顔が目に入る。

蜜に吸い寄せられるように顔を近づけると、リオンはアルティオから視線を逸らし、逸らした先で目に入ったものに心底驚いたように目を閉じてうつむいてしまった。夜目にも頬や耳が紅《あか》くなっているのが分かる。

いったい何にそんなに驚いたのか。

リオンの視線を追うように、自分の下半身をのぞき込んだアルティオは、先刻から感じていた腰の疼《うず》きと熱さの理由を見つけて目を瞠った。

これまで排泄にしか使ったことのない自分のものが、少し前のリオンと同じように大きく腫れて勃《た》ち上がっている。ふだんは大半が体毛に覆われた鞘《さや》から大きく飛び出し、ひくついている先端からは蜜のような粘液がにじみ出ている。

「アル…だめだよ。それはだめ。許されない」

戸惑い怯《おび》えを含んだ声で制止された瞬間、後頭部から首筋にかけて稲妻が走る。まばゆい稲妻の幻視は背骨を伝わって腰に集まり、そこから全身に広がってゆく。

その光は、これまで見えない場所に隠されていた秘密の扉を照らし出した。存在に気づいたとたん、厳重に掛けられていた鍵が外れて、隠されていた本能が顕《あら》わになる。

見つけると同時に、どう使えばいいか理解した。

身体の中心で熱を持ち固く凝《こご》ったこれは、欲望と呼ばれるもの。普通なら、聖獣であるアルティオには一生縁がないはずの。

欲望。性欲。

人の男女が番《つが》うときに感じるもの。

知識だけで知っていたそれが自分の身に起きた。

なぜだと理由を探る余裕はない。それよりも目の前に横たわるリオンの身体をもっと味わいたくて、奥まで知り尽くしたくて、居ても立っていられない。

「駄目だ、止め…っ」

手足をばたつかせて抵抗されればされるほど、それをねじ伏せて支配したくなる。自分のものにして、嫌だなどと二度と言わせない。

荒ぶる本能に導かれるままアルティオはリオンの脚のつけ根に鼻先を埋め、精を放って一層香りが濃くなった場所を舐めた。くたりと勢いを失っていたそこは、アルティオが何度か舐めると再び力を取り戻して勃ち上がりはじめた。そのつけ根にある膨らみを押すように舐め、さらにその奥にある窄《すぼ》まりを舐めるとリオンは甘い悲鳴を上げ、身を起こしてアルティオの顔を押し退けようとした。

「だ…めっ…だって！　アル！　頼むから…あっ」

何度も何度も、そこがぬるぬるになるほどくり返し舐めるたび、リオンは身体をひくつかせて声を上げる。駄目だ止めろと言われるほど、そこを曝《あば》いてもっと鳴かせたくて仕方ない。

本能に従って腿《もも》の内側に置いた前肢をぐっと踏ん張り、リオンの両脚を割り拡《ひろ》げようとしたけれど、うまくいかない。

『両手をついて、尻をこちらに向けて高く上げて』

アルティオが心話で頼んでも、

「馬鹿っ、できるかそんなこと…！」

こちらの意図を察したリオンは即座に却下して、隙あらば逃げ出そうとする。いつもは鈍くさいくせに、こちらが傷つけないよう手加減しているせいか、油断するとすぐに寝台から降りてしまいそうだ。

『逃がさない』

絶対に。半裸で自分の下から這い出ようとしているリオンを見下ろしながら、アルティオは興奮のあまり広げていた両翼を苦労して畳み、そのまま人型に変化した。

長く逞しい手足と俊敏な身体。獲物に飛びかかるように両腕を伸ばし、リオンの腰をつかんで引き寄せる。

「ぁあっ――――」

リオンは「よせ、止めろ」と叫んだけれど、気にせず仰向けにひっくり返し、二度と自分から逃げられないいないよう両腕を頭上でひとまとめにして、寝台に押さえつける。そのまま薄くて細い身体に自分の身体を重ねてしまえば、あとはいくら身動いでも逃げ出せない。裸の胸から下腹部、そして両腿や膝、脛《すね》に暴れるリオンの動きが伝わって、頭の中が極彩色の閃光《せんこう》で満たされる。

気持ちいい。

そのまま良い匂いのする首筋に顔を埋めて、舐め上げながら息を吸い込むと、身体の中心が痛いほど疼いて欲望が増す。急いた気持ちのまま両腕に力を込めてリオンの細い身体を抱きしめると、喘ぎなのか悲鳴なのか懇願なのか、たとえようもなくそそる声を出されて腰が揺れた。

「駄目だ、止めろ…っ、アル…！　駄目…ッ」

制止の言葉など意味はない。身を起こし、汗でぬるつくリオンの両腿を大きく抱え上げてしまうと、いくら身をよじってももう逃げられない。

「アルティオ…止め…なさい」

抗《あらが》うことの無意味さにようやく気がついたのか、リオンは動きを止め、代わりに涙と汗で濡れた顔をこちらに向け、手の甲で嗚咽《おえつ》が洩れる唇を覆いながら、悪戯をした雛を叱る口調でアルティオをじっと見上げた。

涙で透明感を増した橄欖石色の瞳には、懇願と怯えと疑問、それから熱っぽい何かがせめぎ合い揺れている。涙と汗で濡れたリオンの頰は激しく運動したときのように紅潮している。口元を覆った手のひらの端から垣間見える唇も、いつもより赤味を増してたまらなく魅力的だ。

野放図に跳ねた濃赤色の髪も、薄く雀斑の散った顔も、薄い身体も生白い肌も、すべてが蠱惑《こわく》的な磁力を帯びてアルティオを惹きつける。

「アル…」

名前を呼ばれるのは求められたのと同義。蜜のように甘い熱で熟れた頭では、それが究極の、正しい答に思えた。

アルティオは身を屈めてリオンの唇に自分の唇を重ねながら、固く勃ち上がった先端で探り当てた窄まりに自分自身を突き立てた。

「ひ…っ、ぃう…――ッ」

強い抵抗を力でねじ伏せるよう、何度か前後しながらゆっくりと奥へ押し入ってゆく。自分の最も敏感で無防備な部分が、リオンの無防備な内側と摩擦をくり返しながら繋がっていくのが分かる。

それはとてつもない快感だった。

生まれてはじめて味わう、強烈な悦楽。

気を抜いたとたん何度も意識が飛びそうになりながら、本能のまま腰を前後させ、下からすくいあげるようにリオンの奥を穿つ。

「あっ、ぁあ…ッ　ん…ぅ――っ！　ぁ…あぅ」

細い声が上がる。

アルティオが腰を使うたび、リオンの唇から高く、それがまるで蜜のように甘く響く。

とめどなくこぼれる涙と汗で、しっとりと濡れた前髪が額に張りついている。

「どう…し、て…、ど…して…こんな、ひっ…ぅ」

リオンは譫言のように「どうして」「なぜ」とくり返している。そのことに少し苛立って突き上げを激しくすると、小さな悲鳴が上がって声が止む。

手を離しても逃げられる心配がなくなったので、右手を腿から外して額に張りついた前髪をかき上げてやり、目尻やこめかみを濡らしている涙を舐め取ってやった。

「リオンの涙は、やっぱり甘い」

腰を使い続けながら耳元でささやいても、リオンはもう声が出ないのか、浅い呼吸をくり返すだけ。

アルティオはリオンの右脚を左手で抱えたまま、薄い身体を潰してしまわないよう空いた右手を寝台について身体を支え、ひときわ抽挿を激しくした。

そのままリオンと溶け合う幻想が脳裏に広がったかと思うと、ひときわ深く腰を突き上げてリオンの中に放った。

生まれてはじめて吐精した。

自分の一部がリオンの中に染み入って、溶け合う。

これでもうリオンは俺のものだ。誰にも渡さない。誰にも邪魔させない。

夢の中では脈絡のない不条理な出来事も、当然のこととして受け入れる。それと同じで、なんの根拠もないのにアルティオは確信していた。

自分はやっと正しい答を見つけた。

ずっとこうしたかった。

リオンを独り占めしたかった。

けれど方法が分からず苛立っていた。

「——でも、もう…大丈夫」

下肢を深く繋げたまま、くったりと力を失ったリオンを強く抱きしめて、アルティオはたまらない充足感に満たされて吐息を洩らした。息を吸い込むと、リオンからは相変わらず蠱惑的な匂いがして、くらりと強い目眩に襲われる。同時に、吐精して治まったと思った衝動が再び湧き上がり、腰が自然に蠢きはじめる。

腕の中でリオンが小さく身動いでかすれた悲鳴を上げたけれど、気にせず腰を使い続けた。

何度も、くり返して。途中から夢なのか現実なのか区別がつかなくなるまで、アルティオはリオンの身体を貪《むさぼ》り、己の欲望を注ぎ続けた。

嵐《あらし》のような熱情。まさかそれが自分の意思ではなく、リオンが身にまとっていた芳香のせいだとは夢にも思わず——。

†

腹具合の悪さと、下腹部の違和感で目を覚ましたリオンは、しばらく自分が置かれた状況を理解できなかった。

何度瞬きしても焦点が定まらない視線を、天蓋から外して寝返りを打ちかけ、下肢のあらぬ場所に走った痛みにうめき声がもれる。

「……う……ッ」

思わず目を瞑《つぶ》り、衝撃が過ぎてからゆっくりまぶたを上げると、乱れに乱れた敷布やよれた上掛けが目に入る。大きな寝台のどこにも、そして寝室のどこにもアルティオの姿はない。もうエドワルドのところへ戻ってしまったのだろうか。

胸底からこみ上げるのは嫉妬《しっと》か自己嫌悪か。

ざらつく苦味を噛みしめながら、寝乱れた上掛けを強くにぎりしめてアルティオの気配を探ると、すぐに見つかった。強く遮蔽されているせいでかすかな気配しか感じ取れないが、覚悟していた外ではなく冬花宮の中にいる。どの部屋にいるかまでは分からないけれど、離宮内にいることは確かだ。

ほっと安堵しかけて、すぐに理由に気づいた。

今日か明日にはクルヌギアに向けて出立しなければならない。さすがにラヴィニオの別邸に戻る余裕はないのだろう。だから冬花宮に留まっているだけ。魔獣迎撃戦への参戦義務がなければ、おまえの側になど一時もいたくないと言い放ち、エドワルドの元へ行ってしまう。

エドワルドの側で楽しそうに笑うアルティオの姿を思い出したとたん、胸を刺されたような痛みと息苦しさに襲われた。

「アル…」

鑢《やすり》をかけた硝子板みたいにかすれきった自分の声と相まって、ふいに自分が、遊び飽きて打ち捨てられた玩具《がんぐ》のような気持ちになる。

己の意思を無視して好きなように蹂躙《じゅうりん》された身体よりも、胸の方が痛い。

訳も分からないまま犯されたことより、事後に目覚めてアルティオが側にいないことの方が辛い。

腫れぼったい目元をこすりながらリオンはゆっくり身を起こし、我が身の惨状を目にして思わず溜息を吐いた。

当然、服は着ていない。

夜明けが近いのか、緞帳のすき間から射し込む暁光で室内は濃い青色に染まっている。その中に浮かび上がった青白い肌には、噛《か》まれたり強く吸われたせいで出来た鬱血の痕が点々と散っている。

抗っても逃げようとしても捕らえられ、何度も欲望を注ぎ込まれた場所は鈍痛とかゆみを訴え、粘液が乾いて突っ張る感触と、まだじくじくと湿っている感触の両方がある。

深く長い溜息を吐いてから息を吸い込むと、身体中にこびりついたアルティオの唾液や汗、体液の匂いなのか、花と果実が混じった独特の芳香に気づく。青臭い精の匂いは、自分が放ったものだろう。

雛から育て上げた自分の〝対の絆〟に無理やり犯されながら、為す術もなく快感を得て吐精した事実を、どう受け止めていいのか分からない。

「……」

リオンは頭を抱えながら慎重に寝台を降りて上衣《ガウン》を羽織り、静かに寝室を出た。よろめいて途中で何度か転びそうになりながら、なんとかたどりついた浴室に足を踏み入れる。

豊かな温泉を利用して作られた浴室は、昼夜を問わずいつでも使えるのでありがたい。

大理石をくりぬいて床に埋めた大きな浴槽は常時、満々と湧き出る温泉で満たされているので、湯を用意させるために召使いを起こす必要がない。

リオンは外套を脱いで湯を浴び、体内に注ぎ込まれたアルティオの欲望を可能な限り洗い流した。

なぜこんなことに。どうして。アルティオはいったい何が目的で自分を犯したのか。

いくら考えても答は出ない。けれど、解のない問いをこねくりまわしている間は現実と向き合わなくてもすむ。他にもっと考えなければいけないことがあるはずなのに、浴室を白く染める湯気のように、すべてが曖昧《あいまい》になり茫洋《ぼうよう》としてゆく。

リオンは疲れ果てて浴槽に身を沈めた。

浴室の床と壁と天井には、美しい色合いの陶磁板《タイル》で伝説の七英雄の物語が描かれているのだが、眼鏡を外すとほとんど判別できない。そして、もうもうと立ちこめる湯気でぼやけた視界のように、自分の心も見分けることができない。

アルティオの暴挙に対して嫌悪や怒りはない。

もちろん、彼がしたことの意味は分かっている。

――性欲の解消だ。

間違っても、恋情が極まった末の行為ではない。好きだとか愛しているとか、甘やかな睦言などいっさいなく、ひたすら身体を繋げて欲望を注ぎ込もうとしていた。

分からないのは、なぜ突然そんなことをしようと思ったのか。

そもそも聖獣は自ら発情しないはずなのに。

どうして…？　なぜだ…。

僕に対する嫌がらせ？

いいや。アルティオはそういう性格じゃない。

本当に？　おまえはアルティオのことをどれだけ分かっているつもりだ。幼少期から『リオンは本当の〝対の絆〟じゃないかも』と訴えられ、エドワルドに子守をしてもらった時間の方が長いと言われるくらい放っておいたくせに。

――放っておいたわけじゃない！

嘘つきめ。アルティオがどんなに寂しがっていたか、気づきもしなかったくせに。挙げ句の果てに、親和率が低いと曝かれたとたん寄りついてももらえなくなったくせに。エドワルドといた方が楽しいと言われて追い払われたくせに！

「ちがう…。僕はアルを愛している。誰よりも…」

そんなのはただの自己満足だ。アルティオは愛されていたと思っていなかった。それが答だ。

「……っ」

手のひらで顔を覆いながら湯の中に沈んで息を止め、それ以上続ければ溺死する寸前で身を起こし、派手な水音を立てながらゼイゼイと呼吸をくり返していると、浴室の入り口から声をかけられた。

「旦那様…？」

リオンは顔を上げ、かすれきった声を出した。

「…モルトン」

「如何《いかが》なさいました」

平静を心がけてもにじみ出る心配の気配が、嬉しくもあり申し訳なくもあった。

「朝早くから起こしてしまってすみません…。なんでもないです。ちょっと身体を洗いたくて」

答になってないことを承知で答えながら、逆上《のぼ》せる前に湯から上がる。とたんに目眩で足元がふらつき、その場に踞ってしまう前に、モルトンに言われて駆けつけた侍従のソレルが、浴布《タオル》を広げて身体を支えてくれた。

金位《インペリアル》ノ騎士として公爵位を賜り、身分に相応しい離宮と召使いたちを与えられたばかりの頃は、服の脱ぎ着や食事の介添え、入浴の準備から入浴後に身体を拭《ふ》いて髪を乾かすことまで、手取り足取りなんでも侍従や従僕たちの手を煩わせることに気後れを感じたものだが、今ではさすがに慣れた。

特にリオンの侍従として仕えてくれているソレルや家令のモルトンは、口が固く、リオンがどんな無様なことをしても笑ったり見下したりすることもなく、真摯に愛情と敬意を抱き続けていてくれる。

リオンに関する心ない噂が国中に蔓延し、誹謗中傷にさらされている今でもそれは変わらない。

義務や見せかけの忠誠ではなく、心からリオンを気遣ってくれている。そのことにどれだけ慰められ、ありがたいと思っていることか。

今も、リオンの身体に点々と散った嚙み痕や鬱血痕に気づいても、さりげなく目を逸らしてよけいなことは訊ねたりしない。ふらつくリオンの身体を支えて長椅子に座らせ、身体に残った水気をぬぐい取り、髪を乾かして寝衣を着せてから「顔色がすぐれません。少しお休みになった方がよろしいのでは？」と気遣ってくれる。

「ありがとう」

リオンは心から礼を言い、そのあと少し口ごもってから訊ねた。

「アルは…、どこにいるか知ってる？」

「青の間でお休みになっています」

「…そう」

リオンはまだ少し生乾きの前髪をかき上げながら、ゆっくりと起《た》ち上がり、青の間に行ってみた。扉をそっと引こうとすると、がちゃりとかすかな音を立てて阻まれる。

「扉は、中から鍵がかけられていて開きません」

申し訳なさそうなソレルの言葉にリオンは小さくうなずき、とぼとぼと自分の寝室に引き返した。

そのまま扉を閉める前に念を押す。

「アルティオが目を覚ましたら教えて。眠っていても構わないからたたき起こして」

「かしこまりました」

ソレルが一礼して退室すると、リオンは昨夜悪夢を見たあと抜け出たままの寝具にもぐり込んだ。

上掛けを引っ張り上げて目を閉じながら、そういえば、さっき目を覚ましたとき上掛けはしっかり掛かっていたなと思い出す。眠りながら自分で引き上げたのか、それともアルティオがなけなしの情けで掛けて行ってくれたのか。

——きっとアルがかけてくれたんだ…。

違うという厳しい現実を突きつけられるまでは、自分に都合のいい解釈をして何が悪い。

リオンはじわりと睫毛を濡らした涙を枕に押しつけて誤魔化しながら、泥のような眠りに落ちた。


目を覚まし、ぼんやりと頭をめぐらせると、閉じた緞帳のすき間から、金色が増した午後の斜光が射し込んでいるのが見えた。まばゆい陽射しに反して部屋の中は暗い。雰囲気的に夕刻のようだ。

半日以上眠っていたことになる。悪夢にうなされず、一度も目覚めることなく、こんなに長い時間眠り続けられたのはものすごく久しぶりだ。

アルティオが戻ってきてくれたからだろうか。

『〝対の絆〟は長い間離れていることができない。たとえ相手を嫌っていても、憎んでいても、側にいる必要がある』

切なさを含んだ声で、そう教えてくれたのはラインハイム公だったか、皇帝陛下だったか。寝起きのぼんやりした頭ではしかと思い出せない。

アルティオがいくら自分を憎んでも嫌っても、誓約を結んだ〝対の絆〟である限り、結局はエドワルドではなく自分の元に戻ってくる。

そのことにほの暗い愉悦を覚えると同時に、惨めで情けなく、アルティオに対する申し訳なさで叫びたくなるほど自己嫌悪に苛《さいな》まれる。

寝台を降りて窓の緞帳を開け、金を煮溶かしたようなまばゆい斜光に目を開けていられず、リオンは部屋の奥に逃げ戻った。壁に掛かった鏡に自分の無様な姿が映ったのが目に入り、とっさに拳をふり上げて叩きつけた。

結果は右手の一部が赤くなっただけ。重厚な鏡はリオンの非力な腕力などものともしない。

間抜けさに自嘲を洩らしながら、アルティオに会いに行かなければと思ったとき、寝室の扉が予告もなく開いて、当のアルティオが現れた。

「ア…」

「ようやくお目覚めか。魔獣迎撃戦が近いのにずいぶんと暢気《のんき》だな」

自分がしたことは盛大に棚上げして、アルティオは尊大きわまりない態度でリオンをにらみつけた。

「食事を摂ったら出立する。グズグズするな」

開け放った入り口の柱に身を寄せて腕を組み、不機嫌そうに目元を歪めたアルティオに、昨夜の行為について言い訳や謝罪をするような気配は一切ない。だからリオンは自分から訊ねた。

「アル、あの…昨夜のあれは」

どういう意味なのかと続ける前にさえぎられ、心底忌々しそうに言い返される。

「俺はあんなことするつもりはなかった。あんたが変な匂いをつけてたせいだ。裏切り者！　卑怯者！　俺を操ろうとするのは止めろっ」

「え…何？　匂いって、なんのこ…」

まるで予期せぬ方向から吹きつけた突風のように、激情をぶつけられて戸惑うリオンに、アルティオはさらに言い募った。組んでいた腕を解き、両手を強くにぎりしめて。

「リオンのせいだ、全部リオンが悪い」

「アル…」

「変な匂いで俺を操ろうとしても無駄だ。身体は反応しても心はちがう。俺はリオンのことなんか、もうなんとも思っていない！」

匂いとか操るとか、言っていることの意味が分からない。意味は分からないけれど責められているのは分かる。アルティオが自分にひどく腹を立てていることも。

「あんたが、正当な権利もないのに、エドワルドから繭卵を奪って偽りの誓約を交わしたせいだ！」

無体な行為に対して謝罪されることもなく、さらなる理不尽な怒りをぶつけられても腹は立たない。ただただ切なく、アルティオをここまで苦しめていることが申し訳ない。

　リオンは反論する代わりに自嘲を浮かべ、深く項垂れながらぽつりと謝った。

「……ごめん。そうだね、アルは悪くない」

　僕はアルティオと誓約を交わせて、〝対の絆〟になれて、他の何もいらなくなるほど幸せだった。

　でもアルティオは違う。僕と誓約を交わしたことを恨んでいる。悔いている。

「…ごめんな」

　リオンは深くうつむいたまま、もう一度謝った。

Ⅷ　†　偽りの絆

　アルティオの宣言通り、ふたりは早めの夕食を摂ったあとクルヌギアに向けて出立した。

　冬の夕陽を左半身に浴びながら黙々と進むアルティオに、リオンは何度か呼びかけてみたけれど、応えはうるさそうに耳をひとふりされるか、氷のような沈黙のみ。

　心話のときに使う感覚で気配を探ってみると、ぴしゃりと固く閉じられた扉のように、全力でリオンを拒絶している気持ちが伝わってきて、それ以上どう歩み寄ればいいのか分からなくなった。

　昨夜の行為の意味もアルティオの真意も謎のまま。会話などひと言もない。吹きつける冬の風よりも寒寒しい関係のまま、リオンは金位《インペリアル》ノ騎士としてクルヌギア城塞に降り立った。

　時刻は夜の七時。冬の太陽はとっくに沈んだあとだが、飛空系の聖獣たちの着地点となる城塞屋上広場は、無数に焚かれた篝火で昼間のように明るい。

「お待ちしておりましたリオン様、アルティオ様」

　出迎えに現れた従官長ヨベルとファロのうしろに、

従官の制服を身にまとったエドワルドの姿を見つけて、リオンは自分でも驚くほど動揺した。

「な…」

――なぜここにエド様がいる…？

金《インペリアル》位づきの従官は規則で紫《ヴィオレット》位から琥珀《ベルンシュタイン》位まで各一対。合計十名と決まっている。騎士ではない者を従官に使うのは赤《ロイツ》位、琥珀《ベルンシュタイン》位、黄《ゲルブ》位といった下位に限られる。

聖獣と誓約を交わしたことで魔獣に対する耐性ができた騎士とは違い、唯人《ただびと》は魔獣の死骸に触れたり、死骸が分解してできた粉塵を吸い込んだりしただけで命を落とすことがある。だから唯人の従官は魔獣涌出と迎撃戦がはじまると、防護服に身を包んで聖獣と騎士たちの出撃準備や帰還時の誘導、身のまわりの世話などを行う。

防護服の技術は年々上がってきているとはいえ、即死の危険ととなり合わせの過酷な任務だ。裕福な侯爵家の嫡男が、自ら進んで従事したがるとは思えない。

リオンの心の声を聞きとったのか、アルティオが帝都を出立してから初めて心話を発した。

『エドが来たいと言った。だから俺が推薦して、軍務省の許可が下りた。それより早く降りてくれないか。騎乗帯を外して休みたい』

「え…、ああ…ごめん。気が利かなくて」

リオンが降りやすいよう四肢を折って身を伏せたアルティオの背中から、城塞屋上の堅固な石床に降り立つと、待ちかまえていた従官たちがアルティオを取り巻いて、慣れた手つきであっという間に騎乗帯を外してしまう。

アルティオは清々したと言いたげに身震いをひとつしてからエドワルドに鼻先を寄せた。そのまま、心話など使えないはずなのに、心が通じ合っている者特有の仲睦まじい雰囲気を漂わせて、さっさと立ち去ってしまった。

　呆然と立ち尽くすリオンひとりをその場に残して。

「リオン様？」

　従官長のヨベルに声をかけられ、ようやく我に返ったリオンは足の重さを自覚しながら、アルティオとエドワルドのあとを追う形で待機房に入った。

「脚か腰でも痛められたのですか？　歩き方が…」

　外套を脱ぐのを手伝いながら従官長にそっと耳打ちされて、リオンはぐっ…と言葉につまった。

　まさかアルティオに抱かれたせいで股関節や、あらぬ場所が痛いだけだとは言えない。

「ちょ…っと、いつもとは違う訓練法を試して筋肉痛になっただけです。心配ありません」

　気遣いに感謝しつつ、ささやき返したとき強い視線を感じてふり返る。おそらく直前まで自分をにらみつけていただろうアルティオは、リオンが顔を向けるとそっぽを向いて、最初から見てなどいなかったと言いたげに、こちらの視線を無視した。

　リオンとアルティオの間に流れる微妙な空気に気づいた従官たちが、互いに目配せし合う。訳知り顔の者もいれば、何が起きているのかまるで理解できていない者もいる。それも明日になれば、皆、情報を共有して、何事もなかったように勤めを果たすのだろう。

　アルティオはリオンとは一定の距離を保ち、五クルス（約一・五メートル）以内には決して近づこうとしない。代わりにエドワルドを傍らにぴたりと張りつけて、まるでそちらの方が〝対の絆〟だと言いたげに、着替えを手伝わせている。

　大驅獣型から人型に戻ったアルティオが、軍服に着替えて花茶と蜜菓子という軽食を取り終わると、ふたりは金位《インペリアル》として司令官室に赴き、参謀や副官の銀位《シルヴァ》たちから第二軍団の状態について報告を受け、明日からの演習内容を確認して指示を出した。

さすがに司令官室では、あからさまに距離を取られることはなかったが、同意や意見を求めて声をかけても必要最小限の答えしか得られず、視線が絡み合うことは一度もなかった。

一時間ほどで司令官室を出ると、アルティオはすぐさまリオンから離れ、待機房には戻らずエドワルドと一緒にどこかへ行こうとする。

いつもなら酒舗にでも行って麾下の騎士や聖獣たちと交流したり、他軍団の金位《インペリアル》や銀位《シルヴァ》たちと集まって、あえてどうでもいい四方山話――どこの蜜菓子が美味いかとか生果実だったらどこのが一番だとか、話題の芝居について批評し合ったり、新しい建築様式や美術品について情報交換をしたりして、戦闘前の緊張を適度に解して楽しむ時間を作るのだが。

「アル、どこへ行く？」

リオンはいい加減我慢するのが嫌になってアルティオを追いかけた。

「アルティオ、待って。話がある――」

腕をつかんで引き留める。

昨夜のこと、これからの自分たちのこと。きちんと話し合って、少しでも良い関係に修正していこう。僕たちは〝対の絆〟なんだから。

リオンは不屈の精神でアルティオに語りかけようとした。その手を無言で、そして予想外の強さでふり払われて無様によろめく。

「…あっ」

たたらを踏んだが、その場で転ぶことだけはなんとか免れた。けれど端から見れば異様な状況だ。

場所は司令官室前の廊下。衆目に晒されているわけではない。それでも背後には従官や司令官室から出てきた参謀、銀位《シルヴァ》たちが十名近くいる。その状態で、まさかここまできっぱりと拒絶されるとは思わなかった。それだけアルティオにも余裕がないということか。

「アル…」

「俺に近づくな」

「なん…で？」

「臭いからだ」

顔を背けたまま、忌ま忌ましさを含んだ低い声で言い放たれて、頭が痺れたように働かなくなった。

「え…？」

「臭いんだよ、昨日からずっと。そのせいで気が散って、何もまともに考えられない。俺の側に寄りたいなら、その匂いを消してからにしてくれ」

「…くさい…って」

リオンは呆然とアルティオを見つめたまま、襟元を引っ張って自分の匂いを嗅いでみた。けれど自分では特に何も感じない。

理不尽な要求に怒ればいいのか、当然のことだと受け止めて、すごすごと逃げ帰ればいいのか分からなくなった。

そういえば、アルティオは昨夜もしきりに匂いを気にしていた。帝都を発つ前にも『匂いで操ろうとしても無駄だ』とか言われて意味が分からなかった。何が原因なのか、どういう状態なのか、やはり話し合う必要がある。

「——わかった。待機房に戻ったら湯を浴びるから。だからちゃんと話し…」

合おうと続ける前に、それまで背後に控えていたエドワルドがアルティオの前にすっと立ち、口を開いた。

「アルティオは君の側にいると気分が悪くなると言っているんだ。いい加減理解したまえ」

「エド…」

「匂いを嗅ぐだけで不快になる君の側より、私と一緒に過ごしたいと言っている。迎撃戦がはじまれば嫌でもくっついて戦わなければならないんだ。アルティオのことを本当に想うなら」

「黙ってください」

考えるより先に言葉が出た。

アルティオを想うあまり黙っていられなかったと言いたげな表情で訴える、かつての主《あるじ》の言葉をリオンはきっぱりとさえぎった。

これまで我慢してきたとも強要されていたとも思わず、当然のことだと思い込んでいた固定観念が、突然ポキリと折れた瞬間だった。

「――なに？」

エドワルドが芝居がかった仕草で眉をひそめる。以前は洒脱で粋に思えたそれが、今は無性に腹が立たしい。

「今、僕は、アルティオと話している。エドワルド、貴方には関係ない。従官なら従官らしく立場を弁《わきま》えて、上官の会話には口出しせず退《さ》がっていろ！」

一世一代の決意を込めて、リオンはかつての主人を叱り飛ばした。よくもこんな言葉が出たものだと、言い放った自分に驚いたけれど、これ以上我が者顔でアルティオを奪われるのは我慢できない。

たぶんアルティオに拒絶されただけなら、もう少し時間を置くしかないのかと、これまで通りふたりが立ち去るのを今まで通り見送っただろう。けれどもう我慢するのは嫌だ。命をかけなければいけない魔獣迎撃戦を、こんな状態で迎えるのはたくさんだ。

「アルティオ、おいで」

頼むからと、祈る気持ちで差し出した手を、アルティオは顔を背けたままきっぱりと拒んだ。

「嫌だ」

「アル…」

自分に対する情けなさと、どこにもぶつけようがない怒りで涙がこみ上げた。潤んで歪みはじめた視界を瞬きで懸命に保ち、もう一度「アル」と呼びかけたリオンに、アルティオは最後通牒をつきつけた。

「あんたの側にはいたくない。エド、行こう」

アルティオが踵を返してリオンに背を向ける。

エドワルドも、勝者が敗者に向ける哀れみに満ちた瞳でリオンを一瞥したあと、アルティオを追いかけて踵を返した。

リオンは今度こそ本当に、独りでその場に立ち尽くすことになった。為す術もなく、途方に暮れて。


どうやって待機房まで戻ってきたのか記憶にない。気づいたときには、待機房に備えつけられた狭い浴室に入って身体を洗っていた。

青白い肌が赤くなり、薄い皮膚から血がにじむほどこすり続けて、見かねた従官長に止められるまで、ずっと。それから引きずり出されるように浴室から連れ出された。

金位《インペリアル》の従官になるには騎士か聖獣のどちらかが、いざというとき倒れた金位《インペリアル》を抱えて走れるよう、筋骨隆々とした体格を求められる。ヨベルとファロの場合は聖獣のファロがその条件を満たしている。

ファロは大きな浴布でリオンをくるりと包むと、軽々と抱き上げて寝室まで運んでしまった。

「まだちゃんと洗えてない…！」と抗うリオンに、ヨベルは「もう充分です」と言いきる。

「でも、くさいって言われたんだ…」

「リオン様は臭くなどありません。そうだろう、ファロ」

「ファロ？」

「はい。臭いどころか、むしろいい匂いです」

何を言い出すんだと言いたげなヨベルを制して、ファロはリオンに顔を近づけ、スン…と鼻を鳴らして、うっとりと目を閉じた。

「やっぱり。とてもいい匂いがします。今夜、到着したときから感じてはいましたが…、失礼に当たると思って言い出せませんでした」

「そうなのか？　石鹸の残り香などではなく？」

ヨベルの問いにファロはしっかりうなずいた。

「ええ。おそらく人の嗅覚ではほとんど感じ取れないくらい薄くなってますが、聖獣にとってはたまらなくいい匂いです。ずっと嗅いでいたいような…。練り香や香り珠でこんな調合のものがあるなら、ぜひ手に入れてヨベルに使って欲しいくらいです」

ファロはスン…ともう一度鼻を鳴らした。放っておくとそのままリオンの首筋に顔を埋めそうなファロを、ヨベルがあわてて止める。

そんなふたりのやり取りを、リオンは他人事のようにぼんやりと聞き流した。

自分を慰めようとしていい匂いだとか、そんなことを言ってくれているんだ。その気遣いはありがたく嬉しいが、アルティオに臭いと言われてる以上、根本的な解決にはならない。

ただ、練り香や香り玉とファロが言ったとき、何かが頭に引っかかった。けれど疲れ果てているせいで、それ以上考えを追うことができない。

「お疲れになったでしょう。今夜はもうお休みください」

寝室の灯火を落としながら、ヨベルがささやく。

髪を乾かして着替えをすませると、ファロに無理やり寝台に押し込まれた。

上布団をかけられながら、リオンは「アルティオが…」と言いかけた。けれど、そのあとどう続ければいいのか分からず、結局口を噤《つぐ》んで目を閉じる。

閉じたまぶたの間が、じわりと涙で湿ったのが情けなくて、上掛けを頭まで引き上げた。

到底眠れるとは思えなかったのに、疲労の極みに達していたせいか、いつの間にか意識を失っていたらしい。そう気づいたのは、誰かに呼ばれたような気がして、ふっ…と目を開けた瞬間だ。

「――い…、ここじゃ眠れない」

細く開いた扉のすき間から流れ込んできた、居間の空気とささやき声に、リオンは反射的に身を強張らせた。

「そんなに臭いのか？」

扉の向こうで、エドワルドの問いにアルティオがうなずく気配がする。嫌そうに鼻に皺を寄せているのが目に浮かぶような声で。

「ああ」

「それなら私の部屋においで」

「従官用の寝台なんて狭くて小さくて、ふたりで寝るのは無理だ」

「当たり前だよ。大丈夫、私は床で眠るから」

「……あいつとエドが部屋を替わればちょうどいいのに」

「さすがにそれは無理だな。私が君の〝対の絆〟にならない限りはね」

扉が閉まって、ふたりの会話はそれきり聞こえなくなった。


闇の中で、リオンは埋葬された死体のように身動《みじろ》ぐこともできず、ただ闇を見つめ続けた。

――本当に死体になれたら楽なのに。その方がアルティオも喜ぶだろうに…。

その事実に気づいたとたん、どっと涙がこみ上げて息ができなくなる。

そうか…アルは、僕よりもエドワルドといる方が幸せなんだな。

そうだったのか…。

気づくのが遅れてごめん。

いいや、本当は前から気づいてた。でも認めたくないから分からないふりをしてた。

アルが、僕を嫌うようになるなんて。

エドワルドと替わればいいと思うほど、疎ましく思うようになっていたなんて。

そんなこと…どうして受け入れられる？

「僕が死んだ方が、アルティオが幸せになれるなんて…」

つぶやいた独り言は闇に溶けて、誰の耳にも届くことはなかった。


翌朝。

従官が扉を軽く叩く音でリオンはむくりと起き上がった。窓のない寝室は未だ暗く、鳥の囀りも射し込む陽射しもない。朝が来たと分かるのは、起床時刻を報せながら扉を叩く従官の声だけだ。

ほとんど眠れなかった身体は水を吸った砂のように重く、目の奥が熱を持って疼いている。それでもかすれた声で返事をして、従官の入室を許す。

点された灯火が目に痛い。手のひらで目元を庇い、瞬きを何度もしてからとなりの寝台を見ると、誰も使った形跡のない、つるりとした上掛けが目に入り、鳩尾のあたりが冷えた熔岩のように重くなった。

時刻は朝の六時。

洗顔と着替えをすませて居間に行き、軽食は断って温かいお茶だけ飲んでいると、従官部屋で仕度をすませたらしいアルティオがエドワルドを従えて現れた。

顔を上げ、おはようと挨拶をしたかったのに声が出ない。茶杯を持った手が震える。喉に固いしこりができたように息が苦しい。血の気が引いて頬がそそけ立つのが自分でも分かる。

おそらく、端から見た自分の姿は顔面蒼白で震える、惨めな負け犬以外の何者でもないだろう。

アルティオはリオンなど最初からいないかのように、ごく自然な動きで無視してヨベルから茶杯を受けとり、優雅に飲みながら用意された軽食を完食して立ち上がった。

リオンも少し遅れて腰を上げ、先を行くアルティオから少し遅れて待機房を出た。朝食の前に麾下の軍団を閲兵するためだ。閲兵は毎朝の義務ではないが、司令官が城塞に到着した際には必ず行われる。昨夜は到着時刻が遅かったので今朝になった。

まずはひとつ階下の銀位《シルヴァ》と紫位《ヴィオレット》から。待機房の前に整列した彼らが見えてくる前に、アルティオが少し歩調をゆるめてリオンをふり返った。視線は微妙に外したまま、となりに来いと手招きする。

金位《インペリアル》ノ騎士と聖獣として、司令官として、並んで歩くという形式は守れという意味だろう。

リオンは無言でアルティオの横に並んだ。そして、自分の〝対の絆〟が、自分が側に寄った瞬間不快そうに眉をひそめて顔を背けるのを、居たたまれない気持ちで見つめた。

――まだ臭《にお》うんだろうか…。

着替えを手伝ってくれたヨベルは何もないと言ってくれたが、自分では分からない。

閲兵は銀位《シルヴァ》と紫位《ヴィオレット》の次は青位《ブラウ》と翠位《グリューン》、その次は黄位《ゲルプ》、その次は琥珀位《ベルンシュタイン》、そして最後は赤位《ロイツ》という順で進んだ。ひとつずつ階を降りて長い廊下を歩き、騎士や聖獣たちの志気や健康状態を確認していく間、自分に向けられた視線の棘々しさや冷ややかさに、なけなしの気力が削られてゆく。

全員というわけではないが、多くの騎士や聖獣たちが、今や帝都だけでなく国中に蔓延る勢いの噂を信じ、リオンのことを『偽物の騎士』と見なして軽蔑している。

おそらく、大衆紙に書き立てられた噂だけならここまで悪意を持たれることはなかっただろう。けれど昨夜《ゆうべ》の一件がある。

司令官室の前で演じた愁嘆場は、あの場にいた誰かの口から伝わり、ひと晩で第二軍団全体に広まったようだ。

アルティオがリオンを拒絶してエドワルドを選んだ。以前から『本物の騎士になるはずだったのは、彼じゃないのか？』と噂されていたエドワルドを、アルティオが選んだのだ。

他でもないアルティオ自身が他人の耳目がある前で、はっきりとそう告げたことが決定打となった。

リオンが『本物の騎士になるはずだったエドワルドから繭卵《たまご》をかすめ取った極悪人』という噂は本当だった。それなら、他の様々な悪意に満ちた中傷も本当だろう。皆がそう考えてもおかしくない。

自分が通ると目を伏せ、わずかに顔を背けて不敬と不服従を示す騎士と聖獣の多さに、リオンは腹を立てる気も誤解を解く気にもならなかった。そんな気力は昨夜の時点で枯れ果てている。

ただひたすら、金位《インペリアル》ノ騎士で司令官という立場に対する義務と責任感だけに突き動かされて、二時間近くにわたる閲兵をこなし終えた。

閲兵を終えると、金位《インペリアル》は副官の銀位《シルヴァ》や参謀たちと酒舗で朝食を摂る。酒舗といっても酒は出ない。大きな食卓を囲んで親交を深め、情報を共有するための儀式のようなものだ。

時刻は八時。

司令官の責務だと言われても、正直とても食べ物が喉を通る状態ではない。リオンは待機房に逃げ帰りたくなったが、持ち前の忍耐力で席に着き、大鋸《おが》屑《くず》でも噛むような心地で出てきた料理を半分近く胃の腑に収めた。

話しかけてくる者はほとんどいなかったので、会話のために頭を使うことがなくて助かった。

今、今日の演習に新たに取り入れられた戦術について議論など持ちかけられても、まともに答が返せるとは思えない。

たまに話しかけてくれるのは城塞以外でも直接親交があり、リオンの為人《ひととなり》を知っている銀位《シルヴァ》がひとりかふたり。顔色が悪いが大丈夫かと気遣ってくれた。リオンはそれに「大丈夫です」とうなずき、胃の痛みと吐き気をこらえて時間が過ぎるのを待った。

八時四〇分。

朝食を終えて酒舗を出ると、そのまま司令官室に移動して演習内容の確認作業に入る。

そして九時の鐘と同時に演習開始。

十一時に午前の演習が終わるまで、リオンは一度司令官室を出て待機房に戻り、便所《トイレ》でこっそり吐いた。朝食から一時間ほど経っていたが、ほとんど消化された形跡がない。胃が動いていない証拠だ。

そのまま倒れて床に吸い込まれ、染みにでもなってしまいたい誘惑をなんとかふり切り、泥のような身体を起こすと、ひどい立ち眩みで目の前が真っ暗になる。

このまま気絶なんかしたらアルティオにますます嫌われる。そしてどれだけ皆の嗤い者になることか。

リオンは歯を食いしばり、狭い個室の壁に両手をついて、その場に崩れ落ちるのをなんとか阻止した。

口を濯《ゆす》いで顔を洗い、我ながらひどい顔色だな…と溜息を吐きながら居間に戻ると、従官長のヨベルが心配顔で立っていた。

「……」

リオンは頰を手の甲でこすって赤味を無理やり出しながら、何か言われる前にヨベルの前を通り過ぎて司令官室に戻ろうとした。

「水をお飲みになりましたか」

通り過ぎざま、声をかけられて足を止める。

「…？」

「吐いたあとは脱水症状に陥りやすいので、気をつけなくてはなりません。これをお飲みください」

そう言って差し出されたのは人肌に温めた蜜湯だ。ほのかに甘く、胃痛に効く桂枝《けいし》がふわりと香る。

「……ありがとう」

胃に何か入れるとまた吐きそうなので断りたかったが、従官長の忠告が正しいことは分かったし、気遣いもありがたい。リオンは素直に杯《カップ》を受けとって従官長のやさしさを飲み干した。

　午前の演習が終わると、朝とほとんど同じ面子で昼食を摂るはずだったが、ヨベルが機転を利かせて、皇帝陛下に報告があるという言い訳をしてくれたので、話を合わせて待機房に戻った。

　方便とはいえ皇帝陛下の名を出したからには、拝謁の事実を作っておく必要がある。リオンは働かない頭をなんとかこねくりまわし、確認しなければならない案件が、ちょうどひとつあったことを思い出して安堵した。

　金位《インペリアル》は皇帝に拝謁するのに前触れの必要がない。これは金位《インペリアル》だけの特権だ。特に迎撃戦期間の城塞では、いちいち許可を得なくても会いたいと訴えることができる。

「金位《インペリアル》の特権か…」

　自分がそれを行使できることが、アルティオに拒絶された今となっては不思議に思える。

　リオンは繋ぐべき相手を失った自分の手のひらを見つめて小さくつぶやき、皇帝の御座所となっている第一中央城塞司令官室に向かった。

「なんて顔色だ」

　昼食が終わる時間を見計らい、面会を求めて金位《インペリアル》専用酒舗の金狼《ルー・オール》亭に現れたリオンをひと目見るなり、皇帝ヴァルクートは頼り甲斐のある兄が不出来な弟を気遣う表情を浮かべた。

　至尊の座につきながら、臣下を相手にこうした気さくな態度で接し、それが建前ではなく本音であるところが、皇帝ヴァルクートの人気の高さと、多くの人や聖獣たちから敬愛と尊崇の念を向けられる理由だろう。

「せっかく先月休みをやったのに、前より調子が悪そうになっているとはどういうことだ。まあいい。ちょうど呼ぼうと思っていたところだ。来なさい」

　元からさほど厚くはなかったのに、ここ数ヵ月でさらに薄くなった肩をがっしり抱き寄せられ、皇帝率いる第一軍団の参謀や副官たちが食後の茶を飲んでいる大きな食卓から、少し離れた奥の席に連れて行かれた。

座り心地のいい長椅子をリオンに勧め、向かい側に皇帝とキリハが腰を下ろす。ふたりともリオンがアルティオを連れず、ひとりで来たことの理由を訊ねない。すでに知っているのか、それともこれから訊ねられるのか。

リオンがゆっくり腰を下ろすと、キリハが先端だけちょこんと白く、他は真っ黒な耳を忙しなく動かしながら、身を乗り出してリオンに顔を近づけた。そのうしろで耳と同じく先端だけが少しだけ白く、他は艶やかな黒い尻尾が大きく左右に揺れている。

「キリハ、どうした？」

「ん…、ヴァルは気づかない？　リオンの匂い」

臭《にお》いと言われてぴくりと肩が揺れ、全身が強張る。リオンの緊張に気づいたキリハが、しきりにふって いた尻尾の動きを止め、うっとりした表情で閉じていた目を開けた。

「リオン、大丈夫か？　今にも吐きそうな顔してるけど」

「大丈夫です」

吐くものは何も残っていないからという言葉は飲み込んで、リオンは無理に微笑もうとして失敗した。強張った頬を誤魔化すために、曲がっていない眼鏡を直すふりで顔を隠す。その向こうで皇帝がキリハに訊ねるのが聞こえた。

「匂いってなんだ」

「星竜香」

「ああ」

なるほどと、短いやりとりで事情を察したらしい皇帝が大きくうなずく。何がなるほどなのかリオンにはさっぱり分からないが、ちょうど話題に出たので、これ幸いと謝るつもりだった懸案を口にした。

「その『星竜香』ですが、以前陛下にいただいた香り珠を、手違いで黒茶に浸してしまい…」

「飲んだのか!?」

飲んでしまったと自ら申告する前に、同時に身を乗り出した皇帝とキリハに勢いよく確認されて、リオンは戸惑いながらうなずいた。

「はい…。申し訳ありません。貴重な香料を無駄にしてしまい…」

皇帝とキリハは互いに顔を見合わせ、同時にリオンに視線を戻して口を開いた。

「それで体調に変化が？」

「アルティオの反応は？」

異口異音、重なった言葉をうまく聞き取れなかったリオンがわずかに首を傾げると、まずは皇帝が体調がすぐれないのはそのせいかと訊き直した。

「いえ。…わかりません」

食欲がないのも、よく眠れないのも香り珠を飲む前からだ。原因もよく分かっている。けれど飲んだあと――正確にはアルティオに無理やり抱かれたあとから、さらに具合が悪くなったのも確か。

それはアルティオとの関係が修正不可能なところまでこじれてしまったせいだが、香り珠の影響が一切ないと言いきる自信はない。

リオンがうつむくと、今度はキリハがずばりと、とんでもないことを口にする。

「アルティオに何かされなかった？」

「…ッ」

リオンは思わず顔を上げ、キリハの顔が予想以上に近くにあったことに驚いて身を仰け反らせた。

「ア…い、あ…、え」

自分でも何を言いたいのか分からない単音の羅列から、なぜかキリハは求める答を得たらしい。妙に納得した表情で乗り出していた身を戻し、となりの皇帝に目配せする。

　驚いたことに皇帝まで、リオンの挙動不審な反応だけですべてを察したらしい。おそらく心話で話し合っているのだろう、キリハと視線を交わして小さくうなずき合っている。

「期せずして人体実験になったな。聖獣が内服しても健康に害がないことは実証ずみだが、人間に試したことはなかった。いい機会だ、最初から経過を聞かせてくれ」

　皇帝に求められれば否応もない。リオンは一度目を閉じて覚悟を決めてから、行為の内容は省いて、一昨日の出来事から「臭い」と言われて避けられていることまで、アルティオの反応について、感情を交えないよう注意しながら淡々と報告した。

　アルティオに無理やり抱かれたことは「襲われた」というひと言で誤魔化したのに、皇帝とキリハはまたしても怖ろしい察しのよさで、何が起きたのか正確に把握したようだ。

　ふたりとも何やら言いたげにリオンの顔を見て、何度も口を開きかけたものの、リオンが肩を強張らせ、それについては触れたくないと意思表示すると、深く追及せずに引いてくれた。代わりに、

「君にあの香り珠をわたすとき、説明してなかったことがある」

　皇帝がそう前置きして星竜香の効能について教えてくれた。その内容にリオンはなんともいえない脱力と落胆、そして失望を覚えた。自分でも驚くほど。

「催淫効果…ですか」

「そうだ」

「自らは発情しないはずの聖獣が、他人の手を借りなくても発情する。本獣《ほんにん》の意思に関係なく…」

「有り体に言えばそういうことだ。だが、本獣《ほんにん》の意思に関係ないかどうかはまだ分からない。元々好意を抱いていなければ、発情したからといって誰彼か

まわず襲うとは限らない…と、キリハは主張している」

「そうですか」とうなずきながら、皇帝が語る言葉の半分は耳からすり抜けて理解できなかった。

分かったのは、あの日アルティオが自分を抱いたのは、星竜香の催淫効果に煽られたせいだということだけ。それで謎が解けた。

アルティオがしきりに匂いを気にして、自分を責めた理由が。

理性を失うほどの効果が薄れたあとは、その匂いを疎ましがってなるべくリオンに近づこうとしなくなった理由《わけ》も。

「――…そうだったんですか」

アルティオは僕を好きで抱いたわけじゃない。

その事実に、後頭部を強く殴られたような衝撃を受けた。目の前が白い闇に覆われて、自分が絶望していることに気づく。

――そうか。どんなにアルティオに疎まれても、一縷の希望を抱いていられたのは、アルが僕を好きで抱いたと思っていたからか…。

自分はそれを、心のどこかで喜んでいた。無理強いだろうがなんだろうが、求められたことが嬉しかった。そのことに、勘違いだと教えられてから気がつくとは。

「は…」

自分の脳天気具合がほとほと嫌になる。

こんな間抜けは、本当に生きている価値もない…。

うつむいて小さく笑ったリオンの肩に、気遣わしげな声が触れる。

「リオン、大丈夫か？」

皇帝の気遣いに、リオンはきっぱりと顔を上げ、これまでにない強さでうなずいた。

「はい、大丈夫です。ご心配をおかけして申し訳ありません。僕は大丈夫です」

皇帝の前を辞して待機房に戻ったリオンは、そこでアルティオとエドワルドが仲睦まじく寄り添い、微笑み合う姿を見て、辛い現実を受け入れた。

エドワルドに取られたくないとか、僕をもう一度好きになって欲しいとか〝対の絆〟として認めて欲しいとか、そういうのは全部、自分の独りよがりなわがままだ。

アルティオのことを考えたら、僕に出来ることはただひとつ——。

居場所のない待機房を離れて、ひとり城塞の屋上にやってきたリオンは、北の果てから吹きつける黒塵混じりの風に身をさらして拳をにぎりしめた。

目を閉じて歯を食いしばり、覚悟を決める。

——それが、アルの幸せにつながるのなら…。

その日の夕刻、リオンとアルティオの従官にエドワルドがいることを知った皇帝から、彼を従官から外すようにという指示が届いたが、リオンはそれを断った。

『僕に万が一のことがあったとき、アルティオが誓約し直せる可能性の高いエドワルドが、側にいた方がいいと思います。その方がアルティオが苦しむ時間が少なくてすむ。僕はアルティオを苦しめたくありません』

そうしたためた返書を下位の従官に届けてもらう。リオンの決意に気づいたらしい皇帝から、もう一度、それでもエドワルドは遠ざけろという忠告が届いた。さすがに皇帝の要請を二度は断れない。

小さな紙片を見つめて、どうするべきかとリオンが悩みはじめたとき、魔獣迎撃戦のはじまりを告げる警告鐘が城塞内に鳴り響いた。

予想より、二日も早い開戦だった。

Ⅸ　†　真実の絆

一〇〇八年九ノ月中旬。未明の第一波から想定外の大量涌出によってはじまった二重新月の戦いは、夜になってようやく涌出がいったん止まったものの、数時間後には涌出が再びはじまり、汲めど尽きぬ魔獣たちの大攻勢に、迎撃軍も休む暇もなく対応し続けた。

翌日正午には皇帝の名で、それまで一度も参戦せず、温存されていたインペリアル・アルティオと騎士リオンに出撃命令が下された。

久しぶりの出撃に、アルティオは目に見えて昂揚していた。その姿をリオンは複雑な気持ちで見守り、最低限の会話だけ交わして出撃準備を整え、雲間から時折陽射しが射し込む戦場へと身を投じた。

†

正午だというのに、厚い雲に覆われた空は暗く、見通しは悪い。加えて、敵味方が無秩序な乱戦状態に陥った戦場は、文字通り混沌としている。

第一城塞左翼から飛び立ったアルティオは、全神経を集中して全体の状況を把握しながら、戦場で最も魔獣が集結している城塞寄り中央部に突入しようとして、リオンに止められた。

「アル、違う！　そこじゃない」

何を言ってるんだと無視して、地上近くに凝っている闇色の塊に突っ込もうとして再び止められる。

「アルティオ！」

痛覚のない首筋の毛をきつくつかまれ、いつにない強い口調で名を呼ばれると、それ以上無視はできない。「チッ」と舌打ちして苛立ちながら言い返す。

『じゃあどこに行けって言うんだ？』

リオンは普段の頼りなさとは別人のように、確信に満ちた力強い声で告げた。

「上へ」

『上？』

「そう。魔獣の群れに捕まる前に、とにかく上へ。反時計回りで、戦場を大きく迂回するように」

リオンが何を考えているか分からない。けれど何か意図があってのことだろう。それに聖獣の本能が、今は言い争っている場合じゃないと告げている。

アルティオはもう一度心の中で舌打ちしながら乱戦地帯をすり抜け、大きな翼をグンッと羽ばたかせた。

大きく左に旋回しながらどんどん高度を上げていくと、右も左も分からない乱戦状態から抜け出て、やがて戦場全体の形が見えてきた。リオンも騎乗帯から身を乗り出して、下の様子を凝視している。

『これ以上昇ると、雲に突っ込んで視界が効かなくなるぞ』

「わかった、このままゆっくり旋回して――」

指示の途中でリオンはゴホゴホと咳き込んだ。

上空の空気は冷たく、風は地上とは比べものにならないほど強い。聖獣に騎乗すると結界のような膜に覆われるので、風の影響はかなり軽減されるとはいえ、限度がある。

「――旋回しながらキリハ様に報告。敵の主力は中央城塞前六時の方向に集結。九時の方向にもウラヌス級が多数。現在、五時の方向でイングラムが、七時の方向でムンドゥス級と、アインハルトがヘリオス級と戦闘中。陛下とキリハ様の現在位置は六時の方向。魔獣たちは涌出地点から時計まわりで大きな円を描きながら城塞に接近。混戦地帯を抜けた一群が城塞から遠ざかるよう七時、八時の方向にまわりこみ、中央城塞から一六〇〇〇クルス地点で集団を形成中――」

リオンは首に巻いた襟巻きを引き上げて口元を覆ったようだ。声が少しくぐもって聞こえる。

「二枚翅の長首類は後跳性だから深追いせず様子見を。やつらの動きには何か裏がある――……あの動き、何かに似てる。――まさか陽動……？　アル！　イングラムに伝えて、挑発に乗るなと」

　リオンは続けてどの位置にどんな魔獣が多く集結しているか、その魔獣たちの主な習性と有効な対処法、そして魔獣の群れごとに次の行動を予測して次次と伝えていく。

　アルティオはそれをキリハやイングラム、アインハルトたちに心話で伝えながら、混沌としていた戦況が目に見えて好転してゆくことに、少しだけリオンを見直した。――いや、かなり見直した。

　以前、陛下が『リオンの真価は剣をふるって戦うことではない』と評したことがあったが、こういう意味だったのかと腑に落ちた。

「アル！　キリハ様から陛下に注意するよう伝えて。第一城塞から距離三万クルス、十一時の方向にウラヌス、サトルゥヌス級の大群。規模は約五千、中央部にヘリオスまたはムンドゥス級が隠れてる可能性あり。――おかしいな、あれだけ群れてるくせに動きがない。何か狙いが……」

　考え込んだリオンの指示がアルティオの耳に届く。

「アル、少し高度を下げて。十一時の方向に注意しながら」

『注意するのはあんたの方だ。魔獣が来るぞ』

『雑魚だが』と言い添えながら、アルティオは風と一緒に吹きつける雲を突っ切って地上に近づいた。

　背中でリオンが剣をかまえる気配が伝わってくる。

　霰のように飛び込んできたのは百匹近いメルクリウス級。琥珀位《ベルンシュタイン》が相手にするような小物に過ぎない。リオンが頼りない剣技を披露する前に、アルティオの咆吼で半分以上が硬直して地に落ちてゆく。しつこくまとわりついてきた命知らずの二、三十匹も、アルティオが前肢で薙《な》ぎ払うと芥子粒のように砕け散った。

「すごいなアルティオ！」

『ふん…、あんな小物、金位《おれ》の敵じゃない』

「でもすごいよ！　さすがだ。アルと一緒だと僕は安心して戦える」

『――あんたは戦うより、観察する方が得意なんだろ。次はどこへ行くんだ？』

小物相手にすごいと褒められても嬉しくはないが、リオンの純粋な称賛が伝わってくるのは心地良い。

同時に、心地良いと感じる自分に腹が立つ。

欺かれて誓約を結ばされた、偽りの〝対の絆〟にもかかわらず、こうして戦場に飛び立てば昂揚する。褒められれば嬉しいと思ってしまう。

自分たちはなんて悲しい生き物なんだ…。

そんなアルティオの神経を逆撫でするように、リオンが脳天気なことを言い出した。

「僕は、アルの〝対の絆〟になれたことを誇りに思うよ」

『俺は――』

恥ずかしく思うと言いかけて止めた。本心ではないことは、自分が一番よく知っているからだ。

――俺も、あんたを誇りに思いたかったよ。そうできればどんなに幸せだったか。

無理だったけど。

代わりにアルティオが心の中でつぶやいた瞬間、リオンの焦った声が聞こえた。

「アル、キリハ様に報告！　さっき伝えた十一時の方向で静止してた大群、たぶん人間の軍隊でいう別働隊だ。円を描く形で戦っていたのは、主戦場から自分たちの姿が見えないよう視界をさえぎるため。……やっぱり、やつらはこっちの戦略を模倣してる。だけど模倣は模倣だ。今ならまだ間に合う！」

次にリオンが何を言うか、聞く前にアルティオは理解できた。

『突撃するんだな』

　自分の考えを読まれたことに、リオンは少し驚いたふうに息を呑み、それから嬉しそうに同意した。

「そうだよ。陛下とキリハ様が体勢を整えるまで、僕たちで奴らの攻撃を食い止める」

『了解』

　あんたが気絶しなければ楽勝だと嘯《うそぶ》いて、アルティオは小山のように巨大な黒塊に向かって飛び込んだ。そしてリオンは剣をふるい、襲いかかってきた中型魔獣の首を斬り落とした。今日出撃してからはじめての、それが最初の戦果だった。

　中型魔獣とはいえ、剣を落とさず屠《ほふ》れたのは評価してやっていい。

『その調子だ』と心話で伝え、アルティオはさらに強い魔獣が手ぐすねを引いて待ちかまえる黒塊の中心部に向かって、咆吼を上げながら速度を上げた。

†

　腕に食い込んだ革紐が痛い。

　リオンは汗でぼやけた視界を瞬きで誤魔化しながら、鈍く痺れた自分の右腕をちらりと見つめた。

　血流を阻害されて力が入らなくなったりしたら本末転倒なので、巻き方は工夫したつもりだったのに、予想以上に剣をふりまわす時間が長く、加えて技術がないので、魔獣の肉を切り裂くたびによけいな抵抗を受け、腕にかかる負担が半端ない。

　丸一日も戦い続けたような心地になったが、出撃時に中天だった太陽は、まださほど傾いていない。

　リオンの疲労困憊《こんぱい》ぶりを笑い飛ばすように、アルティオは疲れを見せず次々と魔獣を屠ってゆく。

　リオンも剣をふるいながら懸命に周囲の状況に注意を払い、気になる魔獣の動きに気づくたびに、アルティオに頼んでキリハやイングラム、アインハルトたちに伝えてもらっていた。同時に、次の戦いに少しでも役立つよう、魔獣たちの習性を可能なかぎり観察してゆく。

　途中、金位《インペリアル》の相手としては格下となるサトルゥヌス級二頭の間を、アルティオが無造作に駆け抜けながら鋭い牙《きば》と爪で切り裂いていったときだ。首を喰い千切られた魔獣の半身が、のたうちながらリオンの横をかすめてゆく。

「——……ッ」

　アルティオに油断があったわけではない。リオンに人並みの反射神経と身体能力があれば、充分避けられる距離だった。

　ちょうど、少し離れた場所に出現したヘリオス級が周囲のウラヌス級を庇う動きを見せたことに驚いて、注意が疎かになったのも災いした。

　のたうつ首なし魔獣の、茨《いばら》のような鋭い棘が無数に生えた触手が、予想もしない動きで自分の左肩から胸にかけてえぐってゆくのを、リオンは為す術もなく呆然と見守った。

『リオン……ッ!?』

　魔獣との接触に気づいたアルティオが、少し焦った口調で声を上げる。

「だ…、大丈夫。かすっただけ」

　リオンは飛び散った自分の血で汚れた保護眼鏡《ゴーグル》を、袖口でぐいとぬぐってアルティオに応えた。

『……傷は?』

「ちょっとえぐれたけど、平気。まだ戦える。それよりキリハ様に報告。ヘリオス級がウラヌス級を庇う動きを見せた。これまでにない習性だと伝えて」

　アルティオは少し考えるように沈黙したものの、出撃してからまだ一時間も経っていないのに帰還するのは嫌だと思ったのだろう。リオンの自己申告をすんなり受け入れ、望み通りキリハに魔獣の新しい習性を報告してから戦いを続行した。

それからどのくらい過ぎたときだろう。

リオンとアルティオは、紙のように薄く、鎌《かま》のように彎曲《わんきょく》した巨大な爪を持ったヘリオス級と対峙《たいじ》した。アルティオが魔獣めがけて襲いかかり、急所を狙って飛び込んでゆく。

リオンには剣をふるってアルティオの攻撃を援護する力がない。ひたすら、自分めがけてふり下ろされる巨大な爪を、剣と盾で防ぎ、アルティオの邪魔をしないでいるのが精いっぱい。

最初の衝撃は、氷塊を背中に落とされたような、ひやりとした涼感として訪れた。鈍い痺れが背中全体を覆って、痛みはあまり感じない。

違和感は覚えたものの、直後にアルティオが巨大鎌爪のヘリオス級を斃し、飛散した小型魔獣を下位の聖獣に任せてその場を離脱したので、気づくのが遅れた。

しばらくして、背中に服がぴたりと張りつく感触を不思議に思って手をまわすと、斜めに切り裂かれた生地に指が引っかかり、そこから滴り落ちる血の量にぎょっとした。

——さっきの魔獣にやられたのか…!

確かに、紙みたいに薄いのに鋼よりも固い巨大な爪が背後をかすめた。——かすめたのではなく、切り裂いていったのだと、すぐには気づけなかった己の鈍さに苦笑いが洩れる。

出血は背中から腰、臀部《でんぶ》にまで伝わりつつある。

さすがに、一度待機房に戻って手当てを受けた方がいいかもしれない。そうアルティオに声をかけようとしたとき、有無を言わさぬ口調で確認された。

『リオン、ムンドゥス級が出た。行けるか?』

「…!」

はっとして顔を上げ、アルティオが示す空の彼方を見つめた。西に傾きはじめた陽射しが雲のすき間から斜めに射し込んでいる。その光の筋の向こう、北端の地平から、雲とは違う、どす黒い染みのようなものが近づいてくる。

「巨大魔獣級《ムンドゥス》…」

無理だと言ったら背中からふり落とされそうな、問いというより強制に近い不機嫌な声で尋ねられ、リオンはほんのわずか一瞬だけ迷い、すぐに己の弱気をふりはらってうなずいた。

「大丈夫」

自分に暗示をかけるようつぶやいて、革紐で手のひらにくくりつけた剣の柄をにぎり直す。そうして、息つく間もなく近づいてきた巨大魔獣に向かってふり上げた。

無我夢中で剣をふりまわし、アルティオの足手まといにだけはなるまいと、歯を食いしばって戦い続けてどのくらい過ぎただろう。途中で何度か気を失いかけたのは覚えている。

『辛いならそれ以上剣は使わなくていい！　気絶して飛空の邪魔にならないよう、騎乗帯にしがみついていてくれ！』

苛立つ声で注意されたリオンは、感覚を失いつつある右腕をなんとか引き寄せ、忠告通り、魔獣に襲いかかるアルティオの邪魔にならないよう、ぴたりと身を伏せるようにしがみついた。

それだけでは心許《こころもと》ないので騎乗帯に常備してある革紐を一本取り出し、左腕をアルティオの体毛にくくりつけた。首筋の部分は痛覚がほとんどないので、騎乗帯がない場合はここが手綱代わりになる。

アルティオはこれまでの憂さを晴らすように、右に左に大きく旋回しながら突撃と離脱をくり返し、巨大魔獣を屠ってゆく。魔獣は錆《さ》びた鉄をこすり合わせながら、腐った粘液を泡立てるような不快な悲鳴を上げて応戦しているが、次第に勢いが弱まっていくのが分かる。

——すごいな、アル…。君は、本当に素晴らしい聖獣だ。それなのに。僕のせいで辛い思いをさせて、悔しい思いをさせて、ごめん。

君が僕に愛想を尽かして、エドワルドを慕っているのは分かってる。

でも僕は…、君に嫌われても、疎まれても、僕は君が大好きだ。愛しているよ、心から。

『……ン！』

この世の誰よりも何よりも君を愛している。

『リオ…！』

誰よりも大切だから、君を自由にしてあげたい。

『リオン！』

なかなか返事がなくて苛立ったアルティオの声に、リオンはようやく気づいて心話を返した。

「…うん」

『城塞に帰還する！』

「ん…」

『リオン？』

アルティオの声に、ようやく苛立ち以外の感情が混じる。最初は疑問、それから動揺。

『怪我がひどいのか!?』

「だ、いじょう…ぶ」

アルティオを安心させるため、首筋を軽くたたいてやったところで、ふっつりと意識が途切れた。

意識が戻ったのは、待機房に帰還したアルティオの背中の上。着地の振動で目が覚めた。

【リオンが怪我をしてる！　手当てを、早くっ！】

遠くでぼんやりと、アルティオが聖獣の従官たちに向かって怒鳴る心話《こえ》が聞こえる。声に含まれた焦りと苛立ち、やり場のない怒りの強さに驚いた。

そんなに怒らなくても大丈夫だよと、なだめてやりたいのに声が出ない。声どころか、アルティオの首筋に突っ伏したまま顔も上げられない。手足は濡れた砂を詰めたように重く、指一本動かすこともできない。そして身体の感覚がほとんどない。寝入り端の、夢と現が混じり合うあの感覚に似ている。

【早くッ、急げ！】

再び、アルティオの切羽詰まった声が聞こえた。

その声に応えて周囲がいっせいにさわがしくなり、次々と伸びてきた大勢の手で騎乗帯から担ぎ下ろされる。

「出血がひどい」

「インペリアル・アルティオの背中が血の海だ」

「医師が来たぞ」

「リオン様、気をしっかり保ってください！」

てきぱきとした口調と、明確な動きで軍服の釦がゆるめられてゆくのを感じながら、リオンは何度も瞬きした。

「施療室に運んでいる余裕はない。ここで応急処置を施す…！」

頭上で忙《せわ》しなく交わされる会話が、閉ざした扉越しのように小さく聞こえる。怪我人を気遣っているのだろうか。もっと大きな声を出してもいいのに。

リオンは丸めた毛布を抱くよう、うつ伏せに近い横臥の体勢にさせられながら、視線を彷徨わせてアルティオの姿を探した。けれど周囲が奇妙に暗くて、よく見えない。

迎撃戦中の待機房内は、真夜中でも影ができないほど皓々《こうこう》と灯火が点されているはずなのに。どうしてこんなに暗いんだろう。城塞も魔獣の攻撃を受けて大きな被害が出たのだろうか。

「ど…して…」

「なんですか？」

「どう…し…て、こんな…に、暗い？」

医師の助手を務めていた従官のヨベルが、リオンの訴えを聞きとろうと、唇につくほど近く耳を寄せてから、顔を上げて奇妙な表情を浮かべた。

「魔獣…の被害…がここ、にも…？」

「ちがいます。暗く感じるのはリオン様が貧血状態だからです。城塞に被害はありません。ご安心ください」

「そ…か、よか…」

ほっとして、もう一度アルティオの姿を探そうと視線を廻《めぐ》らせたけれど、見つからない。視界は暗いだけでなく奇妙に狭く、まるで紙筒をのぞき込んで外を見ているようだ。

「──アル…は？」

自分では聞き取れないほど小さな声で訊ねると、即座に複数の従官が頭上で大きく声を張り上げた。

「アルティオ様！　こちらへ！　お早く!!」

「こちらへいらして、手をにぎって声をかけ続けてください。大きな声で！　何度でも！」

「あとはもう、おふたりの絆の力にすがるしかありません…！」

背中の傷の応急処置が終わり、肩から胸にかけて走る裂傷の手当てのために仰向けにされたところで、一度意識が途切れたらしい。ピシパシと頬を叩かれる刺激で重いまぶたを開けると、人型になって外套を身体にまきつけただけのアルティオが、いつもの不機嫌顔に困惑の色を重ねた不思議な表情で自分をのぞき込んでいた。

「アル…」

何か困ったことが起きたのかと、手を伸ばして頬に触れ、悩みを取り除いてやりたいと思ったのに、右腕は丸太をくくりつけでもしたようにピクリとも動かない。左腕も肩からの裂傷のせいで感覚がない。

アルティオの唇が動いて何かささやいた。

「な…に？　よく…聞こえな……」

「どうしてこんなになる前に、怪我をしたと言わなかったッ!!」

嚙みつくような形相で責められた。その声も、憤怒の表情に比べてずいぶん小さく聞こえる。視界はどんどん暗く狭まり、耳に入る音もますます小さい。

そこで、ふっと理解した。

——ああ…なんだ、僕は死ぬのか。

自分を見つめる医師や従官たちの必死な表情と、アルティオの奇妙な困惑顔の理由が腑に落ちた。

目の前で自分を見下ろしているアルティオの顔も、これで見納めか。そう思うと瞬きするのも惜しくて、一心に見つめた。

最後くらい笑顔が見たい。

自分は決して良い〝対の絆〟ではなかったけれど、最後くらいは、雛の頃に見せてもらった屈託のない、疑いも苛立ちもない、無邪気な笑みが見たい。

最後にもう一度だけ。

「アル…、笑…って……」

またふり払われるかもしれないと思いながらも、渾身《こんしん》の力をふりしぼり、なんとか持ち上げた指先でアルティオの頬にそっと触れると、指が潰れるほど強くにぎりしめられた。


その顔にリオンが望んだ笑みはなく、代わりに愚行を責める苛立ちばかりが渦巻いている。だから、謝罪の言葉はごく自然に口を出た。

「ごめん…な…」

「なんのことだ！」

君を落胆させ、怒らせ、苛立たせてばかりいた不甲斐ない〝対の絆〟で。偽物の〝対の絆〟で。

「ごめん…」

そう詫びて見上げたアルティオの背後に、エドワルドがそっと寄り添い、肩に手をかけるのが見えた。

その瞬間、かつて彼に言われた言葉を思い出した。

『先の皇太子ゲラルド殿下の〝対の絆〟イグニスも、親和率の低い相手と誓約を交わすよう強制されたという。皇家の体面と権力を保つための犠牲となったのだ。イグニスは本能的にゲラルドが自分の本当の〝対の絆〟ではないと察し、物心つく前からゲラルドを嫌い避けるようになった。成獣《おとな》になる頃には必要がないかぎりひと言も口をきかず、自室に籠もって、ゲラルドに会うことすら拒絶するようになったという。その姿は『嘆きのイグニス』とささやかれ、皇太子の体面に大きく傷をつけるまでになった。そんな暮らしが二十年近く続いた挙げ句、最後は低い親和率では斃せない巨大魔獣に立ち向かい戦死した。

――まるで、不遇な身の上を嘆いて、自ら死を望んだかのように』

アルティオが『嘆きのイグニス』と同じ運命をたどらないとどうして言える？

意に添わぬ相手と誓約を交わしてしまった我が身の不幸を嘆き、絶望し、自ら死を望むようになったらどうする？

エドワルドの訴えは、身喰いの傷のようにリオンの心を蝕《むしば》んできた。自分の存在がアルティオを不幸にしている。自分と誓約を結んだせいで死を願い、無謀な戦いに身を投じ、命を落とすようなことになったら……。

――僕は、自分が許せない。

そんなことになるくらいなら、僕の命を差し出す。

君が幸せになるなら、僕の命くらいいくらでもあげる。リオンは小さく微笑んで、アルティオの頭を引き寄せた。

「今まで…苦しめて、ごめんな。僕が…死んだら、エドワルドと誓約……し直せば、いい」

本当は嫌だけど。自分以外の誰かを愛し、仲睦まじく寄り添う姿など死んでも見たくない。けれど。

「それが君の幸せに…つながるなら、僕の命は…君にあげる。今まで、寂しい思いを…させてごめん」

ちゃんと声が出ていたかわからない。最後は心話になっていたかもしれない。

それでも最後までなんとか言いきったとたん視界がぶれて、耳元で怒鳴り声が聞こえた。

「――嫌…だ!! ダメだ！ 許さない！ 俺をおい

て死ぬなんて、絶対に許さない…ッ!!」

狭まる視界の真ん中で、アルティオが雛の頃のように泣いている。鮮やかな氷青色の瞳からあふれ出た涙が頬に降りそそぐ。瞳の色のせいでまるで氷が溶けたように見えるのに、頬を濡らす涙は温かい。

その温かさにリオンは「ああ…また泣かせてしまった」と切なく反省した。

「リ…ォ……ッ！　許さ……絶……リ……――」

泣いているアルティオを雛の頃のように抱き上げて頬ずりして慰めてやりたいのに、今はもう指を動かすことすらできない。

手足の感覚が失せ、視界は魔獣の死骸に覆い尽くされるように、黒く光を失ってゆく。

アルティオの声が遠くなる。

「……ごめん…な」

最後のつぶやきがちゃんと声になったかどうか、分からないまま、リオンは静かにまぶたを閉じた。

†

「俺をおいて逝くなんて、絶対に許さない！」

そう叫んだアルティオの目の前で、眠るように、リオンは目を閉じた。

これまで数え切れないほどそうだったように、気を失っただけ。そうだろう？

確認するために見つめた医師の顔から、血の気が引いている。

「――蘇生《そせい》措置を！　反魂酒を用意して!!」

なんだよ、蘇生措置って。

「アルティオ様、手を強くにぎって、声をかけて！　大きな声を！　お願いします、どうか…！」

耳元で怒鳴られた言葉の意味がよくわからない。

「反魂酒を、早く！」

「なに言ってるんだ…？　リオンが死ぬわけない」

呆けたような反応しかできないアルティオをぐいと押しやり、リオンの胸元に屈み込んだ医師が、脈拍と呼吸を確認して絶望に満ちた表情をうかべた瞬間、アルティオは自分の身体の奥深い場所で何かがブツリと千切れる音を聞いた気がした。

「ぁあッ……――」

漆黒の光が目の奥で弾けて、息がうまく吸えなくなった。――いや、呼吸はできる。けれど吸い込むたびに、胸が焼けるように痛んだ。まるで毒の水を無理やり呑まされているように。

それでようやく理解できた。

リオンの息が止まった。心臓が動きを止めた。自分たちの間に別ちがたく繋がっていた絆が、

「切れ…た？」

まさか。そんなわけはない。信じない。認めない。

『僕が死んだら、エドワルドと誓約し直せばいい』

何を言ってるんだ。馬鹿じゃないのか。そんなことができるわけがない。

馬鹿じゃないのかと胸の内でくり返しながら、アルティオはようやく気づいた。

『それが――君の幸せにつながるなら、僕の命は君にあげる』

リオンがどれほど自分のことを愛してくれていたのか。口先だけではない、アルティオの幸せを願って、本当に自らの命を差し出すほどに。

「馬鹿か！　おまえは何もわかってないっ」

リオンを責めたのか、自分を罵倒したのか分からない。

なぜ、リオンの愛を疑ったりできたのか。

それまであって当然だったものを失いかけて、絆が切れかかって、それがどれだけ大きく得難いものだったのか気づいた。

馬鹿だったのは、愚かだったのは自分だ。

「――…ッ」

アルティオは悔恨の底に叩きつけられ、自尊心を粉々に砕かれた。同時に、それまで両目を覆い耳を塞いでいたものも砕け散り、暗夜に光明を見出《みいだ》した旅人のように理解した。

「リオン…ッ！　目を覚ませ！　何、寝たふりなんかしてるんだ!!　他人は騙せても俺は騙せないぞ」

〝対の絆〟を残して先に逝くなんて許さない。

俺を残して、自分だけ逝くなんて絶対に許さない。

息を吸い込むたび、ひゅうひゅうと嫌な音を立てる喉をふりしぼり、医師と従官たちが懸命に蘇生措置を行っているリオンに叫び続ける。

「俺を…ッ、置いていく…な！」

血の気を失《な》くして蠟細工のようになったリオンにすがりついて懇願するアルティオの肩に、そのときそっと手が置かれた。

「アルティオ」

うるさい。俺に触るな！

アルティオは無言で肩を揺すり、鬱陶しい手をふり払おうとした。しかし肩をつかんだ手の力は強く、確固とした意思と決意に満ちていた。

「アル…、リオンはもう駄目だ。分かるだろう？　これが運命だ。私と誓約を交わそう」

「うるさいッ!!　許しもなく俺に触るなッ！」

アルティオはふり向きもせず、エドワルドの手を薙ぎ払い、小指に嵌めていた指環を引き抜いた。

途中、わずかに歪んだ場所に引っかかったのを強引に抜いたせいで、皮膚が破れる感触がしたけれど、無視して思いきり投げ捨てた。遠くへ。二度と拾うことなどできない場所へ。

そして誰よりも何よりも大切な人に取りすがる。

「リオン、リオン!!　目を覚ませッ！　俺を置いて死んだりしたら、俺もすぐにあとを追う。衰弱死なんてまどろっこしことはしない。おまえが死んだら、俺も剣で胸を貫いて死ぬ！　それでもいいのか!?」

ぴくりとも動かない青ずんだまぶたに涙が落ちて、小さな水溜まりを作る。息を弾ませた従官が届けてくれた反魂酒を、医師の手にわたる前に横取りして口に含み、リオンの唇に自分の唇を重ねて、喉奥に直接注ぎ入れた。

他の誰とも誓約を交わし直したりしない。

リオンが死んだら俺も死ぬ。

声に出して、心の中で。くり返し何度も何十回も、アルティオは呪文《じゅもん》のように唱え続けた。

X † 眠りの国ノ騎士

二重新月の戦闘は、金位《インペリアル》ノ騎士リオン・カムニアックが心肺停止に陥った十六日夕刻から二日後の十八日午後遅くに涌出が止み、その半日後には掃討戦も終了した。

明けて十九日の夕刻には、高位聖獣と騎士たちが帝都に向けて帰途につき、さらに翌日には哨戒のための一軍を残して、下位聖獣と騎士も帝都に帰還。

アルティオの脅迫めいた祈りと反魂酒の効果によってか、辛うじて一命を取り留めたリオンは十九日の午後、もっとも暖かい時間を選んでクルヌギア城塞から最寄りの離宮、紫藍宮に移送された。

一時的とはいえ呼吸が止まり、心音も消えた状態だったリオンは、医師による蘇生措置が功を奏してなんとか息を吹き返した。しかし容態はまだ予断を許さない。アルティオはほとんど休息も取らず、リオンの側から片時も離れないでいる。

そんな危険な状態で紫藍宮への移送を決行したのは、瀕死《ひんし》の怪我人にとってクルヌギア城塞が決して環境の良い場所ではないからだ。城塞の周囲は延々と続く荒野。それも魔獣の死骸が降り積もった漆黒の穢れ地だ。窓を開けて新鮮な空気を入れることも叶わない。

リオンの〝対の絆〟アルティオはまともな判断ができる状態ではなく、移送は医師と皇帝ヴァルクートとキリハの判断で決定された。

紫藍宮にはアルティオと同い年の僚友イングラムとアインハルトが、それぞれの〝対の絆〟とともに留まり、万が一に備えている。警護体制も早急に整えられ、不審者や部外者は一切近づけないよう徹底されていた。

皇帝ヴァルクートとキリハもその場に留まって、容態を見守りたいと考えていたが、帝都で大規模な繭卵密売組織の摘発と、主犯の正体が明らかになるという千載一遇の好機が訪れていたため、後ろ髪を引かれる思いで帝都に帰還した。

そして帝国暦一〇〇八年、九ノ月二十五日。

リオンが瀕死の重傷を負った日から九日が過ぎた。

一時間ごとに通信士を使って皇帝執務室に届けられる報告を一読したヴァルクートは、鈍く痛む眉間を押さえて溜息を吐いた。

「リオンの容態に変化が？」

溜息と皇帝の表情に気づいたラインハイム公ギルレリウスが、気遣わしげに声をかけてくる。ギルレリウスは繭卵密売組織の捜査に関係して、ここ数日金獅子宮に詰めてもらっている。

「いや」

ヴァルクートは否定して椅子から立ち上がり、窓辺に寄って夕焼けで朱金に染まった空を見上げた。

「容態に変化はない。……ないから心配だ」

「では、まだ意識が戻らないのですか」

「ああ」

ギルレリウスに答えるヴァルクートの声は、さすがにいつもの闊達さを欠いて重く沈んでいる。

アルティオが日に何度も口移しで滋養のある飲み物を与えてはいるが、あと数日中に意識が戻らなければ、このまま二度と目を覚まさない可能性が非常に高い。

「不吉なことを口にして申し訳ありません。リオンが亡くなった場合、アルティオはどうなります？」

ギルレリウスの質問は、リオンとアルティオの親和率が四割だったという事実を踏まえた上でされている。

これまでの経験や過去の記録から、親和率が低い聖獣と騎士のどちらかが命を落とした場合、新しい相手と誓約を交わし直す可能性がある。

新しい…というより本来の、と言った方が正しいかもしれない。なんらかの理由で阻害され、邪魔された誓約を結び直す千載一遇の好機。

身近にいくつか例を見てきただけに、ヴァルクートの心は複雑だ。問いを発したギルレリウスはもっと複雑だろう。

そんな心情を察したのか、それまで窓辺に置いた長椅子に寝転んで、ふたりの会話をおとなしく聞いていたキリハがゆっくりと立ち上がり、ヴァルクートのとなりに寄り添ってささやいた。

「アルティオのこと、充分に注意してやって」

「分かってる」

口ではそう答えながら、やはり迷う。

万が一リオンが命を落としたとき、新たに誓約を交わす可能性のある人間を側に置いておくべきか。

それとも、アルティオの望み通り一緒に死なせてやるべきか。

『リオンが死んだら俺も死ぬ！　衰弱死なんてまどろっこしいことはしない。おまえが死んだら、俺も剣で胸を貫いて死ぬ…ッ！』

全身を震わせてそう叫んだアルティオの、血を吐く想いを叶えてやりたいと思ってしまう。

「あんなに互いを想い合っているのに、親和率が四割しかないとは…」

どうしても信じられないという言葉は辛うじて飲

み込む。皇帝として声に出すべきではない内容だからだ。けれど〝対の絆〟のキリハには伝わっている。

　キリハは同意を示してうなずいた。

「オレもそう思う。リオンは確かに表現が下手だけど、アルに対する愛情は本物だ。アルだって、あんな姿を見せられたら、口で何を言ったってリオンを愛していることは誰の目にも明らかなのに」

　なぜ？　と思う。何かがおかしい。どこかが歪んでいる。けれどそれがどこかを、はっきり指摘することはできない。もどかしさに目元を歪めたとき、ギルレリウスがふと思い立ったように発言した。

「私がアルティオとリオンの戦いぶりを見たのは、記録水晶盤の映像だけなので、憶測の域を出ないのですが、彼らの親和率は本当に四割しかないのですか？　聞くところによると、アルティオの戦闘力は同年のイングラムやアインハルトに引けを取らない。帝都クルヌギア間の飛空速度も、他の金《インペリアル》位より劣って見えるという話は聞いたことがありません」

「――どういう、意味だ？」

　ヴァルクートは窓辺を離れてギルレリウスの前に腰を下ろし先をうながした。

　ギルレリウスは覚悟を決めるように一瞬瞑目してから、ヴァルクートを見つめて口を開いた。

「私は父と、父の〝対の絆〟イグニスが戦死した戦いの記録水晶盤を見たことがあります」

　ギルレリウスの父はヴァルクートの長兄ゲラルドで、先の皇太子でもあった。ギルレリウスは戦死した父の息子として、他には決して公開されることのなかった記録水晶盤を見る許可が下りたのだ。

「父とイグニスの戦いぶりは、金《インペリアル》位とは思えないほど無残なものでした。実戦がはじめてだったからという理由だけではない。銀《シルヴァ》位とようやく肩を並べられる程度の力しかなかったのに、金《インペリアル》位にしか倒せない巨大魔獣《ヘリオス級》に挑んで負けた」

その理由を今のヴァルクートは知っている。当然、ギルレリウスも。

「父とイグニスの親和率は、一割程度だったと聞きました」

「そうだ」

それはヴァルクートが皇帝に即位したとき、前皇帝から引き継いだ〝見者〟から聞き出した情報だ。他人には一切口外してないが、息子のギルレリウスにだけは教えてある。

「それを聞いたとき、父とイグニスの仲がなぜあれほど冷え切っていたのか、そして無残な戦いぶりで散ったのかを理解しました」

「そうか」

それでと、先をうながすとギルレリウスは顔を上げ、窓から射し込む斜光の眩しさに目を細めた。

「彼らに比べれば、アルティオとリオンは何も問題ないように見えるのです。私の目からは。――感情のこじれ以外は」

ギルレリウスは視線をヴァルクートに戻し、これまでにない真剣な表情で訊ねた。

「アルティオとリオンの親和率を検分した〝見者〟は、――本物なのですか？」

皇孫であり、現皇帝の股肱《ここう》の臣として信頼されているギルレリウスでなければ、不敬罪として即座に罰せられただろう。ギルレリウスでなければできなかった問い。だからこそ、ヴァルクートは目の前で、曇り硝子が割れて視界が開けたような心地になった。

「そうか…！」

これまでずっと感じていた違和感。その正体がやっと解った。

「〝見者〟は嘘をつけない。そして〝見者〟の血筋は皇家の庇護によって隠蔽され固く守られてきた。だから偽物の入り込む余地などあり得ないと、頭から思い込んでいた。それこそが、間違いだったとしたら――」

ヴァルクートは顎に指を添えて、脳裏にさまざまな可能性を思い浮かべ、補佐官に声をかけた。

「セリム、特務課のキンバレー長官に〝見者〟たちの家族と交友関係をもう一度洗い直すよう言ってくれ。本人たちに気取られないよう、くれぐれも内密に」

「かしこまりました」

セリムは一礼して執務室から出て行き、すぐに戻って来た。

「陛下、エドワルド・カムニアックがまた、リオンへの面会許可を求めていますが、どうなさいます」

セリムは使者が携えてきた陳情書を掲げて見せた。

「エドワルドというのは、アルティオが雛のときから懐いていたという例の？」

訊ねたギルレリウスの表情はいつもとあまり変わらない。けれど複雑な心情がわずかな声の響きに表れていた。

「ああ」

エドワルドはクルヌギアから紫藍宮への移送にも同行して、帝都に戻らず、ずっとリオンとアルティオの側にいる。

リオンとは元主人と従者という関係だけでなく友人であり、現在は義兄弟。リオンが深い信頼を寄せている人物で、アルティオも雛のときから懐いていた。何よりも、リオンが自ら『自分が偽物なら、本物は彼です』と認めた男だ。

リオンはヴァルクートに、自分に万が一のことがあったら、アルティオがエドワルドと誓約し直せるよう配慮して欲しいと頼んでいた。そのために、本来なら聖獣と騎士だけで構成される金位《インペリアル》の従官に、騎士ではないエドワルドを抜擢して側に置くことまで許して。

アルティオに対して愛情が薄いからできた配慮で

はない。そうではなく、アルティオのことを何よりも大切に想っているからこそ、自分の苦しみは脇に置き、アルティオにとって最善の道を残してやろうとしたのだ。

　個人的感情では、あれだけ想い合っているのなら、一緒に逝かせてやりたいと思う。けれどその一方で、貴重きわまりない金位《インペリアル》をむざむざ失いたくないという、皇帝としての打算ともいうべき願いもある。

　ヴァルクートはギルレリウスをちらりと見た。

　残された者の悲哀を味わい尽くした男は、地獄の底で恩寵《おんちょう》のような救いを与えられ、生き返った。

　大規模な密売組織に繭卵を奪われ、自分以外の男と無理やり誓約を結ばされ、不遇な暮らしを強いられていた聖獣《カイエ》と再会して、誓約を結び直せた男《リグトゥール》もいる。

　このままリオンが目を覚まさず、命の炎が燃え尽きたとき、アルティオとエドワルドが彼らのように、もう一度〝対の絆〟を得て幸せになれないと、誰が言い切れる。

　ギルレリウスも同じような障害を乗り越えたからこそ、今の幸福がある。

　——いったい何が、誰にとって幸せなのか。

　未来を完璧に見通すことなど、誰にもできない。

　これまでは、アルティオの心情を慮《おもんぱか》って面会許可を与えなかった。だが、リオンがこのまま目を覚まさなかったときのことを思うと、エドワルドが側にいた方がいいだろう。だがしかし…。

「キリハはどう思う？」

　ヴァルクートはとなりに立つ〝対の絆〟に訊ねた。

「オレは…反対」

　キリハはこれまでと同じ意見を口にした。

「エドワルドに何か問題があるわけじゃない。ヴァルの考えも分かる。だからどうしてもって言うなら、〝見者〟の再調査が終わってからにして欲しい」

それでは手遅れになるかもしれないと思ったが、ヴァルクートはキリハの意見を尊重することにした。政に関する他の問題ならともかく、聖獣に関わることはキリハの判断を優先すべきだと、長い経験で思い知っているからだ。

「エドワルドには、もうしばらく待てと伝えよう」

†

花咲き乱れる庭の木の下で、リオンが本を読んでいる。鳥の巣みたいな頭の上には、へたくそに編まれた花冠がひとつ。斜めに載っかっている。

さっきアルティオが進呈したものだ。

——リオもぼくに作って！

そう言って手を引くと、リオンは本を脇に置いてあっさり立ち上がり、アルティオのために小さな花冠をひとつ、予想外の器用さで素早く作って載っけてくれた。花の色は白と青に黄色が少し。アルティオの髪と瞳の色に合わせてくれたのだと、ひと目見て分かった。

——モルトンとソレルとマーシュの分も作って！

リオンがこんなにも器用に、まるで魔法のように花冠を作ってくれたのが嬉しくて、それを他の人たちにも知って欲しくて、家令や従者の名前を挙げてお願いすると、リオンは少し困った表情を浮かべ、アルティオの背中をやさしくぽんぽんと撫でながら、いつもの「あとでね」を口にして、木の下に置いた本の所へ戻ってしまった。

リオンの「あとでね」が叶ったことは滅多にない。

それでもあきらめきれず、アルティオはもう一度リオンに頼んでみた。

——リーオ！

返事は心ここにあらずの手のひとふり。リオンの気持ちはもう書物の中身に奪われて、アルティオがいくら注意を惹こうとしても戻ってくる気配はない。

せっかく作ってもらった花冠が、少し重くなったような気がする。

アルティオはその重みに項垂れながらリオンの側を離れて、庭の奥へ向かった。

薔薇の生け垣でできた隧道を抜け、鈴蘭《スズラン》と水仙《スイセン》の群生を横目に、奥へ奥へと進む。小さな歩幅で歩き続けるうちに悲しくなって、涙がこぼれた。

ぼくにも作ってとねだったら、すぐに花冠を作ってくれた。愛情がたっぷりつまったそれを頭に載せてくれた手つきが、やさしければやさしいほど、望んだときに望んだだけ与えてもらえないことが悲しい。切ない。

もっと甘えたい。

もっと自分だけ見て欲しい。

ぼくの世界の大半がリオンだけで占められているように、リオンの世界もぼくだけだったらいいのに。

「う…っく」

四六時中一緒にいて、目を離すことなど滅多にないと言い放つ、友だちのイングラムやハルトの〝対の絆〟たちが羨ましい。

金鱗花が咲き誇る、茂みの根元にしゃがみこんだアルティオは、こぼれ続ける涙を小さなこぶしでぬぐおうとしてぬぐいきれず、自分の長い耳をつかんで両目を覆った。

「…ひぃ…っく」

嗚き声を抑え涙をこらえようとすると、よけい息が乱れてしゃっくりが出る。両目に押しあてた耳の表面が、涙に濡れてじわりと熱くなった。

――リオンなんて…！

きらいだと心にもない悪態を吐こうとして、それすらできないほどリオンのことが大好きな自分に気づく。

――リオンが好き。大好き…！

自分の耳で涙を拭きながら、開き直って心の中で叫んでいたら、背後から伸びてきた両腕にふわりと抱き上げられて驚いた。

リオン！

ふり向くと、自分が作ったへたくそな花冠から、花びらがはらりと舞い落ちるのが見えた。

その花の匂いで目が覚める。

それからたぶん、足音で。

アルティオは、リオンのとなりに寄り添うように横たわっていた寝台の上に身を起こし、耳をそばだてた。

足音はイングラムでもエディンでもない。ハルトとロシィとも違う。これは――、

「エド…ワルド？」

「やあ」

護衛士が音を立てずに開けた扉から入ってきたのは、大きな花籠《かご》を手にしたエドワルドだった。

その瞬間、感じた衝撃はなんだったのか。

この部屋にはごく少数の許された者しか入室できない。その中にエドワルドは入っていなかったはず。

「誰が…許可を？」

アルティオは立ち上がり、昏々《こんこん》と眠り続けるリオンとエドワルドの間に割って入った。リオンを守るため。エドワルドが近づきすぎないよう、無意識に牽制《けんせい》してしまう。

「大丈夫。何もしない。リオンは私の義兄弟。家族でもある。面会許可はアングラード公にいただいた。リオンの具合は？」

アングラード公は皇帝《ヴァルクート》の長姉バシリッサの夫で、軍務省聖獣局の次局長を務めている。皇帝の信頼も篤《あつ》く軍務省内でも発言力のある人物だが、特にリオンと知己だったという話は聞かない。なぜ皇帝ではなくアングラード公が、エドワルドにリオンの面会許可を与えたのだろう。

違和感を覚えながらも、アルティオは場所をわずかに空けて、エドワルドがリオンの顔を見える位置に立たせてやった。

花籠からふわりと甘い香りがただよう。

アルティオは見舞いの品を受けとろうと手を差し出したが、リオンの顔を見つめていたエドワルドはそれに気づかず、枕元の脇卓へ花籠をそっと置いた。

「リオン…」

枕元に屈み込んで義弟の名を呼ぶエドワルドの声には、心配と親愛があふれている。

「リオン、なぜ目を覚まさない？　このままでアルティオを置いて逝くつもりか？」

リオンの額にかかった濃赤色の髪を、そっとかき上げながらささやいたエドワルドの言葉に、なぜか背筋がぞわりとそそけ立つ。

同じような言葉はエディンもロシィも口にした。彼らの言葉を聞いて胸が痛く、熱く、苦しくなったことはあっても、寒気がしたことなどなかったのに。

ふいに、何かを察知したように両耳が立ち上がった。理由は分からない。呼吸が妙に速くなり尻尾のつけ根も膨らんでくる。

いつもエドワルドに会うと感じる胸の高鳴りに気づいて、さすがに戸惑う。

こんな状況にもかかわらず彼に会えて嬉しいのか、と。自分はそんなにエドワルドが好きなのか…と。

リオンの耳元で何かささやいていたエドワルドが身体を起こすと、その動きで花籠の香りがふわりと広がった。

その匂い。

耳のつけ根が警戒で逆立つ。何がそんなに気になるのか分からないのに、その匂いが気になる。

千本の絹糸の中に一本だけ綿糸が混じっているような、かすかな違和感。手足にまといつくそれをふり払うように、アルティオは片耳をピッとひとふりして、一歩踏み出した。

「その花籠」

エドワルドの表情が一瞬強張《こわば》ったような気がする。

けれど気にせず花籠に近づいて持ち上げた。

「匂いがきついようだから、せっかくの見舞いの品だけど別の部屋に置かせてもらう」

「…ああ。そうだね。私としたことが気が利かず、申し訳ないことをした」

エドワルドは少しも嫌な顔をせず、アルティオが花籠を運び去るのを見送った。

アルティオは部屋の隅に控えていた侍従を視線で呼び寄せ、花籠を差し出して別室へ持って行くよう頼んだ。

「かしこまりました」

侍従が花籠を受けとるとき手元が少し狂ったのか、籠が大きく揺れた。侍従が「あっ」と息を呑んで青ざめる。花籠が床に落ちて、活《い》けてあった花や水を含ませた綿塊があたりに散らばる。

「も、申し訳ありません…！」

恐縮して今にも倒れそうな侍従の顔色が、ひどく悪い。そして自分も吐き気と目眩、そして指先にかすかな痺れを感じる。

「なんだ、これは…？」

感覚が鈍くなった指先から、床をべっとり濡らしている綿塊に視線を移し、そこからむわりと広がる噎《む》せ返るような濃厚な甘い匂いに眉根がきつく寄る。両耳がきゅっと警戒して斜めうしろに倒れた。

「……ぅっ」

吐き気をこらえるように口元を手で覆った侍従が、その場に膝をつくのを見た瞬間、アルティオは勢いよくふり返って、リオンと、彼に覆いかぶさるよう寝台に片膝を乗り上げているエドワルドを見た。

「エドワルド！　何をしてる!?」

エドワルドは驚いた表情で顔を上げ、すぐに人好きのする笑みを浮かべた。

「何もしてない。顔をもっとよく見ようとしただけだ。どうしたんだ、突然大声を出して」

そう言いながらさりげなくリオンの胸に置こうとした右手に、きらりと光る線状のものを見分けた瞬間、アルティオは獣型に変化して飛び出していた。

頭で何か考え、理解したからではない。

聖獣の本能が〝対の絆〟の危機を告げたからだ。

「がうッ!!」

人に対しては、生まれてから一度も立てたことのない吼《ほ》え声を上げてエドワルドに飛びかかった。

それがあと一瞬遅れていたらエドワルドが右手に仕込んでいた細い針状の刃《やいば》が、リオンの心臓を貫いていただろう。

「がうぅるるッ…!!（リオンに何をする!!）」

吼え声と一緒に遮蔽なしの心話で叫んだのは、室外にいるイングラムやアインハルトに異変を知らせるためだ。

ひと蹴りで寝台を飛び越え、エドワルドをリオンの側から押し退けて床の上に押し倒した。倒れた拍子にエドワルドの腕が脇卓に当たったらしく、上に載っていた水差しや燭台《しょくだい》がガシャンと派手な破砕音を立てる。

そのまま、エドワルドの喉頸《のどくび》に噛みついて息の根を止めようとしたのに、予想外に強い抵抗を受けてふり払われ、床に倒れ込んだ。

「ぎゃう!?（なんだ!?）」

体格的には自分の方が優っているのに、力負けしたことが信じられない。混乱しながら素早く立ち上がろうとして、四肢が妙に痺れて動きが鈍くなっていることに気づく。

――なんだこれは。

そう自問してから、ようやく理解が追いつく。

花籠から立ち上る甘い匂い。気分を悪くした侍従。

痺れてよろける自分の四肢《てあし》。

——揮発性の…？

リオンの研究室にいろいろあった。濃度によって薬にも毒にもなる精油や鉱石、植物や動物、昆虫からの抽出液が。

『毒か…！』

アルティオは「がぅッ！」と吼えて、もう一度エドワルドに飛びかかった。エドワルドが懲りずに寝台によじ登り、リオンに襲いかかろうとしたからだ。

今度は背後からだったので、押し倒すのではなくエドワルドの襟首にかみついて引きずり倒した。

痺れてうまく力が入らないせいで、踏ん張ることも避けることもできず、一緒に床に倒れ込む。

「ぎゃうがう！（護衛士！　衛兵！）」

吼えながら心話で必死に助けを呼んでいるのに、誰も扉を開ける気配がない。

——くそっ！　護衛士たちにも一服盛ったのか⁉

リオンを亡き者にしようとする男の執念深さに、千尋の奈落をのぞいてしまったような怖気《おぞけ》が走る。

震える四肢を使って押さえつけ、引き離そうとするアルティオの拘束を逃れ、エドワルドが三度《みたび》リオンに近づこうとした。その動きに少しもよどみがないのは、自分だけ解毒剤でも飲んでいるせいか。

——させるものか…！　リオンには指一本触れさせない。リオンは俺が守るんだ。絶対に…！

強く念じると同時に大驅獣型に変化して、エドワルドの身体を巨大な前肢で薙ぎ払った。

「ぎゃッ！」

無様な悲鳴とともに、エドワルドの身体は緞帳ごと窓に叩きつけられ、そのまま外に飛び出た。

窓枠が折れて硝子が割れる派手な破壊音は、分厚い緞帳のおかげで多少和らいだ。エドワルドが受けた痛手も、厚い布地のおかげで軽減されたらしい。

窓の外は手入れの行き届いた緑の芝地。そのこともエドワルドの一助になった。

緞帳の下で破砕音を立てる硝子を踏みつけながら、エドワルドが立ち上がった瞬間、ようやく背後で扉が開かれ、複数の護衛士とイングラムとエディン、ハルトとロシィが飛び込んできた。

けれどアルティオは彼らには目もくれず、エドワルド目がけて飛びかかった。大驅獣型のまま、窓枠ごと押し破って。リオンを殺そうとする男の息の根を止めるために。

「…止《よ》せッ！　アルティオ!!　そいつは殺すより罪を償わせた方がいいっ」

「謎の解明にはそいつの証言が必要になる。生かしておけ！」

首をもいでやるつもりだった顎をわずかに逸らせ、右腕を嚙み千切るだけですませてやったのは、背後から飛んできたエディンとロシィの必死の制止に心を動かされたからだ。


右肩から先を失ったエドワルドは、アルティオの口から唾棄されるように「ぺっ」と吐き出された自分の腕を呆然と見つめてその場に崩れ落ち、アルティオの顔を見上げて訴えた。

「な…ぜだ！　私は、君がリオンの〝対の絆〟でいるのはもう嫌だと、もうたくさんだと、思っていることを知っていたから、だから私は、君のために、リオンという偽りの軛《くびき》を外してやろうとしたんじゃないか!!　君のために…ッ！」

『そんなこと、一度も頼んでない』

心話で応えても、〝対の絆〟ではないエドワルドには当然通じない。

「それなのに、なぜ邪魔をする！　アルティオ！」

『俺の〝対の絆〟はリオンだけだ！』

「君が望んだんだ！　リオンより私の方がいいと。私が〝対の絆〟だったらよかったと。君が、望んだんだ！　だから私は君の望みを叶えようとしたんじゃないか！　それなのになぜこんな仕打ちを…ッ」

『俺はそんなこと、一度も望んでないっ！』

血に塗《まみ》れた左手を突き出して糾弾するエドワルドから視線を逸らしたのは、それなりに負い目があったからだ。

――エドがぼくの〝対の絆〟だったらよかったのに…。

確かに昔、まだ幼い雛の頃、そんなことを言った覚えがある。リオンに放っておかれて寂しくて、つい心にもないことを言ってしまった。今にして思えばなぜそんなことを思いついたのか、不思議で仕方ない。

リオンに放っておかれて寂しかったのは事実。

けれど一瞬でもリオン以外の〝対の絆〟が欲しいと、本気で思ったことなど一度もない。

リオンとの親和率が四割だと、〝見者〟に言われたあとですら、心の底ではリオン以外の誰とも繋がりたいとは思わなかった。むしろ、親和率が四割しかないと宣言した〝見者〟を憎んだくらいだ。

「アルティオ…、私は君のために……」

いつの間にか立ち上がって側に寄ってきたエドワルドが、血濡れた手のひらを差し出して自分に触れようとしている。

『俺に触るな…！』

どうしようもない嫌悪と怒りで全身を震わせながら、アルティオは血の穢れと毒の痺れで朦朧としてきた頭をふり上げてエドワルドから離れようとした。

その視界がぶれる。

歪んでかすむ視界の中で、背後から飛び出してきた護衛士たちによってエドワルドが拘束されるのが見えた。視界はそこで闇に覆われ、最後に残ったのは、まだ何か声高に叫んで自己正当化し続けているエドワルドの声だった。

「君が言ったんだ、アルティオ！　『エドが〝対の

絆〟だったらよかったのに』と…‼」


花籠に仕込まれた毒のせいでアルティオが意識を無くしていたのはほんの一時間程度。その間にエドワルドは金位《インペリアル》ノ騎士を殺害しようとした重罪人として逮捕され、帝都で最も監視が厳しいアルマンディン監獄で尋問がはじまっていた。

リオンが眠る寝室のとなりの部屋で目を覚ましたアルティオは、真っ先にリオンの無事を確認した。

「早めに気づいたおかげで大事には至らずにすんだ。解毒薬も飲ませた。今は経過を見守っているところだ。君も解毒薬を飲んでおいた方がいい」

枕元に立ち、リオンの無事とエドワルドの逮捕を教えてくれたエディンが小さな杯を差し出す。

アルティオはそれを一気に呷《あお》ってから、痺れの残る身体を引きずるようにリオンの側に戻った。

リオンはまだ目を覚まさない。

リオンの意識が戻らず、アルティオが看病を続けている間に、エドワルドが長年かけて張りめぐらせた陰謀と犯した罪の全容が、徐々に明らかになっていった。

エドワルドの逮捕とほぼ時を同じくして、リオンとアルティオの親和率を検分した〝見者〟の再調査が行われ、驚くべき事実が発覚した。

「あの〝見者〟は偽物でした。本物は双子の姉の方だったのですが、里帰りのときに入れ替わったそうです」

皇帝の落ち度ともいうべき事柄なので、被害者であるアルティオとリオンには、皇帝の首席補佐官であるセリムが直接謝罪と報告に訪れてくれた。

「なぜそんなことが可能だったかという細かい調査はこれからですが、〝見者〟の保護と育成を任されていた保護官の中に、エドワルドからの接触を受け、入れ替わりの手はずを整えた協力者がいたことが判明しています。その人物はすでに拘束して、他にも協力者や内通者がいないか尋問中」

さらに〝見者〟は全員、能力を再確認して偽物が紛れ込んでいないか調べた。もちろん〝見者〟の保護官の身元や交友関係も洗い直し、不適格な者は解雇することになる。

その後の調査によって、偽物の〝見者〟は六年前、アルティオの孵化から数ヵ月後には、すでに入れ替わりの準備に入っていたことが判明した。

獄中のエドワルドは己の正当性を訴え続けたが、巧みな誘導尋問によって、正当性を証明するために計画した陰謀の全容が明らかになった。

『きっかけは偶然だった』

エドワルドはそう語りはじめた。

『〝見者〟を姉に持つ双子の妹が、そのことを恋人に自慢している会話を、私はたまたま足を運んだ喫茶店で小耳に挟んだ。その瞬間、私の中で神の啓示が閃いた！　完璧な計画だ！』

〝見者〟を姉に持つ双子の妹という駒がなければ、決して思いついたりしなかった。いや、思いついても実現は不可能だった計画。

アルティオとリオンの間に不和の種を蒔き、国中にリオンは偽物だと噂を流し、〝見者〟による検分を行わせ、そこで親和率の低さを告発して、本物の騎士候補がいたことを知らしめる。あとは頃合いを見てリオンに死んでもらい、自分がアルティオと誓約をし直す。

完璧な計画に必要不可欠なその『駒』が、私の前に現れた。それこそが天啓でなくてなんなのか。

私こそが金位《インペリアル》になるはずだった証だ！

自分の従者だったリオンが青位《ブラウ》の繭卵《たまご》に選ばれ、騎士候補になった。それだけなら、別になんとも思わなかった。騎士とはいえたかが青位《ブラウ》だ。胸が多少ざわめいたとしても、そう思えば治まった。

　エドワルドの心が闇で覆われたのは、リオンを選んだ繭卵が青位《ブラウ》ではなく、本当は金位《インペリアル》だと知らされたときだ。一瞬で湧き上がった妬心の強さと激しさは自分でも驚くほどで、それまで大きな挫折を味わったことのなかったエドワルドは、激烈きわまりないその感情から逃れることも、迎え撃って粉砕することも、受け入れて昇華することもできなかった。

　エドワルドは代わりにひとつの物語を作り上げた。

金位《インペリアル》の繭卵が本当に選んだのは自分だった。

　選定の儀の会場で繭卵を光らせたのは自分。それをリオンが不当に横取りした。だから自分はそれを取り戻さなければいけない。そのためにはどんな努力も厭わない。不当に繭卵を奪われた悲劇の騎士候補。それが私、エドワルド・カムニアックだという物語。

金位《インペリアル》の繭卵はあっという間に孵化して、卑怯な簒奪者リオンと誓約を結んでしまった。

　エドワルドは百年の計を練る知将のごとく、恨みや怒りを完璧に隠してリオンとの信頼関係を保ち、幼いアルティオの子守を任されるよう賢く立ちまわった。

　私は間抜けなリオンとは違う。千載一遇の好機を無駄にするわけがない。まだ幼いアルティオに『君の〝対の絆〟は私』だと教え込み、リオンに対する不信感を植えつけた。

　他者を操る話術や暗示のかけ方は幼い頃からごく自然に身につけてきた。声の響き、言葉の選び方、相手の精神状態で、人は面白いほど自分の思い通りに反応する。暗示や印象操作にかかりにくい人間や聖獣ももちろんいるが、エドワルドの本心に気づいた者は誰もいない。エドワルド自身が、自分の心に渦巻く醜悪な妬心や腐臭を放つ悪意を認めず、自分は清廉潔白…とまではいかなくとも、明るい快活で魅力的な人間だと信じて疑わなかったからだ。

暗示の効果が誰よりも効いていたのは、エドワルド自身だったのかもしれない。

「無防備で無垢だった幼いあなたも、甘い毒のようなエドワルドの言葉を注ぎ込まれて、抱く必要のないリオンへの疑心を植えつけられてしまった」

セリムがそう締めくくると、アルティオはエドワルドに対する深い怒りを新たにした。

「エドワルドに会うと胸が妙に高鳴ったり、そわそわして落ち着かなくなったのは、好意なんかじゃなくて、聖獣の本能が危険を告げていたからか…」

けれど〝対の絆〟を護るという、聖獣としての本能が消えることはない。いずれリオンを害しようと思っていたエドワルドに対して、頭では分からなくても本能が反応した。命をかけて護らなければいけない〝対の絆〟リオンに対する危機に。

暗示が解けてようやく分かった。そして思い出した。リオンへの疑心をエドワルドに植えつけられた日のことを。

アルティオは拳をにぎりしめて目を閉じた。

——おそらく、毒はごく幼い頃に注ぎ込まれた。自分がまだ一歳にも満たない頃から、用心深く、周到に。

『アルが一番好きなのは誰？』

『リオ！』

『リオン…ね』

『うん。リオンのこと大好き！』

『ふうん。私は？』

『エドのことは二番目に好き…かな』

『二番目、ね』

エドワルドはかすかに首を傾げてから、ぐっとアルティオに顔を近づけ、内緒話のようにささやいた。

『リオンが一番なのは、誓約を結んだ〝対の絆〟だからだよね』

『?』

『もしもリオンが、本当は君の〝対の絆〟じゃなかったら、どうする?』

『ちゃんと誓約しなおす!』

『そうじゃなくて。リオンの他に本物の〝対の絆〟がいるとしたら、どうする?』

『――よく…わかんない』

『君の本当の〝対の絆〟は、リオンじゃないんだ』

まだ垂れた幼い耳元でささやかれた言葉は、奇妙なほど強く印象に残った。ことあるごとにさりげなく、何度もくり返されるうちに、意識の底に、魂に、深く刻印された。そして暗示によって、刻印された会話そのものを忘れさせられた。

「くそ…ッ」

そんなものに、無自覚なまま操られてきたことが許せない。腹が立つ。

リオンを死なせかけたこと、――死なせてしまうかもしれないことが、悔しくてたまらない。

「リオン…、愚かだった俺を許してくれ…」

力なく投げ出されたままの手をにぎりしめ、

――目を覚ましてくれ。頼むから。

心の底から祈りながら、アルティオは獣型に変化してリオンの傍らに身を伏せた。そのまま薄くなった肩口に長い鼻先を埋め、スン…と鼻を鳴らして静かに目を閉じた。

†

春のように暖かく、気持ちのいい風が吹き抜ける小高い丘の麓《ふもと》を、生死の境《ステュイクス》を別つ川が水面をきらきら輝かせながらゆったりと横切ってゆく。

光は白であり虹色でもある。冬の陽射しを受けてきらめく新雪のようだと思いながら、リオンはゆっくりと丘を降りた。

川辺に近づくと、遠くからでは見えなかった人の姿がたくさんあるのに気づく。皆、和気藹々《わきあいあい》と楽しそうに、川の向こうで待つ人影に手をふっている。

地面はやわらかな芝生と、その緑を覆い尽くす勢いで咲き誇る花で埋め尽くされている。

風が吹いて花が揺れ、遠くで誰かが呼ぶ声が花びらと一緒にリオンの胸に舞い降りた。

——誰？

ふり向いても、丘の斜面や頂上には誰もいない。丘の向こうは霞みがかって何も見えない。霞みはそれ自体が発光しているように白く明るく、見ているうちになぜふり返ったのか忘れてしまう。

リオンは再び川に向き直った。

川辺に打ち寄せる水は深く澄みきって、底でたゆたう砂粒のひとつひとつまで見分けられる。

そのときになって、ようやくリオンは自分が眼鏡をかけていないのに、あたりの様子が驚くほど精妙に見えることに気づいた。現実ではあり得ないその事実と同時に、

——あ、僕…死んだのか。

そう直観した。

自分が降りてきた丘はふたつの地平《ホルアハテイ》を分ける丘で、目の前を流れる川は生死の境《ステュイクス》を別つ川。そして側にある船着き場から今まさに出航しようとしている船が道を開《ウプウアウト》く船だろう。

川の向こうでは父母や祖父母、姉に弟に妹、姉と妹の子どもたち、親戚の叔母や叔父たち、それに大勢の幼なじみたちが、リオンに向かって手をふっている。

——なんだ、みんなあそこで元気にしていたんだ。

だったらあんなに悲しまなくてもよかった。

だってみんな、すごく幸せそうに笑ってる。

そしてこれから、自分も彼らと一緒に過ごすんだ。

だから、誰も悲しむ必要はない。

そう思い、船に向かって歩き出した瞬間、胸に抱きとめていた花びらが、小さく震えて注意を惹いた。

『リオン…』

――誰?

『リオン…!』

手の中の花びらは、涙を固めた鈴のような切ない音を立てた。それに引き留められるように、足が止まる。

もう一度、風が吹いて花びらが舞う。

船が出るぞと、遠くで呼ばわる声がする。

川辺に打ち寄せる水がちゃぷりちゃぷりと音を立て、裸足の爪先を水晶粒のような雫《しずく》で濡らしていく。

透明に輝くその雫は、何かに似ている。

なんだっけ? と首を傾げ、

――ああ、アルティオの涙とそっくりなんだ。

そう思い出した瞬間、リオンはポォ…ンと虚空に放り出され、下へ下へ、果てしなく下へと落下していった。

下へ、下へ。

果てしなく続いた落下のその果てで、リオンは目を覚ました。

「リオン…ッ!」

耳の近くで自分を呼ぶ声がする。

アルティオの声だ。辛いことがあって泣いたときの声。リオンを探して屋敷中を歩きまわり、ようやく見つけて駆け寄ってきたときの声。

呼び声にすぐに応えてくれず、自分を不安がらせたことに腹を立てながら、それでもリオンを見つけたことが嬉しくて、嬉しくて、責めながら思いきり甘えている声。

「――…うん」

瞬きを何度くり返しても視界はぼやけたままなので、声を頼りに腕を伸ばすと、すぐさま大きくて温かな両手に包まれ、リオンが望んだ通り、頬にひたりと重ねてもらえた。

「俺はここにいる。…何？　何が言いたい？」

舌が強張ってうまく動かないまま、唇をもごもごと動かそうとしていると、すぐさま口元に耳が寄せられた。頬にアルティオの細くてしなやかな長い髪がさらりと落ちて流れていく。懐かしいその感触に、自然に笑みを浮かべながら、なんとか声を出した。

「ご、めん、な…」

泣かせてごめん。心配させてごめん。

寂しい想いをたくさんさせて、ごめん。

これからはもっとちゃんとする。

本当はそう言って頭も撫でてやりたかったけれど、今はひと言言うだけで精いっぱい。今出せるすべての力をふりしぼってなんとか「ごめん」とだけ伝えると、右手をにぎっていた力が強くなり、それ以上何も言うなと言いたげに唇をふさがれた。


両手はリオンの右手をにぎりしめているので、唇をふさいだのはアルティオの唇だ。

「何やってる。また息が止まったらどうするんだ」

しばらくして、アルティオの背後から呆れたような声が聞こえた気がするけれど、それが誰の声か聞き分ける前に、リオンは再び意識を失ってしまった。

次に目を覚ますとあたりは暗く、視界の端で暖かな火の色が軽やかに踊っているのが見えた。

秋の夜。冷えた空気を暖める暖炉の匂い。

寝台の縁に突っ伏して眠っているアルティオの髪から、ほのかにただよってくる花と果実の匂い。

それから膏薬。たくさんの薬草や薬石を調合した薬の匂いは自分の身体から。

――…生き返ったのか。

ようやく気づいたその事実をしみじみと噛みしめながら、手を伸ばして寝息を立てているアルティオの頭に触れる。

「リオン…、気がついたか？」

「…うん、でも…まだ、眠…ぃ」

身を起こして自分に覆いかぶさるように顔を近づけてきたアルティオに、なんとかそれだけ伝えて、リオンは再び眠りに落ちた。

次に目覚めたのは朝の光の中。眩しさに瞬きをくり返しているうちに、またしても眠りに落ちる。けれど今回は意識を失う前に、アルティオから口移しで甘い蜜湯を飲ませてもらった。

リオンは、わずかな覚醒《かくせい》と長い眠りを何度もくり返した。目覚めるたびに、アルティオが必ず側にいて手をにぎってくれていたので、不安に思うことは一度もなかった。

リオンがようやくはっきりと意識を保てるようになったのは、二重新月の戦いから一ヵ月半が過ぎた十一ノ月初旬のことだった。


「リオン、口を開けて」

アルティオに「あ～ん」と促されたリオンは、目の前に差し出された銀匙《スプーン》と、真面目かつ真剣な表情の〝対の絆〟を見くらべてから、素直に口を開けた。

口中にそっと差し込まれたのは、雪山羊《やぎ》の乳でやわらかく煮込んだ麦粥《むぎがゆ》だ。咀嚼《そしゃく》する必要はほとんどない。ほのかな甘みと滋養に満ちた旨味《うまみ》のあるそれをゆっくり嚥下《えんげ》すると、次が待っている。

アルティオはリオンに食事を摂らせることが、生まれてきた目的だとでも言いたげな真剣さで、皿の中の粥をすくい、リオンの口まで銀匙を運ぶ。

食事より先に、自分が眠っている間に何がどうなって、今のこの状況があるのか確認したかったのに、アルティオは氷青の瞳を冷徹に光らせ、「食べるのが先」と言って譲らない。

食事の介添えだけでなく、アルティオはリオンが目覚めたときから片時も側を離れず、顔を拭うための蒸し浴布《タオル》を差し出し、くしゃくしゃになった髪を梳かし、着替えを手伝ってくれた。いや、手伝うというより、一から十まで全部やってくれた。

そこまでされれば、ある程度予測はついたけれど、それでもやはり確かめずにはいられない。

「それで…、あの、エドワルドとは…？」

どうなったのか聞くのは怖い。けれどいつまでも避けては通れない。念のため、最悪の答を想定して身構えようとしたものの、覚悟が決まる前にアルティオが両耳をきつく斜め後ろに倒して、獲物を屠る前の狼みたいな表情を浮かべた。

「あの男は投獄された。その前に俺が、片腕を嚙み千切ってやったけど」

「え？　片腕、嚙み千切…？　え…!?」

リオンはあわてて起き上がろうとして、全身に広がった痛みに息を呑んで寝台に沈んだ。それでもなんとか声を出し、確認する。

「そんなことをして、アルの方こそ身体は大丈夫なのか？」

見た目は獰猛《どうもう》な大型肉食獣だが、聖獣は人に危害を加えることはしない。できないわけではないが、無理に人を襲うと、そのせいで病む。だから人同士の争い、戦争などには決して役に立たない。その比類なき戦力――鋭い牙と爪は魔獣を斃すためだけに存在している。

ただし、自分の身を守るためと〝対の絆〟に危険が及んだときだけは別だ。特に〝対の絆〟を守るためなら、相手の命を奪うこともある。

「本当は嚙み殺してやりたかったけど、イングラムとハルト、それにキリハと陛下にも止められてあきらめた」

リオンは目を丸くしてアルティオを見上げた。

その輪郭はやわらかくぼやけて、表情はおぼろげにしか判別できない。それでもアルティオがものすごく腹を立てていることは分かる。心の底から怒り、本気でエドワルドを憎んでいる。

　なぜだ。お前はエドワルドを本物の〝対の絆〟だと思っていたはずなのに。

「どうして」

「リオンを殺そうとしたからだ！」

　即座に返った答えの激しさが、理由のすべてを示していて、リオンはそれ以上何も訊けなくなった。

　自分が生死の境を別つ川《ステュイクス》に半分身体を浸しかけていた間に起きたできごとを、詳しく教えてくれたのは、翌日見舞いに訪れたエディン・レハールとロスタム・ロマイラだった。

「アルティオが君に対して不信の念を抱いたのは、エドワルドの周到な計画のせいだったんだ。暗示みたいなもので、幼いときに『リオンは偽物、本物の〝対の絆〟は自分』だって刷り込んだらしい」

「もちろんそれだけで聖獣の雛が騎士に不信を抱くわけはないから、リオンが魔獣研究に没頭しすぎてアルティオを放置気味だったという隙を作ったことが最大の原因だと思うけどな」

　そう言われて心から反省したリオンを、当のアルティオが弁護した。

「リオンは悪くない。俺がリオンを信じ切れなかったのがいけないんだ」

　弁護だけでなく、己の落ち度を殊勝に反省したので驚いた。

　リオンは、目覚めたときから一度も離さずにぎったままの手に力を込めて、アルティオの肩に頭を預けた。言葉で何か言うよりも、こうして態度で示した方が気持ちが伝わる。

　――アルは悪くないよ。僕がもっと注意しなければいけなかったんだ。

　リオンの心の声が聞こえたように、アルティオが空いている方の腕を伸ばして、もっと深く強く、ぴたりと寄り添うように抱き寄せてくれた。

「ごめん」

もう一度、きちんと謝られて戸惑った。

「…何が?」

君が謝らなければいけないことなんて、何かあったっけ…と首を傾げると、アルティオは愛おしげに、切なそうに目を細めた。

「クルヌギアの城塞で『臭い』って言ったこと」

「あ…」

「あれは完全に俺の八つ当たり。リオンは臭くなんかなかった。本当はすごくいい匂いで、くらくらして、油断するとまた襲ってしまいそうだったから、わざとひどいことを言って遠ざけた。——傷つけて、本当にごめん…ごめんなさい」

垂れた耳をいつも以上にぺたりと伏せ、許して欲しいと言われて、嫌だと言える人間がいるだろうか。

自分は無理だ。

「うん。いいよ。それより匂い…、今は大丈夫?」

リオンは空いている手を伸ばして、項垂れているアルティオの頭を抱き寄せると、しっとりとした手触りなのにさらさらな髪に触れながら訊ねた。

アルティオは顔を少し上げて鼻先をリオンの首筋に埋め、スンスンと鼻を鳴らしながら、

「——こうすると、かすかにだけどまだ匂う。すごくいい匂い…」

そう言ってぺろりと首筋を舐め上げる。

「こら」

くすぐったくて首をすくめると、アルティオはさらに唇を押しつけてリオンの首に吸いついた。

「アル…」

声に応えてアルティオが顔を上げ、花がほころぶように微笑んだ。

その笑顔が眩しくて、嬉しくて、リオンはアルテ

ィオの額にかかった前髪を梳き上げてやり、そのまま何度も頭を撫でてやる。幼い頃にし足りなかった分を補うように何度も、やさしく甘く。

　そのまま互いに額をくっつけて見つめ合えば、もう言葉はいらない。

　どう考えてもこのあと喧嘩をしたり、再び溝ができてすれ違う気配はない。それどころか、まるで恋人同士のような甘い空気に気づいたエディンがロシィを促して出て行った。

　ふたりきりになると、アルティオはしみじみとリオンの顔を見つめて「戻ってきてくれてありがとう」と礼を言い「早くよくなって」とささやいた。それから当然のように唇を寄せてきたので、リオンも疑問に思うことなく目を閉じて〝対の絆〟の唇接けに応えた。

XI　†　冬の花

治りかけた背中の傷がかゆい。

　掻こうと思って腕を伸ばしても、長い間寝たきりで過ごした身体は思ったように動かない。無理してからだをひねったとたん、ビキッと嫌な痛みが走り、寝台の上で悶絶《もんぜつ》していると、すぐ側で「呆れて言葉も出ない」と言いたげな溜息が聞こえてきた。

　おそるおそる顔を上げると、アルティオが腕組みして自分を見下ろしている。

「何やってるの」

「背中が、かゆくて」

　アルティオの反応は小さな溜息。けれど以前のような棘々しさはない。どちらかというと、甘やかされる前の合図のようだ。

「俺を呼べばいいだろ」

　言いながら、アルティオは慣れた動きでリオンを抱き上げた。背中の傷に触らないよう、横抱きではなく縦抱き。腿を抱いた左腕に腰を下ろす形で、右手で腰を支えられながら、リオンが腕を首にまわすと、アルティオは軽々とした足取りで部屋を出た。

歩きながら「背中のどこがかゆいんだ」と訊ね、リオンが真ん中のちょっと左側の…と説明すると、やさしい指使いでこりこりと掻いてくれた。

かゆみが引いていく心地良さとアルティオのやさしさに、リオンは溜息を吐いてうっとりと目を閉じた。

死にかけて眠り続けていた間に、アルティオはまた少し大きくなったような気がする。それに加えて、自分の方は痩せて薄くなったので、こんな大人が子どもを抱き上げるような運ばれ方になっている。

自分で歩けるよと、やんわり主張したこともあったけれど、一度自分の足で歩いて転び、傷口が開いたことがあったので、それ以来アルティオはリオンの訴えを右から左へと聞き流している。

短い廊下を進んだ突き当たりは両開きの扉になっていて、その向こうは谷間の湯治場。砂地に湧き出た温泉がある。あたりは一面、濛々《もうもう》と立ちこめる蒸気で白くかすんでいるが、時折り風が吹くと、さぁっと視界が晴れて湯治場を囲む灰白の絶壁、その上に広がる目に沁《し》みるほど青い空、絶壁の麓を彩る雪帽子を頂いた森の木々などが見えて、なかなか絶景といえる。

この湯治場は、古代の噴火口跡に湧いた温泉を利用して作られたもので、深い雪に覆われた外側の斜面を越え、ほぼ垂直に落ちる内側の絶壁を伝い降りるのは、人力だけではほぼ不可能。行き来するには聖獣の飛空能力がどうしても必要となる。

そのため、聖獣と騎士たちの温泉地として昔から利用されてきた。三百年ほど前からは金位《インペリアル》専用として、下位聖獣や騎士の立ち入りは制限されている。

帝都の宮殿や邸宅にくらべれば玩具のように小ぶ

りな別荘は、警護のしやすさと、滞在主の寛《くつろ》ぎを最優先に建てられていて、庶民出身のリオンとしては最初から落ち着ける環境だった。ただし、さりげなく置かれた調度品の取引価格を知らないがゆえの気安さではあったけれど。

使用人は五人。執事、厨房係、掃除、薪運びの下働きまで、全員武術の心得がある者が採用されている。それとは別に警護専門の護衛士が五人。それぞれ、ひとりで並みの相手なら十人は軽々倒せる技量の持ち主で、いざというときには自力で食糧を調達し、野外でひと月でもふた月でも生き抜くことができる猛者たちだ。

金位《インペリアル》すなわち皇族という時代が長く続いたので、当然この別荘は皇家が所有し管理している。

背中の傷がなかなかふさがりきらず、少しよくなったかと思うとじくじくと膿《う》み、そのたび熱を出しては周囲を心配させていたリオンのために、皇帝が「湯治に行って来い」と送り出したのがこの温泉だ。

皇家が所有してきただけあって、効能は抜群。最初のうちは一日三回、湯に浸《つ》かるたび猛烈に滲《し》みるし熱いしで、湯から上がる頃にはへとへとになっていたリオンだが、三日もすると傷がきれいにふさがりはじめ、七日が過ぎた今では、少し無理な動きをしても傷が開くことはなくなった。青と緑と紫に、どす黒さを加えた傷周辺の斑《まだら》模様も色が薄くなり、所々淡い桃色の肉が盛り上がりはじめている。

「ここのお湯はよく効くねぇ」

白く濁った湯をすくい上げて見つめ、しみじみつぶやいたとたん、頭上からはらはらと芳香を放つ花びらが舞い落ちて、ついでにアルティオの念押しも降ってきた。

「ここにいる間、根をつめた研究はなしだからな」

「――わかってる」

ふり向いて仰ぎ見ると、アルティオは花びらを撒《ま》き終わって空になった籠《かご》を脇に置いたところだった。

そのままぼんやり見つめるリオンの前でためらうことなく服を脱ぎ捨て、一糸まとわぬ姿で湯に入ってきた。獣型にならず人型のままなのは、リオンの世話をするためだ。

神殿に飾られた古代の神々の彫刻のように、完璧な肉体美を惜しげもなくさらして近づいてくる〝対の絆〟から、リオンは無意識に目を逸らした。同時になんとなく気後れして後退ると、その分距離をつめられ、首筋に顔を埋めて匂いを嗅がれた。

「そんなに、いい匂いがする…？」

「ああ」

アルティオは答えながら手のひらでリオンの側頭部を支え、逃げられないよう巧みに押さえながら、首筋と耳のつけ根に舌を這わせ、味わうように舐め上げた。

「……っ」

リオンは湯の中で自分の身体が小刻みに震えるのを感じた。特に身体の中心が痺れたように痛苦しくなる。怪我や病の痛みとは違う。もっと身悶えて、持て余すような痛み。

アルティオのこれは、前にはなかった癖だ。確か、三ヵ月前に無理やり抱かれたときからはじまった。

あのときのことを思い出すと、湯の底に沈んでそのまま溶けてしまいたくなるので、無理に意識を逸らして他のことを考えようとしても、首筋に吸いついたまま離れず、空いた手で髪をかき分け頭皮に触れたり、肩やわき腹を撫でるように触られるとどうしようもない。

「アル」

「ん？」

「アルティオ」

「ん」

「このままだと、逆上《のぼ》せそうなんだけど」

生返事をくり返していたアルティオがようやく顔を上げ、夢から覚めて、また別の夢を見るような瞳でリオンを見つめた。氷青色の瞳は蜜を塗ったように甘く輝いている。

リオンは逃げ場のない息苦しさに身動いだ。

湯がちゃぷりと音を立てて、小さな水しぶきが生まれる。

アルティオが腕をゆるめてくれたので、リオンは湯から上がって火照った身体を涼風で鎮めた。

温泉の縁には、横たわって指圧や精油を使った揉み療治が受けられるよう台座が設けられていて、周囲は玻璃板で囲まれ、温泉の湯気で温められるようになっているので、湯冷めする心配もない。

少しだけ息が整うのを待っていたように、あとから上がってきたアルティオがリオンの背後に立ち、ひょいと抱き上げて台座に運んでしまう。

リオンはそこでアルティオに身体と髪を洗われ、たっぷりとした湯で泡を流されたあと、うつ伏せに押し倒された。台座の上にはやわらかくて分厚い浴布《タオル》が敷かれているので、冷たくも痛くもない。

ただし身体の中心で息づく自分自身が、心地良さとアルティオの手指の刺激でいささか反応しはじめているので、それ以上苦しくならないよう軽く腰を浮かせる。

その動きに触発されたように、背後に覆いかぶさってきたアルティオが背中に体温が伝わる位置で、人型から獣型に変化した。

両脇についていた両手が獣の前肢になり、背中にはふさふさとした毛皮が触れる。背筋をぞくぞくと走り抜ける感触に思わず声を上げてしまう。

「アル…！」

「くぅるる？（うん？）」

音だけ聞くと妙に可愛い声を出して返事をしているが、そのあとに続く行為は淫靡《いんび》と言っていい。

人型のときの何倍も大きな舌で、背中を舐め上げられるのだ。

「ん…んぅ…――っ」

尾骶骨《びていこつ》から背筋を伝って這い上がった痺れが後頭部で弾けて頭全体に広がり、額のあたりがぼうっとなってまともにものを考えられなくなる。

『いい声だな』

「…馬鹿っ」

思わず洩れた声を揶揄されて、こちらも遠慮なく言い返してしまう。リオンの小さな罵倒は、笑うような「うるる」という喉鳴りであしらわれ、再び大きな舌で背中を舐め上げられた。

聖獣の唾液には、魔獣から受けた傷と穢れを癒し清める効果があるので、アルティオはリオンが死にかけている間も、目覚めて身動きできないときも、毎日せっせと舐め清めていた。

毎日、何度もくり返されているのだからいいかげん慣れても良さそうなのに、慣れるどころか傷が癒えて身体が楽になるにつれ、肩や背中はリオンの身体の中で一番敏感な部位になってしまった。今では、吐息が触れるだけで動悸《どうき》がはじまる体たらく。

「アル…、アルティオ」

もういい。それ以上されると変な気持ちになると言いかけた唇を、うしろから覆いかぶさってきた長い鼻先で突《つつ》かれ、遠慮のない舌遣いでぺろりぺろりと舐められた。

「こぉーら」

黒々と湿った鼻先を、手のひらでやんわり包むように押し戻すと、その手と指の間をまた舐められる。

くすぐったさにクスクス笑ってまぶたを開けると、獣型から人型に戻ったアルティオが真剣な表情でリオンを見つめていた。

「どうした？」

「リオンの中を感じたい」

なんのことだと首を傾げ、しばらくしてからぼやけた視界に入ったアルティオの中心に気づいて意味を理解する。とたんに心臓が体当たりされたようにドンと弾け、次に強風を受けた旗のようにバタバタと音を立てて息苦しくなった。

「中…って、アル、待て――」

そんな直截《ちょくせつ》的な物言いを、いったいどこで覚えてきたんだ。僕はそんなふうに育てた覚えはない。

だいたいどうして、聖獣のくせにそこをそんなにしてるんだ。おかしいだろう。キリハ様に言って調べてもらった方がいい。何か病気とかだったら――。

言いたいことは山ほどあるのに、声に出して言う前に、アルティオが間近に迫って抱き寄せられ、唇接けで封じられてしまった。

――待て。待て待て、ちょっと待て。

このままだと三月前の再現になる。

「リオンは、嫌なのか？　痛かったから？　気持ちよくなかった？　でも感じていたはずだ。射精だってしたたし」

「ばっ…、しゃ……とか言うな！」

そんなきれいな顔で、さらりと言うことじゃない。

「どうして。ここをこうすると気持ちよくなって、白いのが出る。女の人の中に蒔くと子どもができる。でも俺は聖獣《クー・クルガン》だし、雄《オス》だから男のリオンに注いでも子どもはできない」

アルティオは淡々と事実の確認をしながら、口調とは裏腹に熱心な手つきでリオン自身を包み込み、親指と人差し指を使って敏感な部分を刺激してきた。

「――…あ…ッ」

アルティオの腿に腰を下ろす形で抱きかかえられ、背後から伸びてきた手でやわやわと撫でこすられる。

「あっ、ぁ…あ、あぅ」

自分の中心が熱く硬くなるにつれ、腰に当たっているアルティオ自身もどんどん存在感を増してゆく。

そのことにいたたまれない何かを感じながら、同時に期待のようなものも生まれる。

男でありながら男…雄《オス》に、そして自分が雛から育てた子ども――肉体的にはもう成獣《おとな》だけれど――に求められるという二重の禁忌を犯すことに、罪悪感はある。けれど、罪悪感は背徳の愉悦を呼び寄せ、アルティオの低く甘い声で名をささやかれるたび、胸の中で弾けて愛しさに変わる。

「俺にこうされるのは、嫌？」

腰がビクビクと跳ねる寸前で手の動きを止め、もう一度訊ねてきたのはわざとか、天然か。

この状態で何かを訊ねられて、まともな判断が下せるわけがない。

「嫌なら止めるけど」

「い…やじゃ、ないっ…から、続け…」

閉じていた目を開けると、目の前にアルティオの満足気な顔があった。

――策士め…！

いつの間にこんなにずるいおとなになった。雛の頃はあんなに素直で可愛くて、純真で清らかだったのに…！

胸の中で誰に向けるわけでもない恨み節を炸裂《さくれつ》させている間に、何も考えられない一瞬が訪れた。

「あっ…、ぁう…あ――…」

アルティオの肩に後頭部をこすりつけ、仰け反りながら彼の手の中に熱い蜜を放った。

目眩と貧血が同時に起きたように、身体が動かなくなる。その隙を狙ったように抱き上げられ、台座の囲いから連れ出されて再び湯に浸された。当然、アルティオも一緒に。

やわらかな砂岩の壁に刻まれた階段状の椅子に、腰を下ろしたアルティオの腿をまたいで向かい合った段階で、彼が何をしようとしているのか、自分がこれからどうされるのか予想はついていた。

湯の中に戻ったのは、まだ背中の傷が治りきっていないリオンの負担を軽くするため。湯の浮力を借りなければ、リオンが耐えきれないと分かっていても、せずにはいられないのは若さゆえか。

それとも――。

「アル…、君はどうして、僕にこんなことをしたがるように…なった？」

聖獣はこの世界で生殖行為を行う必要がない。だから自ら発情しない。けれど誰かの手で刺激してやれば、あとは人と同じように興奮する。

でも三ヵ月前も今回も、リオンはアルティオを直接刺激した覚えはない。それなのに、

「どうして」

両脚を広く拡げられ、吐精したばかりの前を左手で慰められながら、右手でうしろを探られて、思わず身を震わせた。

そのままうしろに逃れようとして前に引き寄せられ、動けないよう腰を抱かれて後孔《こうこう》に指を挿し込まれながら、どうしてともう一度訊ねると、アルティオがわざと拗ねた口調で耳朶《じだ》を嚙んだ。

「どうして、だって？　俺こそ『どうして』って訊きたい。なぜ分からないのか、その方が不思議」

リオンは頭がいいはずなのに、こういうことに関しては本当に鈍いんだなと、しみじみ言われて反論しかけたが、うしろを解《ほぐ》す指の数が二本に増えたせいで息を吞み、声が出せなくなった。

「ん…っく…、ん、ん…んぅ…っ」

二本の指が淫猥《いんわい》な動きで中を探りながら刺激する。形のいい指の腹が、入り口の浅いどこかをかすめた瞬間、リオンは背筋を反らしてかすれた悲鳴を上げた。反りすぎて傷に響かないよう、すかさず背中に大きな手のひらが添えられ、やんわりと胸に抱き寄せられる。

目の前に迫ったきれいな鎖骨に、リオンは思わず

歯を立てた。

「いいね、それ。すごくそそる」

アルティオの反応は余裕綽々《しゃくしゃく》。互いの年齢差を考えると、悔しがればいいのか感心すればいいのか、判断がつかないまま、かすかに紅くなった嚙み痕を舌先でぺろりと舐めた瞬間、内腿のきわどい場所に当たっていたアルティオ自身がびくりと跳ねた。

「挿《い》れるよ」

アルティオは宣言をして、リオンの腰を浮かせた。そのままゆっくりと、鎌首をもたげる自身にリオンの後孔を重ねてゆく。

入り口がアルティオの形に広げられ、閉じられなくなる。こじ開けられて中を曝かれてしまう。

一番恥ずかしい姿をさらして、なにもかもさらけ出して、自分が育てた子どもの雄《オス》を受け入れる。

閉じたまぶたが熱くなり、涙がにじんだ。

「アル…アルティオ、好きだよ。君が大好きだ」

逞しく成長した肩に腕をまわして首筋に顔を埋めると、跳ねた髪をやさしくかきまわされながら、

「俺はリオンを愛している」

耳元でささやかれ、耳朶を甘嚙みされた。

言葉が光の粒のように胸に沁みて広がり、アルティオ自身を受け入れた場所がひくりと蠢く。それに反応してアルティオが腰を使いはじめた。

耳元で何度も愛しているとささやかれ、唇接けを受けた。耳に、こめかみに、額に頬に、そして唇に。

上唇を舌でやさしくなぞられてから、下唇をやさしく食《は》まれて吸われた瞬間〝誓約の儀〟のときを思い出す。

たぶんアルティオも思い出したのだろう。まるであのときを再現するように「ちゅう…」と小さな音を立てて何度も吸う。唇が痺れて腫れぼったくなるほどくり返されたあと、舌を絡めて甘い蜜を舐め取るように口腔に愛撫を受けた。

そうしている間も、下からすくいあげるように何度も突き上げられ、湯の表面が小波立つ。自分たちを中心に波紋が広がり、縁に当たって返ってくる。

美しい紋様を描き出す小波の中で、リオンはアルティオの愛を受け入れ、アルティオの手の中に二度目の吐精をして眠りに落ちた。


目を覚ますと夜中で、寝台の中だった。

となりでは獣型のアルティオが「くぉう、くぉう」と独特の寝息を立てている。この音は眠りが深い証拠だ。

リオンは目を閉じてもう一度眠ろうとしたが、よほどぐっすり眠れたのか、すっきりと目が冴えて、眠気は訪れそうにない。

しばらく美しい幾何学模様が描かれた天井をながめてから、アルティオを起こさないよう注意して身を起こした。

「いてて…」

昼間のアレで節々が痛い。背中の傷も少し熱を持っているようだけど、気分は悪くないし身体も軽い。何よりも胸の中が明るく温かい。

静かに寝台を降り、厚くて軽い上着を羽織ってとなりの居間に行く。居間の暖炉は火がついたままで、部屋の中は上着がなくても大丈夫なくらい暖かい。

リオンは窓辺の長椅子に腰を下ろして灯りを点し、脇卓に置かれたままの本を手に取った。二日前からようやく読書の許可が下り、さっそく読みはじめた戦記録だ。

帝国暦五一七年三ノ月の戦い。

参戦した軍勢の詳細。記録し得た魔獣の数と種類。死者数。当時の司令官の言葉。悔恨と希望。

文字は五〇〇年の彼方からリオンに語りかけてくる。かすかなその声に耳を傾け、紙面に意識を向け

るとあっという間に集中して、他には何も聞こえないし見えなくなる。

「リオン」

名前を呼ばれてハッと顔を上げると、となりに座ったアルティオが、肩に手をかけて自分の顔をのぞき込んでいた。

また怒られる。

「あ…、いや、あの、これは」

あわてて本を閉じながら、無駄な言い訳を探して目が泳ぐ。何度もくり返して身についた条件反射だ。

脇卓をさえぎる場所にアルティオが座っているので、閉じた本を置くことも隠すこともできず、持て余していると、アルティオが手を伸ばして本を取り上げた。

「…あ、う…、ごめん」

素直に謝ると、アルティオは苦笑しながら、持ち上げた本を開いてリオンに戻した。

「う…え？」

「いいよ。好きなだけ研究するといい。もう文句を言ったりしないから」

「――どうして」

だってあんなに嫌がってたのに。いったい何があったんだ。

驚いて顔をじっと見つめると「やっぱり鈍い…」とつぶやかれ、溜息を吐かれた。その溜息はリオンに対するものではなく、アルティオ自身に向けられたものだ。

アルティオは身を乗り出すように腿に腕を置き、開いた膝の間で両手をにぎりしめた。その拳を見つめながら、覚悟を決めたように口を開く。

「リオンを、失うより辛いことなんてない…って、思い知ったから。俺はリオンが生きていてくれればそれでいい。生きて、好きなことをして幸せを感じてくれればもっといい。リオンが幸せなら、俺も幸せだから」

　そう言ってリオンに顔を向け、微笑んだ。さらに、物わかりよく言葉を続ける。

「魔獣研究は、家族の仇を討つためだろう？　俺が文句を言うことじゃない」

　前を向き、少し寂しそうにそう告げたアルティオの横顔は気高く美しい。この距離なら眼鏡がなくてもはっきりみえる。などと考えてから、彼が言った言葉の意味を理解して、あわてて否定した。

「――ちがう…！」

「え？」

「いや…違わないけど、でも違う！」

「何が？」と目で問われて、誤解を解くための言葉を慎重に選ぶ。ここで間違ってまたすれ違うのはもうごめんだ。

「僕が、魔獣研究をはじめたのは、もちろん家族や友人を失った痛手を乗り越えるためだし、仇を討ちたい気持ちもある。でも、何よりも、どうしても、魔獣殲滅の方法を突き止めたいと思った理由は、アルティオ、君を失いたくないからだ」

「――…俺を？」

「そう。君は繭卵から孵って僕の手の中で鳴いた。そして誓約を交わしたとたん僕の手の中で、そのまま安心しきって眠ったんだ。――あの瞬間、僕は僕の命に代えても君を守るって決めた。そして同時に、失いたくないって心の底から思ったんだ。愛する者を魔獣のせいで失うのは、もう嫌だ。絶対に嫌だ…って」

　リオンはあの日と同じ、雛を抱き上げるように広げた両手を見つめて決意を語ると、驚いて目を瞠っているアルティオの顔を見上げた。

「アルティオ。僕は君を失いたくない。他人からどんな誹《そし》りを受けようと馬鹿にされようと、僕は君を失いたくないんだ」

「俺の…ため？」

「そうだよ」

他にどんな理由があるって言うんだ。

「——もしかして、言ったことなかった？」

「リオンの口からは、……たぶん」

リオンはアルティオを見つめた。それから、若干の苦い気持ちを呑み込んで言い添える。

「たとえ、親和率が四割しかなくても、そんなの関係ない。僕はアルの〝対の絆〟だ。君を一生愛して守り続けるよ」

リオンの宣言をとろけるような表情で受け止めていたアルティオが、ハッと何かに気づいたように目を瞠った。

どうしたんだろう、愛の告白はこれがはじめてというわけじゃない。いったい何に驚いたのか。

「アル？」

どうしたんだと、指先を伸ばして頬に触れると、その手をつかんで引き寄せられた。

「エディンかロシィに聞いてない？」

「——何を」

アルティオの腕に抱かれ、下から見上げる形で首を傾げると、アルティオは一瞬遠くを見つめて何か口の中でつぶやき、それから視線を戻して、聞き間違いのないはっきりとした声で告げた。

「四割って、嘘」

「へ？」

「親和率が四割って宣言した、あの〝見者〟そのものが偽物だった。だから四割っていうのも嘘。まったくのでたらめ」

「え…え!?」

思わずガバリと飛び起きそうになり、とたんに走り抜けた傷の痛みに顔をしかめると、アルティオが大きな手のひらで背中を支えて起き上がらせてくれた。

「そう…だったんだ」

「ああ」

「じゃ、本当は何割――…あ、いい。聞きたくない。何割でも関係ないから」

あわてて手をふり発言を撤回するリオンに、アルティオは悪戯めいた笑みを浮かべた。

「ふうん」

「なに…、アルは知ってるの？」

「うん」

余裕のある表情でうなずかれると、宣言を翻して知りたくなった。我ながら煮凝りよりもやわらかい決意だ。

「教えて、本当は何割だった？」

「本当は」

アルティオはそこで言葉を切り、リオンの唇に人差し指をそっと押しつけて続けた。

「リオンから俺に唇接《キス》けしてくれたら教えてやる」


リオンは目を見開いてアルティオを見つめ、それからにっこり笑って顔を近づけた。

自分の唇に触れていた指をつかんでペロリと舐め、それからゆっくりとアルティオの唇に自分の唇を重ねた。そのままどちらともなく手を伸ばして指を絡ませ合い、額をくっつけて笑い合う。

心ゆくまで笑ってから、ふたりはもう一度唇接《キス》けをした。今度はさっきよりも深く、長く。

眼鏡の向こう側

帝国暦一〇〇八年十一ノ月下旬。

湯治《とうじ》を終えたリオンを背に乗せて、アルティオは帝都の冬花《とうか》宮に戻ってきた。

先触れとして湯治場で警護を務めていた五名の護衛士のうち、ふたりがすでに到着しており、家令のモルトンや侍従のソレルなどと協力して不審者の来訪がなかったか、毒物や凶器などの不審物が隠されていないかを調査ずみだ。さらに離宮の外縁には、病み上がりの金位《インペリアル》ノ騎士とその〝対《つい》の絆《きずな》〟の安全を磐石《ばんじゃく》なものにするべく、選《え》り抜きの警護士たちが配置されている。

人選も手配も皇帝が自ら行い、他者の陰謀《いんぼう》が紛《まぎ》れ込む危険を極力排除してある。

安全確認と警備体制が整った冬花宮に降り立ったのは、離宮の主であるリオンとアルティオの他に、残りの護衛士三名と、彼らの搬送と護衛を兼ねて湯治場まで迎えに来てくれた同期の金位《インペリアル》仲間、イングラムとエディン、アインハルトとロシィたちだ。

皇帝は迎えに銀位《シルヴァ》を派遣するつもりだったが、二騎のインペリアルとふたりの騎士が自ら立候補してくれたので、任せることにしたという。

皇帝陛下とインペリアル・キリハへの挨拶は翌日でいいという達しがすでに届いているので、ふたりはイングラムたちに礼を言って別れたあと、ひさしぶりの我が家へ足を踏み入れた。

二ヵ月半ぶりになる冬花宮は、暖かく居心地よく主の帰還を出迎えてくれた。家令のモルトンは涙ぐみ、侍従のソレルはこらえきれずに涙をこぼしてからあわてててぬぐい、晴れやかな笑顔でリオンの生還を喜んでいる。

大驅獣型《たいくじゅうけい》を解かず、リオンを背に乗せたまま居間にやってきたアルティオは、そこでようやく身を伏せてリオンが自分の足で床に降り立つのを許した。

自分でも過保護極まれりとは思う。けれど〝対の絆〟を失いかけた聖獣《アルティオ》に対して周囲が強く言えないのをいいことに、甘やかしまくっている。

　リオンが降りると、すぐに待機していた従僕たちがアルティオに群がって騎乗帯を外しにかかった。

　クルヌギア城塞の従官たちほどではないが、初陣から二年も経《た》てばそれなりに手際はいい。

　騎乗帯が外れると、アルティオづきの従者マーシュが幕布を広げるのも待たず人型に戻り、堂々と裸体をさらして服を着込んだ。

　その間、一時もリオンから視線を外さないアルティオとは対照的に、リオンはアルティオが裸体をさらした瞬間視線を逸らし、わざとらしく窓辺に寄って庭をながめるふりをしていた。

　その耳が色づいた林檎《りんご》のように赤くなっているのを見て、自然に笑みが浮かぶ。最後に上着を無造作に羽織って髪をかき上げ、リオンの背後に立ったとたん、めずらしくこちらの意図を察したらしい。


「モルトン、お茶の用意をお願いします。それから僕たちが留守にしていた間に届いた手紙や官報、時事報紙を持ってきてください」

　リオンは家令に頼みながら、さりげなさを装って窓辺を離れ、居間に置かれた長椅子《いす》のひとつに腰を下ろした。それから自分のとなりをポンと手で叩《たた》き、アルティオに「おいで」と目で示す。子どもの悪戯《いたずら》を叱《しか》るような表情をわざと浮かべて。

　アルティオはリオンに示された場所より、指三本分ほど間をつめて腰を下ろし、さらに身体を傾けてリオンの肩に頬《ほお》をこすりつけた。

「こら。マーシュが驚いてるだろ」

　マーシュだけでなく、手紙と官報と時事報紙の山を抱えて現れたソレルも、召使いが用意した茶器一式を受けとってふり向いたモルトンも、目を丸くしている。皆、口には出さないが、内心の声は手に取るように分かる。

『二重新月の戦いに出陣する前は、崩壊寸前まで仲が険悪になっていたのに、仲直りできたんですね』『よろしゅうございました』『安心しました』

　まあそんなところだろう。

　アルティオはエドワルドによって歪《ゆが》められ、失われた蜜月《みつげつ》な日々を取り戻すべく、さらに一層ぴたりと身を寄せ、リオンの腰に腕をまわした。

　リオンは口では「こら」とたしなめながら、手ではアルティオの頭を撫《な》でているので説得力はない。そのまま身体をくっつけ合ったまま、アルティオはリオンと一緒に、帝都を留守にしていた間の情報確認作業をはじめた。

　リオンは魔獣《まじゅう》研究所から届いていた報告書に目を通し、さっそく気になった点を書き留めはじめた。

　アルティオはそれを横目で見つつ、時事報紙をぱらぱらとめくって記事を改める。

　前もってイングラムやハルトに教えてもらっていたものの、やはり自分の目で見ないと安心できない。

　ふた月半分の紙面をざっと確認し終わると、ようやくほっと息を吐いて紙束を卓上に放り出した。

「――本当に、だいぶ沈静化したんだな」

　空いた手で茶杯を持ち上げ、喉《のど》を潤《うるお》しながらつぶやくと、モルトンがおかわりを注ぎながら「はい」とうなずいた。神妙な表情を保とうとしているが、嬉しそうなのは伝わってくる。

「リオン様への不当な噂《うわさ》を否定する記事が、次々と書かれるようになったこともあるのですが、それよりも、これまで話題にならなかった魔獣迎撃戦への貢献…、特に先の二重新月の戦いでの御活躍ぶりが、魔獣迎撃軍内で大々的に話題になったことが大きく――」

「活躍…って」

　それまで報告書に没頭していたリオンがめずらしく自分の話題に気づいて顔を上げ、モルトンを見つめて小首を傾げた。

「誰が？」

「リオン様です」

「僕？」

「はい」

リオンはパチリと瞬きをして、モルトンからアルティオに視線を移す。そうしてもう一度「僕？」と、確認するように自分を指さしながらアルティオを見上げた。

アルティオは帝都に戻る道すがら、イングラムとハルトにあれこれ話を聞いていたのでだいたいは把握《はあく》している。だから「そうだ」とうなずいて、モルトンが説明しやすいよう先をうながした。自分の口から聞くより、リオンが信じやすいと思ったからだ。

——俺が言っても、慰めてくれるんだなとか、惚《ほ》れた欲目で励ましてくれてるだけだろうとか、本気にしなさそうだからな。

「二重新月の迎撃戦で、リオン様が予測して注意をうながした魔獣の性質と攻撃種類が、高い頻度で的中していたそうです。リオン様の忠告がなければ、あの戦いでの損耗《そんもう》率は倍になっていたと、金位《インペリアル》の皆さまはもちろん、銀位《シルヴァ》、紫位《ヴィオレット》の方々まで口をそろえて証言してくださり、大衆紙に無責任な記事が載るとすぐに反論記事が出るようになったのです」

「そう…だったんですか」

リオンはモルトンからアルティオに視線を戻し、はにかんだ笑みを浮かべた。

「アル、今の聞いた？　僕の予測が戦いの役に立ったって」

「ああ」

「よかった。本当によかった。これでようやく君が『金位《インペリアル》のくせに』って言われなくてすむようになる」

「もう誰も言わないさ、そんなこと」

「うん。アルティオ、君のためはもちろんだけど、それだけじゃなく他の聖獣や騎士たちみんなの命を、ひとつでも多く救う役に立てて…本当によかった」

心の底から嬉しそうに、磨《す》り硝子《ガラス》の器の中で火を点《とも》したような笑みを浮かべるリオンを見て、こんなに喜ぶなら話を聞いてすぐに教えてやればよかったと反省した。

「そうだな」

「金位ノ騎士《インペリアル》として、これからもっとがんばらないと」

「そう…だな」

前向きなリオンに一抹の不安が過ぎり、返事が一瞬つまづく。アルティオの予感は的中し、リオンは「よし」と気合いを入れて立ち上がった。さっそく書斎に籠もって本の山と格闘するのかと思ったのに、リオンのやる気は予想外の方向に発揮された。

「ちょっと身体を動かしてくる」

「――――え？」

「剣技は絶望的でも、せめて体力はつけないとね」

確かに。死にかけて生き返り、療養する過程で、もともとそれほど豊富でなかった筋力は衰《おとろ》え、そこそこあった体力もごっそり削られてしまった。

その自覚があるのだろう。

リオンは剣を持ち上げて居間を出た。

背中と肩の傷がきちんとふさがるまでは、目を光らせて無理をさせなかったけれど、さすがにこれ以上甘やかすわけにはいかない。アルティオは、訓練室に向かうリオンのあとを追いかけた。


久しぶりに身体を動かして疲れたのか、リオンは夕食のあとすぐに寝室に引き上げた。それでも、本を忘れずに持ち込むところは相変わらずだ。

家令のモルトンに、リオンの怪我《けが》がどれくらいひどかったか、体力を戻すのに必要な食事の献立や、痛みがぶり返した時に飲む薬湯などについて説明してから寝室に入ったアルティオは、読みかけの本に頰を押しつけて寝入ってしまったリオンを見て、たまらない気持ちになった。

深くこみ上げる感情の紐《ひも》を一本一本より分けてみれば、保護欲と独占欲、安堵《あんど》に不安、慕情や肉体的な欲望といった様々なものが見えてくる。

アルティオは静かに上掛けをめくってリオンの隣に身を横たえ、首の下に腕を入れて軽く肩を抱き寄せた。湯上がりの髪に鼻先を埋めてリオンの匂《にお》いを深く吸い込むと、下腹部に甘い疼《うず》きが生まれる。

それがなんなのか、自分はもう知っている。

問答無用で理性を失わせるこの匂いは、残念ながらもうほとんど薄まって、今ではないに等しい。

けれど欲望のかき立て方は修得ずみだ。

アルティオはわずかに顔を上げ、リオンの寝顔を見つめた。無防備な唇に指先で触れてから、掛けっぱなしの眼鏡を外して自分の唇を重ねる。歯列を割って舌を絡《から》ませても、リオンが目覚める気配はない。

久しぶりに剣を持ち、少しふりまわしただけで息が上がって腕が震え出すほど、リオンの体力は落ちている。それでも基礎のかまえをくり返し、勘を取り戻そうと、懸命に努力する姿をきちんと見たのは初めてだったかもしれない。

勇退した歴戦の元勇士ラドニア公の豪快さや皇帝ヴァルクートの鮮やかな苛烈《かれつ》さ、エディンの正確さやロシィの素早い剣さばきなどとは比べものにもならないが、リオンの動きにはたゆまぬ努力の跡《あと》がうかがえた。

これまでアルティオは、他の騎士たちとくらべてリオンの剣技が劣《おと》っているのは努力が足りないからだと決めつけて、文句ばかり言っていた。それが間違いだったことに気づいた。

リオンは努力してきたんだ。

素質のある人間なら、一回見ただけで覚えられる身のこなしを、十倍の時間と手間をかけて身体に叩き込んできたのだろうに、そのことをリオンは一度も言い訳に使ったことがない。アルティオが「もっと努力しろ、鍛錬しろ」と文句を言うたび、申し訳なさそうに「ごめん」と謝るだけで。

——俺はリオンの何を見ていたんだろうな…。

アルティオは深く眠り込んで反応のないリオンの唇を解放してやった。身体の芯《しん》は甘く疼いてリオンを欲しがっているけれど、疲れきって熟睡している相手を襲うほどこらえ性がないわけではない。

覆いかぶさるようにしていた身体を、再びリオンの隣に横たえて天蓋《てんがい》を見上げる。それから手に持っていた眼鏡を思い出して目の前に翳《かざ》してみた。

裸眼で見るより小さく遠く、彎曲《わんきょく》して見えるふたつの丸い世界に、昔の記憶が浮かび上がる。

雛《ひな》の頃、今と同じように眼鏡をかけたまま眠ってしまったリオンのとなりで目を覚ましたアルティオは、リオンの顔から眼鏡を外して水晶盤《レンズ》をのぞき込んでみた。見えたものは今と同じ、奇妙に小さく歪んだ世界。

——こんなんで、リオはちゃんとぼくの顔が見えてるの…？

不安と不思議が半々のまま、眼鏡《これ》を通して見ているリオンの世界はどんなものなのかと、ぶかぶかのつるを耳になんとかひっかけて起き上がってみた。それだけで視界が揺れてくらくらした。

そのまま寝台を降り、ぼやけてゆがんでぐるぐる揺れるリオンの世界を味わいながら歩いていたら、まるでリオンのように、何もない所でつまずいて転んでしまった。

小さくて軽いアルティオの身体は厚い絨毯《じゅうたん》に受け止められて、怪我などひとつもなかったが、転んだ拍子に落ちた眼鏡は、その上に倒れたアルティオの身体に押し潰されて壊れてしまった。

「うぁ…っ！」

自分の失敗に気づいた瞬間、変な声が出た。

その声は小さかったはず。けれど異変に気づいたリオンはすぐに目を覚まし、床に座り込んだアルティオの側に、文字通り寝台を飛び降りてやってきた。

「アルティオ！」

血相を変えたリオンの声に、叱られると首をすくめた瞬間、

「怪我は!?　割れた水晶盤《レンズ》で手を切ってないか？どこも痛くない？」

リオンは両目をぐっと細めて、額がくっつきそうなほどアルティオの両手や頬に顔を近づけた。

壊れた眼鏡のことなど少しも気にしてない。今、リオンの頭にあるのはアルティオが怪我をしてないかどうかだけ。険しい表情は、自分を心配しているからだ。額や目元、顎《あご》や首、それから身体の隅々まで怪我の有無を確認されて、何も問題ないと分かると、心底ほっとしたというのが伝わってくる溜息《ためいき》と一緒に強く抱きしめられた。

「よかった…」

悪戯したら駄目じゃないかと叱られていたら、たぶん泣いたりしなかった。けれど心配されて、疑いようもなく愛されていることが分かった瞬間、涙がぽろりとこぼれ落ちた。

「め…めがね…がっ」

「うん？」

「こわ…こ、わ…し…、ご、め…ん…っ」

眼鏡がないと、リオンがほとんど何もできなくなるのを知っていたのに。困ると知っていたのに。

前に一度、本ばかり読み耽《ふけ》って自分をちっともかまってくれないことに焦《じ》れて、眼鏡を隠したことがある。リオンはすごく困った顔で探しまわったあと、見つからないなら仕方ないとあきらめて新しい眼鏡

を注文した。その日一日、リオンは紙面に顔をくっつけて本や書類を読み、離れた場所を見るときは、眉間《みけん》を巾着《きんちゃく》の口のように皺《しわ》くちゃにしていた。

　そのせいで夕食時には頭痛を訴え、モルトンに薬湯を調合してもらって飲みながら、それでも古い記録の紙束に目を通そうとする姿を見て、さすがに黙っていることができなくなり、アルティオは自分の悪戯を自白した。隠した眼鏡を差し出すと、珍しく恐い顔をしたリオンに「それはいけないことだ」と叱られ、モルトンにはリオン以上に恐い顔でこってりと説教された。

「ごめ…っな…さ…」

　壊してごめんなさいと、謝ろうとして口を開くたびにしゃっくりが出てうまくしゃべれなかった。

　泣きたくないのにぼろぼろこぼれ落ちる涙を指の背でぬぐい、まばたきをすると、目の前にリオンのやさしい笑顔が見えた。

「大丈夫だよ」

「でも…っ」

「アルは眼鏡の向こう側がどんな世界なのか、見てみたかったんだろう？」

「ど…」

　どうして分かった？

　驚いて目を瞠《みは》ると、リオンはアルティオを「よいしょ」とかけ声をかけて抱き上げ、寝台の中に連れ戻しながら教えてくれた。

「目が覚めたらとなりにアルがいなくて、びっくりして床を見たら僕の眼鏡を顔にくっつけて、楽しそうに歩いているのが見えたから」

　ぼやけて表情は見えなくても雰囲気で分かるんだよと言われ、くしゃくしゃと頭を撫でられた。

「危ないと思って駆け寄る前に転んじゃったから、心臓が止まるかと思った」

「ごめん…なさ…い」

「うん」

叱られもせず、怪我がなくてよかったと頭を撫でられる自分が情けない。だからなかなか顔を上げられなくて、ぐずぐずと鼻をすすっていると、

「明日、一緒に街の眼鏡店に行ってみようか」

垂れた片耳を持ち上げられ、内緒話のようにささやかれた。

「……！　うん！」

リオンと一緒に出かけられると思った瞬間、ぱっと顔を上げて勢いよくうなずいた。

その変化があまりにも鮮やかだったせいなのか、リオンはちょっと目を瞠ってから、何やら反省するような表情を浮かべたのだった。

――あれは、俺のこと放ったらかし気味にしてたって気づいた顔だよな。そのわりに、以後も放置されることが多かったのが、諸々の原因になったわけだけど…。このあたりで俺から目を離しすぎだって、もっとちゃんと自覚してたら、エドワルドの糞野郎につけ入られずにすんだのに。

「……違うな。やっぱり俺が、リオンをもっと信じていたらよかったんだ」

以前のようにリオンを責める代わりに、アルティオは自分の未熟さを反省した。そうして、昔はぶかぶかだったのに今は小さくなってしまったリオンの眼鏡をそっとかけてみた。

分厚い水晶盤《レンズ》越しの世界は、相変わらずぼやけてくらくらする。けれど昔と違い、これからは同じ未来を見つめて生きていける。

今はそれが、何よりも嬉しい。

しみじみとした幸福感に包まれながら、アルティオはリオンを抱き寄せて目を閉じた。

あとがき

＊内容にネタバレが含まれますので、本編をお読みになってからご覧ください。

『代償』または『モフモフ』または『聖獣』シリーズ第五弾をお届けします。

前作（『彷徨者《さまようもの》たちの帰還～守護者の絆～』）の聖獣攻に続いて、今回も攻が聖獣（モフモフ）であります。そして世界観の特性上、モフモフ攻＝歳下攻です。しかも両手に収まる小さな頃から手塩にかけて育てた可愛い可愛い我が子同然のモフモフが、いつの間にか自分より大きくなって、態度も大きくなって、上から目線でいろいろ文句言いながら迫ってきたりする、究極の歳下攻です。そして受の騎士はヘタレです。ヘタレですが芯はすごく強くて、偏っているけど才能もあるヘタレです。属性を表記するなら『オレ様攻×ヘタレ受』でしょうか。ちゃんとそうなっているか心配ですが、私はそのつもりで書きました。書いていてすごく楽しかったです。

そのわりにいつも原稿がぎりぎりで、各方面には本当に申し訳ないと反省しております。すみません。次はもっと余裕ができるようにしたいと…いつも思っているのですが…。

そんなわけで、今回の萌えポイントである『瓶底眼鏡』を含め、きゃわわな雛時代から成長してオレ様炸裂になった聖獣アルティオや、ぼさぼさ頭が素敵なリオンのキャラクターを適確につかんで描いてくださった葛西《かさい》リカコ先生、本当にありがとうございます。お仕事をご一緒させていただく度に思うのですが、本文やプロットでは直接説明していないはずの象徴的な小物や、関係性を暗喩する構図や表情を描いてくださることがあって、びっくりすると同時にとても感動しています。今回は口絵がそれでした。

さらに今回、聖獣は〇〇〇がイメージモデルですと、プロットに書き添えておいたところ、いただいたキャララフのアルティオが、ちびアルティオの耳が‥耳が！　きゃわわすぎて悶え転がりました。そしてそこからいろいろなエピソードが生まれました。それらは作中でいくつか使ってます。今回入りきらなかった小さなネタやエピソードは、また何かの形で皆さまにお届けできればと思っています。よろしくお願いします。

最後になりましたが、シリーズを通して愛読してくださっている皆さま、そして今回初めてこの本を手に取った皆さま、ありがとうございます！　このお話が、忙しない日常の中でドキドキワクワク、そして癒しのひとときになれば幸いです。

☆商業や同人誌の情報はサイト http://incarose.sub.jp/　Twitter　@roku_mitsumin　でもお知らせしていますので、チェックしてみてください。

旧暦閏長月　六青《ろくせい》みつみ

この本を読んでの
ご意見・ご感想を
お寄せ下さい。

〒151-0051
東京都渋谷区千駄ヶ谷4-9-7
(株)幻冬舎コミックス　リンクス編集部
「六青《ろくせい》みつみ先生」係／「葛西《かさい》リカコ先生」係

リンクス ロマンス

裏切りの代償 ～真実の絆～

2014年11月30日　第1刷発行

著者……………六青《ろくせい》みつみ

発行人…………伊藤嘉彦

発行元…………株式会社　幻冬舎コミックス
〒151-0051　東京都渋谷区千駄ヶ谷4-9-7
TEL 03-5411-6431（編集）

発売元…………株式会社　幻冬舎
〒151-0051　東京都渋谷区千駄ヶ谷4-9-7
TEL 03-5411-6222（営業）
振替00120-8-767643

印刷・製本所…共同印刷株式会社

検印廃止

ISBN978-4-344-83288-6 C0293
Printed in Japan

幻冬舎コミックスホームページ　http://www.gentosha-comics.net